WILLY JOSEFSSON **Das Zeichen des Mörders**

Roman

Deutsch von
Salah Naoura

Rowohlt Taschenbuch Verlag

Deutsche Erstausgabe
Veröffentlicht im Rowohlt Taschenbuch Verlag
GmbH, Reinbek bei Hamburg, Juli 2001
Copyright © 2001 by Rowohlt Taschenbuch Verlag
GmbH, Reinbek bei Hamburg
Die Originalausgabe erschien unter dem Titel
«Dödarens märke» 2000 bei Ordfront Förlag, Stockholm
Copyright © 2000 by Willy Josefsson
Redaktion Wolfram Hämmerling
Umschlaggestaltung any.way, Cathrin Günther
(Foto: Ute Klaphake)
Foto auf der Umschlaginnenseite
© Tommy Arvidson, 2000
Satz ITC Galliard (PageMaker) bei
Pinkuin Satz und Datentechnik, Berlin
Druck und Bindung Clausen & Bosse, Leck
Printed in Germany
ISBN 3 499 23015 5

Die Schreibweise entspricht den Regeln
der neuen Rechtschreibung.

«Wehe denen, die Böses gut und Gutes böse nennen.»

Jesaja 5,20

Die Gesichter *waren wieder da, weiße Gesichter, ganz dicht bei ihm. Wie harte Masken mit leeren Augen.*
Und Töne. Töne ohne jede Bedeutung. Stimmen mit abgehackten, lauten Rhythmen.
Er verstand sie nicht. Oder richtiger, er verstand, dass die Töne ihm Böses wollten. Dass das Böse sich hinter ihren weißen Masken verbarg.
Er rannte.
Er schaffte es, aus ihrem Kreis auszubrechen und wegzurennen. Sein Mund füllte sich mit Blut, er schmeckte Tod und Angst, aber er rannte.
Er verirrte sich und fand schließlich zu der Stelle zurück, wo er sich auskannte. Im Halbdunkel erkannte er die Grabsteine.
Dann machte er kehrt; er musste versuchen, so weit wie möglich von ihnen fortzukommen. Und er durfte keine Spuren hinterlassen.
Er duckte sich und lief schnell und leise weiter, bis er eine gute Stelle fand. Sich verstecken und warten, das war Regel Nummer eins. Er atmete durch den Mund, damit man ihn nicht hörte, und zwang sich zu kurzen und gleichmäßigen Atemzügen, ohne zu keuchen. Gegen das Herz konnte er nichts ausrichten, aber er wusste, dass es sich nur für ihn selbst anhörte wie eine stampfende Maschine. Die dort draußen waren in einer anderen Welt und hörten andere Geräusche.

Er war in Sicherheit, ihm würde nichts geschehen.

Da hörte er die Schritte.

Schritte, die direkt auf ihn zukamen und sich nicht einmal die Mühe machten, leise zu sein. Sie knirschten auf dem Kies wie bei einem Marsch am helllichten Tag. Es waren Schritte, die keinerlei Furcht kannten.

Er wusste, was zu tun war. Er musste seine eigene Angst zu einer Bewegung machen. Nur so ließ sich verhindern, dass sie ihn lähmte.

Als die Schritte genau vor ihm waren, erhob er sich schnell und lautlos. Er sah, wie überrascht der Mann war, und nutzte seinen Vorteil.

Er schlug zu, wie man es ihm beigebracht hatte, mit der harten Kante seiner Hand gegen den Kehlkopf, und trat zur Seite, damit der Mann fallen konnte. Dann bückte er sich, schlang seinen rechten Arm fest um den Kopf und drehte ihn heftig zur Seite. Er spürte den stärkeren Widerstand, als es nicht mehr weiter ging, und hörte das laute Knacken, als der Halswirbel brach.

Der Körper sank unter seinen Händen in sich zusammen. Der Tod verwandelte ihn in ein unförmiges Bündel, ohne Halt, ohne Würde.

Er ließ ihn liegen und lief eilig in den Wald.

KAPITEL 1

Der Pastor war zwei Meter groß und schien nicht bei der Sache zu sein.

Martin Olsson saß auf der harten Kirchenbank und fühlte sich zunehmend bedrückt. Das Licht, das widerwillig durch die hohen Fenster hereinsickerte, war ebenso farblos grau wie der südschwedische Februartag dort draußen. In dem großen Kirchenraum, der mit seiner gewölbten Decke eher an eine Sporthalle erinnerte, wirkte es wie fahles, kaltes Neonlicht.

Verstohlen blickte er die Bankreihen entlang, dort herrschte die gleiche gähnende Leere wie in ihm selbst. In der ganzen Kirche hatten sich nicht mehr als sechs Personen versammelt, den Pastor mit eingerechnet, und Olsson kannte keinen Einzigen von ihnen.

Er merkte, wie der Hüne seinen leicht abwesenden Blick auf ihn richtete, als würden seine zerstreuten Worte ganz besonders ihm gelten; vielleicht hielt er ihn für einen Angehörigen.

Plötzlich fiel Olsson ein, dass die finstere Versammlung auf der anderen Seite des Mittelganges ebenso gut auch Leute vom Bestattungsinstitut sein konnten. Ihr Verhalten hatte etwas Geschäftliches, das ihn mehr an professionelle Korrektheit als an Trauer denken ließ.

Er versuchte die Blicke des Geistlichen zu ignorieren und konzentrierte sich stattdessen auf den Sarg. Bernhard war ein großer Kerl gewesen, fast ebenso groß wie der Pastor, nur kräftiger und muskulöser, jedoch ein einsamer Mann. Wie einsam, das begriff Olsson erst jetzt.

Selbst der Sarg sah einsam und verlassen aus. Die Polizei hatte einen Kranz gestiftet, das war alles.

Von Bernhards früheren Kollegen war niemand gekommen, um ihn zu verabschieden. Oder, um genau zu sein: niemand ihrer gemeinsamen früheren Kollegen.

Martin Olsson war vor fast fünf Jahren aus dem Polizeidienst ausgeschieden und unfreiwillig in den Vorruhestand getreten; Bernhard Möller dagegen hatte weitergearbeitet und war ver- statt ausgeschieden.

Es war kein besonders ehrenhafter oder dramatischer Tod gewesen. Das Herz war im Schlaf einfach stehen geblieben. Es hatte mehrere Tage gedauert, bis jemand auf die Idee gekommen war nachzusehen, warum Möller nicht wie gewöhnlich in seinem Dienstzimmer saß und in seinen endlosen Statistiken kramte.

Olsson hatte die Todesanzeige durch Zufall entdeckt und sich nach langem Hin und Her entschlossen, zur Beerdigung zu gehen. Er bereute es bereits, als er die fast leere Kirche betrat, doch da war es zu spät. Wie in jedem Jahr hatte sich sein Trübsinn durch den südschwedischen Winter zu einer Art Dauermelancholie ausgewachsen, und eigentlich hätte ihm klar sein müssen, dass eine Beerdigung im Februar mehr war, als er ertragen konnte.

Auf dem Weg über den Friedhof hatte er im schneidenden Wind undeutlich das ausgehobene Grab erkennen können, wie ein Tor, das in die schwarze Erde hinabführte. Gegenüber der brutalen Unerbittlichkeit, die es ausstrahlte, war er sich völlig wehrlos vorgekommen. Die hart gefrorene Grube hatte ihm das Thema Endlichkeit, vor allem die eigene, etwas zu

Alle Geschehnisse und Personen in diesem Roman sind frei erfunden. Jede Ähnlichkeit mit der Wirklichkeit ist reiner Zufall. Es soll auch kein Schatten auf die Örtlichkeiten fallen, an denen diese Geschichte spielt – sie haben lediglich als Anregung gedient. Ich habe mir die dichterische Freiheit genommen, Einzelheiten nach Bedarf zu verändern, ansonsten ist alles so genau wie möglich wiedergegeben.

Zum Schluss ein großes Dankeschön an alle, die mir auf ihre Art geholfen haben, besonders an Jonas Ahler, der mich in die Geheimnisse der Kirche eingeführt hat, und Eva Norrlöf, die mir mit ihren vielen Fragen eine große Stütze war. Dank auch an meine Lektorin Eva Hansson, die heldenhaften Optimismus bewiesen hat, und an meine Mitbewohnerin Cecilia für ihre Geduld. Nicht zuletzt möchte ich mich hier schon im Voraus bei den Gemeinden und Mitarbeitern der Kirche dafür bedanken, dass ich ihr Umfeld als Rahmenhandlung für meine Geschichte verwenden durfte.

deutlich veranschaulicht, um sich nicht auf sein Gemüt zu legen.

Er war letztes Jahr sechzig geworden und begriff, dass der Zeitpunkt einer Lebensbilanz näher rückte. Eine Art Traurigkeit hatte schleichend von ihm Besitz ergriffen, ohne dass er sie näher hätte definieren können. Vielleicht war es irgendeine Sehnsucht, vielleicht auch bloß das Gefühl, die Zeit nicht aufhalten zu können.

Wieder spürte er, wie jenes schicksalsschwangere Gefühl ihn mit aller Macht überkam – als wäre die halbherzige Veranstaltung nichts anderes als eine Generalprobe seines eigenen bevorstehenden Dahinscheidens.

Der Pastor war am Ende seiner Trauerrede angelangt und sah Olsson forschend an. In einem letzten Versuch, sich in seine Aufgabe hineinzufinden, erklärte er einfühlsam, dass Bernhard nun seine Ruhe gefunden habe und von allen leidvollen Versuchungen erlöst sei.

Olsson erwiderte den Blick irritiert. Es klang mehr wie eine Rede über einen armen Sünder als über den stillen und einsamen Bernhard, und einen Moment lang überlegte er, ob der zerstreute Pastor sich vielleicht in der Person geirrt hatte.

Oder vielleicht war er bloß einer momentanen Eingebung gefolgt und hatte sich von einem der schwarz gekleideten Trauerstatisten inspirieren lassen, einem Kerl mit grauen Locken und gerötetem Gesicht? Im Vorbeigehen hatte Olsson seine Alkoholfahne deutlich als säuerliche Dunstwolke wahrgenommen.

Der Pastor schien Olssons Gedanken lesen zu können, denn seine Ausführungen brachen unvermittelt ab. Einige Sekunden lang stand er da, um die abschließenden Worte ringend, als hätte er noch etwas sagen wollen und mitten im Satz den

Faden verloren. Dann drehte er sich um und lief mit etwas zu schnellen Schritten hinüber zum Altar. Das fußlange weiße Gewand umflatterte seine große, magere Gestalt, als er zu dem kleinen Spaten griff.

Olsson wandte den Blick ab, als die erste Schaufel Sand mit einem schwach rieselnden Geräusch auf dem Sargdeckel landete. Die wohl vertrauten Phrasen über die Vergänglichkeit des Körpers verursachten bei ihm dasselbe kalte Unbehagen wie zuvor der Anblick des offenen Grabes auf dem Friedhof.

Sein Blick schweifte über die verschiedenen Passionsszenen auf den Fresken hinter dem Altar, doch weder das Kreuz noch die Auferstehung bewirkten eine nennenswerte Aufmunterung.

Er sah wieder zu dem Pastor hinüber, der der winzigen Versammlung soeben den Rücken zudrehte, um mit erhobenen Armen und leiernder Stimme die Messe zu singen, einen unheilverkündenden Vers, der sie alle gemahnte, darüber nachzudenken, wie kurz das Leben war. Eine überflüssige Erinnerung, wie Olsson fand, denn die unheilschwangere Trauerzeremonie hatte ihn längst überzeugt.

Er ließ seine düsteren Gedanken in den Choral eintauchen, der plötzlich von der Orgelempore herabbrauste. Und seine Vermutungen über die übrigen Trauergäste bestätigten sich, als die vier Männer der Gruppe in Schwarz sich nun alle gleichzeitig erhoben und zum Sarg hinüberschritten.

Die einzige Frau blieb sitzen und warf dem Rotgesichtigen, der sich ein wenig mühselig durch den Mittelgang schleppte, einen tadelnden Blick zu. Seine grauen Locken standen wirr nach allen Seiten ab, als sei er gerade erst aus dem Bett gestiegen.

Auch den Pastor schien irgendetwas zu beunruhigen. Er rang

nervös die Hände, als die schwarz gekleideten Träger sich zum Sarg hin leicht verbeugten. Jeder nahm an einer Ecke Aufstellung, sie umfassten die Messinggriffe im Gleichtakt, und wie bei einer militärischen Wachablösung hoben sie ihn auf ein unsichtbares Signal hin auf Schulterhöhe.

Er schien schwer zu sein, und die Hautfarbe des Rotgesichtigen wurde um eine Nuance dunkler. Vielleicht hatte er Bernhard Möllers Leibesfülle in Kombination mit dem massiven Eichensarg unterschätzt, oder es war ganz einfach der Alkohol, der ihm zu schaffen machte.

Während die Kirchenglocken zu läuten begannen, bewegten sich die Sargträger langsam auf den Ausgang zu. Der große Pastor und die Dame in Schwarz schritten als ungleiches Paar hinter ihnen her, und Olsson folgte ihnen zögernd.

Er merkte deutlich, dass der Graugelockte Probleme mit dem schweren Sarg hatte, aber glücklicherweise blieben ihm ja nur noch wenige Meter bis zum Ende seiner Golgathawanderung. Ein Küster war aus dem Nichts aufgetaucht und hatte das Portal geöffnet. Draußen war der mit Stoff ausgekleidete Leichenwagen zu erkennen, der den Sarg für seinen letzten Transport zur Grabstätte aufnehmen würde.

Am Ausgang regulierten die Träger routiniert ihre Haltung, um den Größenunterschied untereinander auszugleichen, während sie mit einem ersten vorsichtigen Schritt die Treppe betraten, die zum Kirchplatz hinabführte. Doch auf den kurzen, steilen Stufen geriet der Sarg trotz ihrer Bemühungen in eine bedenkliche Schieflage. Und genau in dem kritischen Moment, als die ersten beiden Männer den Boden betraten, stolperte der Graugelockte.

Vielleicht war er auf einer vereisten Stelle ausgerutscht. Er machte zwei Schritte auf einmal und kippte mit dem Oberkörper nach hinten wie ein ungeübter Schlittschuhläufer, der sich Mühe gab, nicht hinzufallen. Gleichzeitig entglitt der Messinggriff seinen Händen. Eine verhängnisvolle Sekunde lang ruderten seine Arme wie zwei Propeller durch die Luft.

Der Mann befand sich immer noch auf der obersten Stufe, und durch das entstandene Ungleichgewicht des Sarges, der plötzlich nur noch an drei Punkten gestützt wurde, konnten die anderen Träger ihn auch nicht länger halten.

Mit einem dumpfen Poltern schlug der Sarg auf die Treppe. Durch die heftige Erschütterung löste sich der Deckel und schlitterte über den gefrorenen Boden davon wie ein Riesenski.

Und aus dem Sarg heraus fielen nicht ein, sondern zwei Körper.

KAPITEL **2**

Olsson verschlug es die Sprache. Er hörte, wie die Frau auf-
lachte; ein kurzes, hysterisches Lachen, das das Absurde der
Situation noch verstärkte. Ein seltsames Gefühl, als ob etwas
in ihm riss, überkam ihn, und er war sich plötzlich unsicher,
ob er wachte oder träumte. Solche Dinge konnte es doch nur
in Filmen geben, aber nicht in Wirklichkeit.
Hilflos starrte er auf das groteske Bild vor seinen Augen; die
beiden Körper waren zu Boden gesackt und lagen halb übereinander, die Arme und Beine in alle Richtungen gestreckt.
Das Leichentuch des toten Polizisten war hochgerutscht und
hatte einen kräftigen kreideweißen Oberschenkel entblößt.
Doch es war der andere Männerkörper, den alle anstarrten.
Der Kopf steckte unter einer Art dunklen Haube oder eher
einer Kapuze, die nicht zu den restlichen Kleidern des Mannes passte: graue Flanellhosen und ein dickes Tweedsakko
mit lederverstärkten Ellenbogen. Die seltsame Kapuze bedeckte das Gesicht und reichte bis zu den Schultern hinunter,
fast wie der Schleier einer Nonne. Aber sie konnte die dicke
weiße Schlinge nicht verbergen, die fest um den Hals ge-
schnürt war.
Der rotgesichtige Mann mit den grauen Locken hatte die
Augen weit aufgerissen und glotzte. Es sah aus, als kaute er
auf Luft, doch er bekam keinen Ton heraus. Es war einer der
anderen Sargträger, der das Schweigen brach.
«Was, zum Teufel …?»

Der Pastor reagierte nicht einmal auf den Fluch. Sein Gesicht war so weiß wie sein kleidartiges Gewand, und er schien kurz vor einer Ohnmacht zu sein.

Der Mann, der geflucht hatte, trat einen Schritt vor und bückte sich, als wollte er die Leichen in den Sarg zurückstoßen – da fand Olsson endlich seine Sprache wieder.

«Warten Sie, nicht berühren!»

Das unwirkliche Gefühl, in einer Filmszene mitzuspielen, hielt an. Immerhin wich der schwarz gekleidete Sargträger zurück und warf der Frau einen fragenden Blick zu; offenbar war sie eine Art Vorgesetzte. Sie zuckte zusammen und nickte ihm zu.

«Schon gut, Krister. Rühr sie nicht an.»

Der Mann richtete sich auf, zögerlich zwar, aber er gehorchte. Olsson spürte, wie sich alle Blicke auf ihn richteten, als ob man von ihm erwartete, etwas zu tun. Die schwarz gekleidete Gesellschaft wirkte vollkommen hilflos; der ganzen Situation haftete etwas derart Irreales an, dass offenbar niemand von ihnen mehr dazu in der Lage war, sachlich zu handeln.

Er begriff, dass ihm nichts anderes übrig blieb, als das Kommando zu übernehmen, obgleich er ebenso verwirrt war wie die anderen. «Wir müssen die Polizei rufen», sagte er widerwillig.

Die ihm aufgezwungene Rolle lag ihm gar nicht, obwohl Olsson wusste, dass er selbst die Schuld daran trug. Als auf seine Aufforderung niemand zu reagieren schien, machte er einen zweiten Versuch. «Hat hier jemand ein Handy?»

Der Frau vom Bestattungsinstitut zuckte wieder zusammen. Offenbar war sie noch immer zu geschockt, um sich auf irgendwelche praktischen Dinge zu konzentrieren. «Ja … Ja, natürlich.»

Sie kramte in ihrer schwarzen Handtasche und holte ein kleines silberfarbenes Mobiltelefon hervor. Einen Moment lang hielt sie es unentschlossen in der Hand, als wüsste sie nicht, was sie damit anfangen sollte. Dann reichte sie es plötzlich wortlos an Olsson weiter.

Er nahm den Apparat entgegen, eines der neuesten Modelle und so klein, dass er Schwierigkeiten hatte, mit seinen normal gewachsenen Fingern die Tasten zu bedienen. Seltsamerweise schien das Eintippen ihn in die Wirklichkeit zurückzuholen, und nach einigen Bemühungen gelang es ihm, die Nummer der Ängelholmer Polizei auf dem winzigen Display erscheinen zu lassen.

Es konnte noch nicht später sein als zwischen elf und zwölf, und er ging davon aus, dass in dem aluminiumgrauen Polizeirevier im Klippanvägen noch irgendjemand da war. Er wusste auch, dass die meisten Bereiche nach Helsingborg verlegt worden waren, eine eigenartige Auswirkung irrationaler Rationalisierung, der weite Teile Nordwestschonens in akuten Fällen ohne Polizeischutz ließ.

In dem kleinen Telefon war ein Summen zu hören. Olsson fragte sich gerade, wie er in den Apparat, der kaum größer als sein Ohr war, hineinsprechen sollte – da hörte er eine wohl bekannte Stimme.

«Polizei, Larsson.»

Olsson stockte. Er stand da, das Handy ans Ohr gedrückt, und brachte kein Wort heraus. Es dauerte so lange, dass die Stimme ihm zuvorkam und erneut begann.

«Hier spricht die Polizei. Worum geht es?»

Diesmal fing er sich und murmelte eine Entschuldigung. «Ich dachte, ich bin mit der Ängelholmer Polizei verbunden ...? Hier ist Martin Olsson», fügte er hinzu. «Ich rufe von Hjärnarp an.»

Der Mann von der Spurensicherung, den sie immer nur Larsson genannt hatten, gehörte zu denen, die bei der letzten Umstrukturierung ausquartiert worden waren. Nun saß er in einem neueren, bedeutend größeren Labor im Helsingborger Polizeigebäude.

Olsson wusste, dass alle Telefone automatisch weitergeschaltet wurden, wenn die Zentrale in Ängelholm gerade nicht besetzt war. Doch bevor er darum bitten konnte, zurückverbunden zu werden, drang Larssons neunmalkluge Stimme wieder an sein Ohr.

«Das hier *ist* Ängelholm! Wir ermitteln gerade wegen Verdachts auf Fahrerflucht. Der Wagen lag im Fluss, aber es sind Blutspuren drauf, und da war es leichter für uns herzukommen, als den Wagen nach Helsingborg zu bringen ...»

Larsson hielt inne. Offenbar war ihm plötzlich klar geworden, dass Olsson nicht aus diesem Grund anrief. Er klang ziemlich verwirrt.

«Was machst du denn in Hjärnarp?»

Olsson brauchte einen Moment. Die ganze Sache war so bizarr, dass er es immer noch nicht richtig glauben konnte.

«Hier liegt eine Leiche auf dem Friedhof. Eine, die nicht hergehört.»

Eine Sekunde lang herrschte Stille. Er konnte sich genau vorstellen, wie der kleine, eichhörnchenhafte Kriminaltechniker verdutzt die Augen zusammenkniff, die wie schwarze Pfefferkörner aussahen.

«Eine Leiche, die nicht dorthin gehört?», wiederholte Larsson. Es klang, als sei er sich nicht sicher, ob Olsson ihn vielleicht zum Narren hielt.

«Sie ist aus einem Sarg gefallen und hat eine Schlinge um den Hals. Es ist wohl am besten, wenn ihr herkommt.»

«Ich verständige die Kripo. Pass auf, dass bloß keiner was anrührt.»

Olsson nickte, ohne daran zu denken, dass er gerade telefonierte. Er hatte nicht vergessen, wie die Untersuchungen der Spurensicherung abliefen. «Natürlich.»

Der kleine Kriminaltechniker hatte bereits aufgelegt. Olsson hantierte unbeholfen mit den Tasten und schaffte es, das Gerät auszuschalten. Er bemerkte die gespannten Blicke der anderen, als er der Frau das Handy zurückgab.

«Sie kommen», sagte er. «Aber wir dürfen nichts berühren.»

Die schwarz gekleidete Versammlung nickte ihm ernst zu. Der Pastor in seinem weißen Gewand hatte sich offenbar gefangen, doch er schien zu frieren. «Wird das lange dauern?», fragte er.

Olsson wusste keine Antwort. Er warf einen Blick zur Straße hinüber, obwohl es kaum eine Minute her war, dass er seinen früheren Kollegen verständigt hatte. «Sie können in der Kirche warten», sagte er. «Da ist es wenigstens wärmer als hier. Aber einer von uns muss hier draußen bleiben.»

Wieder nickten alle zustimmend. Sie sahen ein, dass man zwei Leichen nicht einfach so sich selbst überlassen konnte, schon gar nicht, wenn sie herumlagen wie ein Haufen ausgekippter Müll.

«Wenn Sie hineinwollen, dann passe ich hier auf», fügte Olsson hinzu. Er spürte die allgemeine Erleichterung. Diese Leute waren es zwar gewohnt, berufsmäßig mit dem Tod umzugehen, aber das hier war doch etwas anderes.

Sie verschwanden durch das schwere Portal, und Olsson blickte missmutig über den Friedhof. Ein Stück weiter drüben war zwischen den Grabsteinen undeutlich die wartende Grube zu erkennen, wie ein schwarzes Loch im Februarnebel, und darüber ragten die Äste der Bäume ebenso schwarz und nackt in den grau verhangenen Himmel. Es war nicht nur die feuchte Kälte, die Olsson erschauern ließ. Er hatte das Gefühl, über eine Landschaft des Todes hinwegzublicken – was in gewisser Weise ja auch stimmte.

Es vergingen kaum zehn Minuten, bis der Wagen aufkreuzte. Olsson war klar, dass Larsson alle Hebel in Bewegung gesetzt haben musste, um ihn so schnell startklar zu kriegen. Er tauchte aus dem Nebel auf wie eine Sinnestäuschung, doch die Straße war nur schmal, und die kleine Steinmauer, die den Friedhof umgab, ließ nicht genügend Platz, um den Wagen abzustellen. Suchend fuhr er im Schritttempo an der Kirche vorbei und fand dreißig Meter weiter schließlich einen Parkplatz, der auf der anderen Straßenseite lag. Olsson lief hinterher.

Als er das gefrorene Schottergelände erreichte, war Larsson bereits ausgestiegen, und Olsson sah den Rücken eines weiteren Polizeioveralls, der gerade aus dem Beifahrersitz kletterte. Vor dem schneebedeckten Friedhof machte der blauweiße Volvo mit dem Polizeiemblem einen unwirklichen Eindruck, doch der klein gewachsene Kriminaltechniker mit dem wippenden Spitzbart nickte ihm zur Begrüßung ganz selbstverständlich zu. Die Stimme, die nun zu hören war, kam allerdings von der anderen Wagenseite.

«Wo ist der Tote?»

Der uniformierte Rücken war zu einer kräftigen Gestalt mit grauem Kurzhaarschnitt angewachsen. Olsson fror noch immer und trat verlegen von einem Bein aufs andere. Er hatte Arne Bergman seit einem halben Jahr nicht mehr gesehen, und bei ihrer letzten Begegnung waren sie durch ein Missverständnis aneinander geraten. Genauer gesagt dadurch, dass Olsson sich etwas ungeschickt ausgedrückt hatte.

«Dort drüben», sagte er und deutete mit dem Kopf zur Kirche hinüber. «Sie ist aus einem Sarg gefallen.»

Arne Bergman warf ihm einen fragenden Blick zu, sagte aber nichts.

Sie gingen nebeneinander die Straße hinunter, patschten durch den braunen Matsch aus Schnee und Streusalz, den die Autos zu zwei schmalen Streifen längs der beiden Straßengräben zusammengekehrt hatten.

Am Eingang zum Friedhof blieben sie automatisch stehen und sahen sich aufmerksam um. Der Kriminaltechniker nickte anerkennend, zufrieden darüber, dass die beiden anderen die Vorschriften zum Betreten eines Tatortes im Kopf hatten. Der Sarg lag noch immer auf der Treppe, so wie er gefallen war. Der Deckel war auf dem vereisten Kiesweg mehrere Meter weitergeschlittert, bis vor die kleine Friedhofsmauer. Teilweise wurden die beiden Körper durch den geschmückten Leichenwagen verdeckt. Doch die seltsame Kapuze des unbekannten Toten war deutlich zu sehen, ebenso der dicke Strick um seinen Hals, der sich wie eine weiße Narbe von dem dunklen Stoff abhob.

Arne Bergman strich sich übers Kinn und drehte sich erstaunt nach Olsson um. «Zum Teufel, lagen sie zu zweit im Sarg?»

Der Streit schien vergessen, aber Kommissar Bergman war auch nicht gerade bekannt dafür, nachtragend zu sein.

Olsson nickte erleichtert. Er hatte seine unbedachten Worte schon bereut, nachdem sie damals gefallen waren. Arne Bergman war wutschnaubend davongerannt, und Olsson hatte sich nie überwinden können, bei ihm anzurufen. Offenbar war seine Furcht vor Bergmans Reaktion ganz unnötig gewesen.

«Die Träger haben den Sarg fallen lassen», sagte Olsson. Er versuchte, lockerer zu klingen, als er sich fühlte.

Arne Bergman sah ihn kurz an, doch sein Blick verriet nichts anderes als Neugierde. «Kein Wunder, muss ja schwer gewesen sein mit zwei Leichen drin …»

«Einer der Träger ist ausgerutscht», erklärte Olsson. «Könnte sein, dass er nicht ganz nüchtern war.»

Wieder sah Bergman ihn an. Diesmal klang er misstrauisch. «Ein betrunkener Sargträger?»

Olsson zuckte mit den Schultern. «Jedenfalls hatte er eine Fahne.»

Arne Bergman dachte einen Moment darüber nach. Dann sah er sich um. «Und wo ist er jetzt?»

«In der Kirche, mit den anderen. Ich hielt es für das Beste.»

Olsson erntete ein zustimmendes Nicken, das ein leichtes Gefühl der Befriedigung in ihm auslöste. Er wusste genau, wie die nächste Frage lauten würde.

«Sind viele Trauergäste anwesend?»

Olsson schüttelte den Kopf. «Nur ich.»

Sie sahen ihn erstaunt an. Der Abwechselung halber ergriff Larsson nun das Wort. «Das heißt, du warst von Anfang an dabei?»

Olsson ging plötzlich ein Licht auf. «Wisst ihr denn nicht, wer hier beerdigt wird?»

Beide machten dasselbe verdutzte Gesicht. «Nein, sollten wir?»

«Bernhard Möller.»

Arne Bergmans Augenbrauen zogen sich unter dem grauen Stoppelschnitt zusammen. Er sah Olsson ungläubig an, als bezweifelte er, ihn richtig verstanden zu haben. «Unser Bernhard Möller?»

Olsson nickte schweigend. Den beiden war anzusehen, dass sie dasselbe dachten wie er. Bernhard Möller war zeit seines Lebens ein Niemand gewesen, und als solcher wäre er auch beerdigt worden, wenn sich dieser sonderbare Zwischenfall mit dem Sarg nicht ereignet hätte. Olsson konnte sich nicht entscheiden, ob er es traurig oder eher beschämend fand, dass Möller so einsam gewesen war, im Leben wie im Tod.

Arne Bergman griff sich wieder ans Kinn und murmelte leise und dennoch gut hörbar vor sich hin: «Warum hat denn kein Schwein was gesagt?» Dann zuckte er die Schultern. «Trotzdem, wir müssen unsere Arbeit machen.»

Larsson sagte nichts, schien jedoch derselben Meinung zu sein. Er lief zum Sarg und inspizierte ihn gründlich. Dann huschte er auf seine eichhörnchenhafte Art zur Mauer hinüber und wiederholte seine Untersuchung am Sargdeckel.

Olsson und Arne Bergman hielten den angemessenen Abstand und warteten; sie wussten, das es das Beste war, ihn einfach machen zu lassen. Trotz seiner etwas komischen Art war Larsson ein versierter Kriminaltechniker.

Es dauerte nur ein paar Minuten, bis er seine Schnellinspektion beendet hatte und sich erhob. Seine Miene schien zu sagen, dass sich sein Verdacht bestätigt hatte.

«Kein Wunder, dass der Deckel sich gelöst hat», erläuterte er auf seine belehrende Art. «Jemand hat ihn abgeschraubt und dann geschludert, als er ihn wieder auf den Sarg legte.» Er bekräftigte diesen Satz, indem er auf eine unscheinbare Stelle am Sargrand deutete. «Die Schrauben waren nicht angezogen, man sieht es an den Schrammen und den Löchern. Der Täter hatte es wohl eilig.»

Sowohl Olsson als auch Bergman begriffen den Kern der Botschaft sofort: Wer immer dafür gesorgt hatte, dass Bernhard Möller in seinem Sarg Gesellschaft bekam, er musste es getan haben, nachdem der Sarg im Bestattungsinstitut versiegelt worden war.

Ein leises Quietschen vom Kirchenportal ließ sie herumfahren. In dem halb offenen Tor stand der große Pastor in seinem Ornat. Er schien sich von seinem Schockzustand erholt zu haben, doch sein Blick wanderte unruhig zwischen Olsson und dessen beiden früheren Kollegen hin und her.

«Wir haben einen Wagen gehört …?»

Er unterbrach sich, als erwartete er, dass jemand anders seinen Satz vollendete. Arne Bergman überlegte einen Moment, dann hob er Einhalt gebietend eine Hand.

«Bleiben Sie bitte drinnen, wir kommen gleich.»

Der Pastor zog sich ergeben zurück, und Arne Bergman lief zu dem umgekippten Sarg hinüber, der am Fuß der kleinen Treppe lag. Olsson folgte ihm zögernd. Die beiden Körper lagen da wie zuvor: Das Gesicht des Fremden war immer noch unter der seltsamen Kapuze verborgen, und Bernhard Möller war halb über ihn gerollt, mit entblößtem Oberschenkel, dort wo das Leichentuch nach oben gerutscht war.

«Verdammt, der Arme.» Arne Bergman stand schweigend und in Gedanken versunken da. Dann zuckte er die Schultern. «Wir dürfen sie nicht bewegen, bevor Larsson fertig ist», brummte er.

Er wandte sich um und sah Olsson in die Augen. «Du kannst mit reinkommen; ich muss die Personalien aufnehmen, deine und die der anderen.»

Olsson nickte. Sie ließen Larsson allein, der sich inzwischen wieder dem Sargdeckel widmete, und betraten die Kirche. Drinnen war es unerwartet warm, was vielleicht auch nur am Unterschied zur nasskalten Witterung draußen auf dem Friedhof lag. Seltsamerweise war in dem großen Mittelschiff kein Mensch zu sehen. Olsson konnte sich nicht erklären, wo der Rest der armseligen Trauergemeinde abgeblieben war. Auch Arne Bergman sah sich verwundert in der leeren Kirche um, da trat der ängstliche Pastor zum zweiten Mal hinter ihnen aus einer Tür.

«Wir sind hier drin.»

Die Tür führte zu einem kleinen Raum hinter der Vorhalle. Dort saßen die schwarz gekleideten Träger nebeneinander auf einer Bank, und die blonde Dame thronte auf dem einzigen Stuhl. Zu Olssons Verwunderung rauchte sie eine Zigarette.

«Diese Sache ist für unser Unternehmen wirklich peinlich», sagte sie, als sie Arne Bergmans blaugrünen Polizeioverall erblickte. «Ich hoffe, das geht nicht durch die Presse?»

Arne Bergman antwortete nicht. Die Frau sah sich nach einem passenden Gegenstand zum Ausdrücken ihrer Zigarette um und entdeckte in einem der Fensterrahmen eine einsame Kaffeetasse. Die roten Spuren ihres Lippenstiftes waren auf dem weißen Filter deutlich zu erkennen, als sie den Zigarettenstummel mit einer nervösen Handbewegung in die Tasse drückte. In dem grellen Licht der Leuchtstoffröhre, die an der Decke hing, wirkte sie noch älter und stärker geschminkt als zuvor draußen auf dem nebeligen Friedhof.

Arne Bergman warf einen kurzen Blick in die Runde. «Sind alle anwesend?»

Die anderen wechselten unsichere Blicke. Schließlich ergriff der Pastor das Wort: «Alle außer dem Küster und dem Kantor. Ich glaube, sie warten im Gemeindehaus.»

Arne Bergman nickte. «Ich brauche Ihre Namen und persönlichen Angaben», fuhr er fort.

Der Pastor schien die Aufforderung direkt auf sich zu beziehen oder sich für die gesamte Trauergemeinde verantwortlich zu fühlen, denn er antwortete schon, bevor Arne Bergman seine erste Frage gestellt hatte.

«Andreas Ljung. Stellvertretender Pastor.»

Arne Bergman sah ihn eine Weile schweigend an. Dann zog er seinen Notizblock aus der Brusttasche des Overalls. «Hier in Hjärnarp?»

Der Pastor errötete. Ob es an der Frage oder Bergmans durchdringendem Blick lag, war schwer zu sagen. Zum ersten Mal, seitdem die beiden Leichen aus dem Sarg gerollt waren, bekam er wieder etwas Farbe im Gesicht.

«Nein, in Munka Ljungby. Aber zu meinem Pastorat gehören auch die Kirchen in Tåssjö und Össjö.»

Wieder sah Arne Bergman ihn an. Der Polizeioverall verlieh ihm eine deutliche Überlegenheit, obwohl der Pastor in seinem weißen Talar und der schwarzen Stola vor ihm stand.

«Was machen Sie dann hier in Hjärnarp?»

Bei der direkten Frage begann Andreas Ljung zu blinzeln; vielleicht lag es auch an Arne Bergmans etwas schroffen Art. Als der Pastor antwortete, errötete er noch mehr.

«Es ist nichts Ungewöhnliches, dass wir bei Trauerreden auch mal für einen Kollegen einspringen. Kommt drauf an, wie man gerade Zeit hat.»

Arne Bergman schrieb mit. Dann wandte er sich an die blonde Dame. Sie machte Anstalten, sich wieder eine Zigarette anzuzünden, hielt dann aber inne.

«Ich heiße Anette Åkesson und bin die Geschäftsführerin des Bjäre-Bestattungsinstitutes», begann auch sie, bevor Bergman etwas fragen konnte. Dann wies sie auf die vier Männer, die ihr gegenüber einer neben dem anderen auf der Bank saßen. «Das hier sind meine Sargträger.»

Sie stellte sie mit Namen vor, und Arne Bergmann notierte

alles auf seinem Block. Als sie geendet hatte, sah er die Männer forschend an.

«Kam Ihnen der Sarg nicht schwer vor?»

Sie schienen sich unschlüssig zu sein, wer von ihnen antworten sollte, doch schließlich räusperte sich einer der Männer, derselbe, den Olsson gerade noch davon abgehalten hatte, die beiden Leichen in den Sarg zurückzulegen.

«Wir haben ja manchmal auch Schwergewichtige. Aber da sind wir normalerweise auch zu sechst», fügte er hinzu und sah dabei die Dame an.

Olsson bemerkte ihr leises verächtliches Schnauben, aber sie sagte nichts. Offenbar war es eine fachliche Frage, die hier plötzlich aufgeworfen wurde. Arne Bergman beachtete sie nicht weiter, ihn interessierte etwas völlig anderes.

«Was geschah eigentlich auf der Treppe?»

Der Rotgesichtige mit den grauen Locken sah ihn unglücklich an. «Ich bin ausgerutscht», erklärte er kurz.

Anette Åkessons roter Mund schnaubte noch lauter, und Olsson fiel wieder ein, wie wütend sie den alkoholisierten Sargträger in der Kirche angeblitzt hatte. Mit Sicherheit würde der arme Kerl einiges von ihr zu hören bekommen, sobald das Verhör vorüber war.

«Ist Ihnen nichts Besonderes am Sarg aufgefallen?», fuhr Bergman fort. «Zum Beispiel, dass der Deckel nicht ganz fest saß?»

Die vier auf der Bank schüttelten einhellig die Köpfe. Der rotgesichtige Stolperer sah immer noch unglücklich aus.

«Es war meine Schuld, tut mir Leid», sagte er, den Kollegen und der Chefin zugewandt.

Arne Bergman beugte sich über seinen Notizblock und brummte halblaut vor sich hin. «Schluss jetzt. Es war ein verdammtes Glück, dass Sie den Sarg fallen ließen, bevor er ein-gebuddelt wurde.»

Anette Åkesson zuckte erschrocken zusammen und schien zunächst etwas erwidern zu wollen, überlegte es sich jedoch anders. Der Rotgesichtige seinerseits blickte irritiert zu Arne Bergman herüber. Er schien nicht zu wissen, was er denken sollte.

Arne Bergman stellte ungerührt die nächste Frage. «Weiß jemand, wer der Tote ist?»

Es wurde still in dem kleinen Raum. Olsson wunderte es nicht, dass niemand etwas sagen konnte, schließlich war das Gesicht des Toten bislang noch nicht zu sehen gewesen. Bergman hatte die Frage ganz offensichtlich aus einem anderen Grund gestellt. Nicht umsonst genoss er den Ruf eines begnadeten Verhörleiters.

Die Sekunden vergingen, das einzige Geräusch im Raum war das schwache Rauschen einer Heizung. Arne Bergman musterte die Anwesenden, ohne eine Miene zu verziehen. Während die Sekunden sich zu Minuten ausdehnten, errötete der Pastor langsam wieder, und Anette Åkesson durchwühlte ihre Handtasche nervös nach einer neuen Zigarette.

Als die Stille auch für Olsson langsam unerträglich wurde, öffnete sich plötzlich die Tür, und Larsson steckte den Kopf herein. Er schien nicht zu merken, dass er hereinplatzte, oder es kümmerte ihn einfach nicht. «Die Ausrüstung ist da! Wir können die beiden jetzt bewegen.»

Arne Bergman nickte ruhig und klappte den Notizblock zu. Aber er war offensichtlich noch nicht fertig mit den Zeugen. «Sie bleiben bitte noch eine Weile hier. Wir werden nachher noch jeden einzeln vernehmen.»

Anette Åkesson begann wieder zu schnauben, doch niemand

brachte den Mut auf zu protestieren. Arne Bergman bedeutete Olsson durch ein Schulterklopfen, ihm zu folgen, und schritt voran, Richtung Tür.

Draußen auf der Kirchentreppe waren Larssons Leute bereits am Werk. Weiter drüben neben dem Polizeiwagen entdeckte Olsson den grauen VW-Bus mit der Leiter auf dem Dach. Daneben standen ein paar riesige Kästen auf dem Boden, ganz offensichtlich die Ausrüstung, von der Larsson gesprochen hatte.

Ein Mann im blaugrünen Overall war gerade dabei, die Schlinge am Hals des Unbekannten mit einem grauen Pulver einzupinseln. Er kniff die Augen zusammen und schüttelte den Kopf. «Nichts.»

Larsson wippte verstehend mit dem Spitzbart. «Und am Sarg?»

«Auch nichts. Außer an den Griffen natürlich.»

Der kleine Kriminaltechniker wirkte nicht sonderlich enttäuscht. Er hatte wohl erst gar nicht damit gerechnet, dass ein Täter, der fremde Leichen in Särge legte, irgendwelche Fingerabdrücke hinterließ, auch nicht, wenn er es sehr eilig hatte. «Dann drehen wir ihn jetzt um.»

Sie konnten damit beginnen, Bernhard Möllers Leiche wegzuschaffen, die den Unbekannten halb verdeckte. Zwei Männer legten den toten Exkollegen in einen festen schwarzen Plastiksack und hievten ihn dann vorsichtig beiseite. Olsson erhaschte einen kurzen Blick auf das leichenblasse Gesicht, bevor die beiden Träger den Reißverschluss an der Seite des Sackes zuzogen. Er spürte dieselbe plötzliche Erstarrung wie zuvor beim Betrachten der ausgehobenen Grube.

Olsson war kurz davor, seinen düsteren Empfindungen nachzugeben, als Arne Bergmans Stimme ihn wieder auf den Boden der Tatsachen zurückholte. «Vielleicht war der Sarg ja doch nicht so schwer.»

Der ergraute Polizist mit dem Stoppelschnitt strich bedächtig über den umgekippten Sarg, und erst jetzt bemerkte Olsson, dass das, was aus einiger Entfernung wie massive Eiche aussah, in Wirklichkeit eine gute Imitation war. Lediglich die oberste dünne Furnierschicht bestand aus hellem Eichenholz, den Rest konnte er nicht einordnen, aber es schien sich um ein bedeutend leichteres Material zu handeln.

«Wahrscheinlich wiegt er auch gar nicht so viel.» Arne Bergman deutete mit einer Kopfbewegung zu dem zweiten Toten vor der Treppe. Er lag halb auf dem Bauch, und die seltsame Kapuze verbarg noch immer sein Gesicht. Allerdings konnte man deutlich erkennen, dass die Person eher klein und schmächtig war.

Larsson hockte sich neben die Leiche. Er nickte, als führe er eine stille Auseinandersetzung mit sich selbst, und zupfte vorsichtig an dem starken Seil, das den Hals des Toten umschloss. Die Schlinge saß fest auf der dunkelblauen Kapuze und wurde durch einen Knoten zusammengehalten, der wie das kunstfertige Werk eines Henkers wirkte. Ein paar Zentimeter vom Hals entfernt war das Seil abgeschnitten.

Larsson untersuchte den Schnitt und ließ wieder seinen Spitzbart auf und ab wippen, um seine Worte zu bekräftigen. «Sieht so aus, als hätte jemand Hilfe gehabt, ihn herunterzuschneiden.» Er blinzelte wissend zu Arne Bergman und Olsson hinauf und fügte hinzu: «Alle Fasern sind sehr glatt durchtrennt.»

Offenbar sahen sie ihn beide völlig verständnislos an, denn der kleine Kriminaltechniker zwinkerte irritiert und erklärte

mit ungeduldiger Stimme: «Jemand muss den Körper ange-
hoben haben, während ein anderer das Seil durchtrennt hat,
sonst wären die letzten Fäden durch das Gewicht auseinander gezogen worden und gerissen.»

Er wartete einen Moment, um sicherzugehen, dass sie diesen
einfachen Schluss nachvollzogen hatten. Dann widmete er
sich wieder dem Toten und nahm eine Schnellinspektion der
Kleidung vor.

Bei den Schuhen ließ er sich ein paar Sekunden länger Zeit.
Es waren teure englische Straßenschuhe, die kaum getragen
wirkten. Larsson kramte eine kleine Plastiktüte hervor und
kratzte vorsichtig ein wenig Dreck herunter, der im Profil der
groben Gummisohlen hängen geblieben war.

«Man weiß ja nie», sagte er, während er die Tüte versiegelte
und sie in einem Fach seines Koffers verstaute.

Olsson verstand, was er meinte. Straßendreck wiederzufin-
den war zwar so gut wie unmöglich, aber mit viel Glück
konnte man zufällig auf eine andere Probe stoßen, die genau
passte.

«Von hier dürfte sie jedenfalls nicht stammen», sagte Arne
Bergman und deutete mit einem Nicken auf den Schnee, der
den Friedhof bedeckte. «Es sei denn, er ist selber in den Sarg
geklettert.»

Larsson schien sich nicht sicher zu sein, ob es als Scherz gemeint war oder nicht. Er warf einen unsicheren Blick zum
Sarg hinüber, bevor er sich wieder neben den leblosen Körper hockte. Ein letztes Mal suchte er den Boden rund um den
Toten aufmerksam ab, dann fasste er ihn an der Schulter und
drehte ihn vorsichtig auf den Rücken.

Die dunkelblaue Kapuze glitt zur Seite und entblößte ein
bleiches, schmales Gesicht mit struppigem, maisblondem

Haar. Das dicke Tweedsakko war von oben bis unten zuge-
knöpft, und unter der weißen Schlinge knäuelte sich am Hals
ein breites seidenschimmerndes Brusttuch, wie ein exotischer
Farbklecks im Februarnebel. Der Mann mochte um die vierzig sein, vielleicht auch älter. Durch das gefärbte Haar und
die unzeitgemäße Kleidung war es schwer, sein Alter zu
schätzen.

Olsson hatte das Gefühl, ihn irgendwie zu kennen, aber er
kam einfach nicht darauf, woher. Arne Bergman erging es offenbar genauso, denn er strich sich übers Kinn und schüttelte
langsam den Kopf.

«Dieses Gesicht habe ich irgendwo schon mal gesehen. Keine
Ahnung, vielleicht in einer Zeitung.»

Auch Larsson schüttelte den Kopf und runzelte die Stirn. Er
knöpfte das Sakko auf und durchsuchte routiniert die Innen-
taschen, jedoch ohne Resultat. «Nichts», sagte er.

Er erhob sich, nun standen sie zu dritt vor dem Toten. Sie
alle waren lang genug bei der Kripo gewesen, um sich darüber zu wundern, dass aufgefundene Leichen selten ord-
nungsgemäße Papiere bei sich trugen. Und sie wussten, dass
ein unidentifizierter Toter eine Menge an zusätzlicher Arbeit
bedeutete. Schlimmstenfalls konnten sich die Ermittlungen
über Wochen und Monate hinziehen.

Arne Bergman schüttelte gerade zum zweiten Mal resigniert
den Kopf, als er hinter sich eine Stimme hörte.

«Ich weiß, wer das ist.»

KAPITEL 3

Sie fuhren überrascht herum. Der Mann, der unbemerkt hinter ihnen aufgetaucht war, hatte eine Glatze, trug eine rote Steppjacke und war groß gewachsen. Wenn Olsson ihn nicht sofort erkannt hätte, dann hätte die Kamera, die an einem Riemen um seinen Hals hing, ihn auf jeden Fall verraten.

Auch Arne Bergman schien der glatzköpfige Reporter des Lokalblattes wohl vertraut zu sein. «Was zum Teufel machen Sie denn hier?»

Anscheinend nahm der Steppjackenträger die unfreundliche Begrüßung nicht übel, vielleicht war es ihm nicht einmal aufgefallen. Er lächelte ein wenig schief. «Ich bin dem Kastenwagen hinterhergefahren.» Er hob das Kinn und deutete hinüber zu Larssons Kollegen, die den Sargdeckel gerade zum grauen VW-Bus trugen; offenbar wollten sie ihn mitnehmen, um ihn noch genauer zu untersuchen.

«Wie meinen Sie damit: Sie wissen, wer das ist?»

Die Mundwinkel des Mannes deuteten immer noch ein Lächeln an. Er wusste, dass er im Vorteil war, und er kostete es aus. «Genau das, was ich sagte. Dass ich ihn kenne.»

Arne Bergman starrte ihn an, sagte aber nichts. Als der Reporter keinerlei Anstalten machte weiterzusprechen, verschränkte er seine Overall-Arme über der Brust und atmete geräuschvoll ein. «Wir warten.»

Der Glatzkopf zuckte mit den Schultern. «Er ist ein bekannter Engel.»

«Was soll das heißen!»

Arne Bergman schien kurz davor, bei dem Ratespiel die Geduld zu verlieren, und der andere merkte es. Er machte eine entschuldigende Geste und setzte sein schiefes Lächeln wieder auf.

«Ein *business angel*. Ein Risikokapitalist. Einer, von dem sich alle Spinner mit großen Geschäftsideen erhoffen, dass er kommt und ihnen mit seinen Millionen aus der Patsche hilft.»

Arne Bergman hielt die Arme immer noch verschränkt. Der überhebliche Ton des Journalisten schien ihn nicht weiter zu beeindrucken. «Hat er auch einen Namen?»

Die Schärfe, mit der er sprach, war nun nicht mehr zu überhören, und für einen Moment vergaß der hünenhafte Reporter seine lässige Masche.

«Lars Wallén. Er hat sein Sommerhaus hier in der Nähe.»

Der Reporter deutete die Straße hinunter, in Richtung der parkenden Polizeiwagen.

Während Arne Bergman etwas Unverständliches vor sich hin brummte, wurde Olsson plötzlich klar, warum das schmale Gesicht mit dem goldblonden Haar ihm so bekannt vorkam. Er las den Wirtschaftsteil der Zeitung nie, doch der Name Lars Wallén war einfach nicht zu übersehen gewesen. Er galt als ein Symbol der neuen Wirtschaft, als Draufgänger, der die alten Regeln der Finanzwelt auf den Kopf stellte, und eine Art Schutzengel der jungen Wilden innerhalb der IT-Branche.

Olsson wollte die Enthüllung gerade kommentieren, als ihm ein wütender Befehl zuvorkam.

«Das lassen Sie schön bleiben!»

Der Reporter hatte seine Kamera gehoben, doch bevor er den

toten Lars Wallén im Visier hatte, stieß Arne Bergman das Objektiv beiseite. Der Mann in Rot glotzte ihn verdutzt an und überwand sich zu einem schwachen Protest.

«Das ist mein Job …»

Doch Arne Bergman war nicht in der Stimmung zu diskutieren. «Das dürfte sowieso nicht veröffentlicht werden, wie Sie wissen.»

«Und wenn es bloß für mein Privatarchiv ist?»

Er probierte es mit einem flehenden Tonfall, der Arne Bergman nur noch stärker aufzuregen schien.

«Spielt keine Rolle. Hier werden, verdammt nochmal, keine Fotos gemacht, außer unseren eigenen!»

Olsson verstand seine Wut. Auch wenn die Lokalpresse vielleicht an etwas festhielt, das man im Allgemeinen als gute journalistische Sitten bezeichnete, so ließ sich doch ein ordentlicher Batzen Geld damit verdienen, Sensationsfotos an eine der großen Abendzeitungen zu verkaufen. Und diese würden sich einen Leckerbissen wie einen landesweit bekannten Investor mit einer Schlinge um den Hals wohl kaum entgehen lassen.

Offensichtlich hatte Arne Bergmans Ausbruch dem hünenhaften Reporter Respekt eingeflößt. Er klang plötzlich kleinlaut, und seiner Frage nach zu urteilen, ging ihm die tiefere Bedeutung des weißen Seiles jetzt erst auf.

«Er hat sich erhängt, was?»

Arne Bergman sah ihn an, ohne zu antworten. Er schien über etwas nachzudenken, vielleicht zählte er auch nur leise bis zehn. Dann brummte er: «Wonach sieht das hier wohl aus?»

Der Reporter begriff offenbar, dass er nicht mehr erfahren würde. Er zuckte erneut mit den Schultern, und für einen Augenblick blitzte sein schiefes Lächeln wieder auf. Vielleicht war es Ironie, vielleicht versuchte er einfach nur, sich selbst zu überzeugen. «Bis dann!»

Arne Bergman gab keine Antwort. Die rote Steppjacke entfernte sich in Richtung der Polizeiwagen, und erst jetzt entdeckte Olsson das weiße Auto mit dem Logo der Lokalzeitung. Es stand etwas schief halb im Graben, am anderen Ende der kleinen Friedhofsmauer.

«Wirklich sonderbar. Die scheinen sich alle für genial zu halten», murmelte Arne Bergman. Er schüttelte den Kopf und holte seinen Notizblock hervor. «Ich muss die Zeugen verhören», sagte er entschuldigend. «Fangen wir doch gleich bei dir an.»

Olsson nickte und berichtete so genau wie möglich, was er in und vor der Kirche gesehen hatte. Arne Bergman unterbrach ihn ab und zu, um einige Details zu klären. Als sie fertig waren, sagte Olsson:

«Tut mir Leid, was ich damals im Schwimmbad gesagt habe. Das war nicht so gemeint.»

Er spielte darauf an, dass er seinen alten Kollegen vor fast einem halben Jahr mehr oder minder offen der Korruption beschuldigt hatte. Olsson hätte es Bergman kaum verübeln können, wenn er deswegen immer noch wütend gewesen wäre, aber zumindest war die Entschuldigung nun endlich ausgesprochen.

Doch Arne Bergman machte eine beschwichtigende Handbewegung. Es schien ihm fast peinlich zu sein, dass Olsson die Sache überhaupt ansprach. «Das ist Schnee von gestern.» Er steckte den Notizblock in seine Brusttasche und legte die andere Hand auf Olssons Schulter. «Wir sollten uns mal treffen.» Dann drehte er sich auf dem Absatz um und schritt hinüber zur Kirche, wo seine Zeugen warteten.

«Das sollten wir», rief Olsson ihm nach.

Sie hatten es schon damals als Kollegen immer wieder gesagt, doch es war nie dazu gekommen. Olsson verspürte einen plötzlichen Anfall von Sehnsucht nach seinem alten Arbeitsplatz, genauer gesagt nach seinen alten Freunden. Bernhard Möller fiel ihm wieder ein, und er fragte sich, ob er wohl selbst einmal so einsam enden würde.

Der düstere Friedhof hob seine Stimmung auch nicht gerade, doch die Beerdigung war wenigstens vorbei, jedenfalls fürs Erste.

Olsson stellte mit einer gewissen Erleichterung fest, dass er nicht länger zwischen den Grabsteinen herumzustehen brauchte. Er sah sich nach Larsson um, konnte ihn aber nirgends entdecken. Vielleicht war er drüben bei dem grauen VW-Bus und überwachte das Verstauen der Proben, die seine Kollegen mitgenommen hatten.

Er selbst schlug die entgegengesetzte Richtung ein, zum Hof vor dem Gemeindehaus, wo sein grüner Saab sich den leeren Platz mit einem ungewaschenen Skoda teilte. Wahrscheinlich gehörte der Wagen dem langen Pastor. Olsson fragte sich, wie die Leute vom Bestattungsinstitut wohl hergekommen waren, weitere Fahrzeuge waren jedenfalls nirgends zu entdecken.

Er setzte sich hinters Lenkrad und ließ den Motor an. Noch nach mehr als einem Jahr stellte er immer wieder zufrieden fest, wie leicht das im Vergleich zu dem alten Diesel-Volvo ging, den er jedes Mal erst hatte warmlaufen lassen müssen. Auf dem leeren Hof war genügend Platz zum Wenden, und während er auf die Straße hinausfuhr und den Friedhof immer schneller hinter sich im Dunst verschwinden sah, hatte er nicht das Gefühl, irgendetwas zu vermissen, weder seinen alten Wagen noch die makabere Veranstaltung, auf der er gerade gewesen war.

Das typisch südschwedische Winterwetter mit Minusgraden und gleichzeitigem Nebel hatte sowohl Farben als auch Konturen der flachen Landschaft ausradiert. Olsson suchte sich seinen Weg bis zur alten Ängelholmer Straße halb instinktiv, er fuhr wie durch einen verschwommenen Tunnel, ohne viel mehr erkennen zu können als die Fahrbahn direkt vor sich. Eine einsame Allee frostbedeckter Weiden führte in einem weiten Bogen hinaus in den grauweißen Nebel und löste sich plötzlich in nichts auf, anstatt zu einem Haus zu führen, jedenfalls war keins zu sehen.

Vermutlich war der Zustand der Straße ganz und gar nicht zum Fahren geeignet, doch der Saab mit Frontantrieb brauchte trotzdem kaum mehr als fünf Minuten, um die acht Kilometer bis zur nördlichen Ausfahrt nach Ängelholm zurückzulegen. Olsson umkurvte den Kreisel am Wasserturm und erreichte die Siedlung Rebbelberga mit dem Gefühl, aus einem unangenehmen Traum erwacht zu sein.

Ohne an den Ampeln halten zu müssen, fuhr er in einem Rutsch den langen Hang hinunter bis zur Statoil-Tankstelle und den ebenso langen Hang bis zur Feuerwache wieder hinauf. An der Apotheke war die grüne Welle vorbei, und während er an der Ampel wartete, schlenderte eine Frau mit einem elegant frisierten Pudel gemächlich über die Straße.

Olsson ertappte sich bei der Frage, ob Bernhard wenigstens einen Hund zum Spazierengehen gehabt hatte, doch er schob den Gedanken von sich. Wenn er sich zu Bernhards Lebzeiten nicht um ihn gekümmert hatte, gab es auch keinen Grund, es jetzt zu tun. Vielleicht hatte sich Bernhard allein ja auch am wohlsten gefühlt, wie sollte Olsson das beurteilen?

An der nächsten Ecke lag die Storgatan, und Olssons flaches gelbes Haus an der Straße sah immer noch genauso aus, wie er es am Morgen verlassen hatte. Er manövrierte den Saab vorsichtig durch das viel zu schmale Tor und wich routiniert der Hängebirke aus, die mitten auf dem winzigen Hof stand und ihre schwarzen Winterzweige nach allen Seiten ausstreckte.

Er betrat das Haus durch den Hintereingang in der Küche und hinterließ dabei eine nasse, bräunliche Spur auf dem Fußboden. Bevor er losgefahren war, hatte er den Boden vor der Tür vorsorglich mit Zeitung ausgelegt. Aber natürlich hatte er vergessen, dass sie am Vordereingang lag, der zur Storgatan hinausging, und als er die rettende Stelle erreichte, hatten seine Schuhe den größten Teil an Salz und Schneematsch bereits von sich gegeben.

Während er die dicken Winterschuhe auszog, betrachtete er resigniert die Tropfen, die sich wie Perlen eines Rosenkranzes quer durch die Küche bis in die enge Diele zogen. Aus irgendeinem Grund erinnerten sie ihn an den Friedhof, und wie zur Beschwörung holte er eilig ein Stück Küchenpapier und begann mit einem deprimierten Seufzer alles aufzuwischen.

Er war ihm ein Rätsel, wie man es geschafft hatte, die Leiche des Investors in den Sarg zu schmuggeln, doch der Grund dafür war offensichtlich. Die Nachricht, dass einer der wichtigsten Sponsoren des Landes Selbstmord begangen hatte, hätte wahrscheinlich ausgereicht, um an der Börse eine Panik auszulösen. Indem man die Sache verschleierte und ihn verschwinden ließ, konnten der oder die Täter Zeit gewinnen, ihre Aktien umzuschichten – und sicher einen ordentlichen Gewinn damit machen.

Olsson warf das nasse Küchenpapier in den Mülleimer und

wusch sich die Hände. Was geschehen war, wunderte ihn eigentlich kein bisschen. Im neuen Schweden, wo sich alles immer mehr ums Geld drehte, schienen die Leute für schnelle Gewinne an der Börse zu allem bereit zu sein. Seltsam war eigentlich nur die Kapuze über dem Kopf des Toten gewesen. Warum, um alles in der Welt, sollte Lars Wallén sich so ausstaffieren, bevor er sich das Leben nahm?

Olsson ging zur Kühltruhe hinüber und wählte etwas aus seinem Vorrat an Fertiggerichten. Ihm fiel keine Antwort auf seine Frage ein, und im Grunde gab er sich auch keine Mühe, das war Arne Bergmans Sache und nicht seine. Hier in seinen eigenen vier Wänden konnte er nicht mal mehr begreifen, dass er dort draußen auf dem Friedhof eine gewisse Sehnsucht nach seinem alten Arbeitsplatz verspürt hatte.

Wenn es überhaupt die Arbeit war, die er vermisst hatte. Olsson stellte die Form mit dem Fischauflauf in die Mikrowelle, programmierte mit den Tasten seitlich der Ofenklappe Stärke und Dauer und kontrollierte die kleine grüne Zahl, die anzeigte, dass der elektronische Aufwärmvorgang begonnen hatte. Wenn er ehrlich war, so lag es wohl eher an seinem chronischen Gefühl von Leere, dass er sich nach etwas zurückgesehnt hatte, von dem er nicht einmal genau wusste, was es eigentlich war.

Er hatte gelaubt, dass sein Umzug von Hallandsåsen in die Innenstadt ihn aus seiner zunehmenden Isolation herausholen würde, doch inzwischen waren fast zwei Jahre vergangen, ohne dass sein Sozialleben sich irgendwie nennenswert verändert hätte. Er hatte schließlich und endlich einsehen müssen, dass zwischen Menschen seines Schlages und der Allgemeinheit eine unsichtbare Grenze verlief; als Polizist hatte man eben viele Bekannte, aber kaum gute Freunde.

Dass er nur ein ehemaliger Polizist war, schien an der Sache nichts zu ändern.

Olsson deckte den Küchentisch mit einem Teller und Besteck. Auch wenn das Tiefkühlgericht bereits in einer Art Servierschale aus Pappe lag, die offensichtlich dazu gedacht war, direkt daraus zu essen, hatte er ohne einen anständigen Teller aus Porzellan immer das Gefühl, eine Campingmahlzeit einzunehmen.

Er holte sein obligatorisches Arsenal an Pfefferstreuern und füllte eine große Kanne mit Eiswasser zum Nachspülen. Während er auf das «Pling» der Mikrowelle wartete, kramte er die Tageszeitung hervor. Ohne genau zu wissen warum, schlug er ganz gegen seine Gewohnheit den Wirtschaftsteil auf.

Vielleicht hoffte er dort etwas über Lars Wallén zu finden, vielleicht sogar eine Erklärung dafür, warum er sich das Leben genommen hatte. Doch das Einzige, was er fand, waren einige euphorische Artikel, die entweder feststellten, dass die Börsenkurse neue Rekordhöhen erreicht hatten, oder genauso euphorisch prophezeiten, dass der Aufwärtstrend weiterhin anhalten würde. Der Hauptgrund für die steigenden Kurse seien die neuen IT-Firmen, stand dort zu lesen, und das seltsamerweise, obwohl sie gar keine echten Gewinne zu verzeichnen hatten.

Olsson hätte nie behauptet, sich im Börsenhandel auszukennen. Aber wie diese Gleichung aufgehen konnte, das überstieg wirklich seinen einfachen Verstand. Vielleicht war dies die neue Ökonomie?

Während er in seinem gepfefferten Fischauflauf herumstocherte, blätterte er weiter in der Zeitung. Es fiel ihm schwer, sich auf die übrigen Meldungen zu konzentrieren, und als das

Telefon klingelte, kaute er immer noch an dem Fisch herum – und an den unbeantworteten Fragen zu Lars Wallén und seinem seltsamen Selbstmord.

Vielleicht war es Gedankenübertragung. Die vertraute Stimme kam jedenfalls wie gerufen.

«Guten Morgen, Herr Kommissar.»

Beide Äußerungen waren in etwa gleichermaßen falsch. Es ging bereits auf ein Uhr zu, und der höchste Dienstgrad, den Olsson im Laufe seiner Polizeikarriere erreicht hatte, war der eines Kriminalassistenten gewesen. Doch er nahm Cecilias Ungenauigkeiten gelassen hin und kam gleich zur Sache.

«Was weißt du über Lars Wallén?»

Einen Moment lang war sie still, vielleicht weil sie spürte, dass es ihm ernst war. Als sie schließlich antwortete, hatte sich ihr Tonfall jedenfalls verändert. «Nicht mehr als andere, warum?»

Er erklärte, was auf dem Hjärnarper Friedhof passiert war, und sie hörte zu, ohne ihn zu unterbrechen. «Aber du darfst nicht darüber schreiben», fügte er hinzu.

Ihre Antwort klang fast beleidigt. «Keine Angst. Außerdem hab ich gerade Urlaub.»

Olsson hatte bestimmt nicht erwartet, dass sie seine Geschwätzigkeit ausnutzen würde, dennoch fühlte er sich beruhigt. Cecilia hatte ihre Arbeit als Politikredakteurin bei einer großen Malmöer Zeitung wieder aufgenommen, und weder Kriminalgeschichten noch die Sensationspresse gehörten zu ihrem Gebiet. Aber man konnte ja nie wissen, ob sie nicht vielleicht auf die Idee kam, etwas für ihre Kollegen zu schreiben. Ihre zweite Bemerkung überraschte ihn allerdings mehr.

«Urlaub?»

«Ich bin in Vejbystrand.» Sie gab ihm nicht einmal die Gelegenheit, etwas zu erwidern, bevor sie weiterredete. «Er hat sich erhängt, hast du gesagt?»

«Es sah so aus.»

«Das wäre das Letzte, was ich glauben würde. Er steckte gerade in einem Riesengeschäft.»

Er hörte ein schepperndes Geräusch, dann war ihre Stimme wieder da.

«Entschuldige, ich bin gerade am Kochen. Eigentlich wollte ich dich zum Mittagessen einladen», fügte sie hinzu. «Es gibt gegrilltes Lachskotelett, und dabei kann ich dir alles über ihn erzählen, was ich weiß.»

Olsson warf einen Blick auf die Überreste seiner dürftigen Mahlzeit. «Ich habe gerade gegessen», sagte er trübsinnig.

«Schade, dass du nicht vor einer Viertelstunde angerufen hast.»

Sie musste die Enttäuschung in seiner Stimme wohl bemerkt haben, aber er konnte nicht ausmachen, ob sie gerührt oder eher belustigt war.

«Ich mach dir auch einen Kaffee. In einer Dreiviertelstunde.»

KAPITEL 4

Eine halbe Stunde später hielt der grüne Saab auf dem Parkplatz vor dem grauen Haus.

Der raue Wind fegte immer noch über den Schneematsch, und es war genauso feuchtkalt wie auf dem Friedhof, obwohl es nun nach Meer roch. Olsson drehte den Kopf weg und lief geduckt den Trampelpfad hinauf, bis er schließlich erleichtert in den Windschatten des länglichen Gebäudes trat.

Im ersten Stock stand «C. Cederberg» an der Tür. Sie öffnete gleich nach dem ersten Klingeln, und er hatte fast dasselbe Gefühl wie damals bei seinem ersten Besuch. Vielleicht erging es ihr genauso, denn sie musterte ihn kritisch.

«Keine Rosen?»

Olsson wurde plötzlich verlegen, obwohl er wusste, worauf sie anspielte. Ihm fiel keine passende Antwort ein, doch sie lächelte bloß und griff nach seinem Arm.

«Komm rein, der Kaffee ist so gut wie fertig.»

Er betrat die winzige Wohnung, zog seine schwere grüne Öljacke aus und hängte sie auf. Die Rosen waren gelb gewesen und hatten eine Pralinenschachtel geschmückt. Traurig wurde ihm klar, wie viel Zeit seitdem vergangen war. Er erinnerte sich immer noch an das unsichere Gefühl, dem er nicht zu trauen gewagt hatte.

Cecilia war vielleicht der einzige wirkliche Freund, der ihm geblieben war. Aber er musste immer wieder darüber nachdenken, wie sich die Dinge wohl entwickelt hätten, wäre er nur nicht so passiv gewesen. Und nicht nur dieses eine Mal. Seine Feigheit Cecilia gegenüber war mit der Zeit zu einem chronischen Zustand geworden, und im selben Maße, wie sie sich näher kamen, war auch seine Angst davor gewachsen, ihre Freundschaft aufs Spiel zu setzen.

Er musste wohl ganz in Gedanken versunken gewesen sein, denn er hatte gar nicht bemerkt, dass sie plötzlich hinter ihm stand.

«Was träumst du denn da vor dich hin?»

Olsson lächelte sie verlegen an; er fühlte sich ertappt, ohne sich erklären zu können, weshalb. «Ach nichts», log er.

Sie sah ihn forschend an. In ihren grünen Augen lag etwas Ernsthaftes, das ihn noch unsicherer machte. Im nächsten Moment war es wieder verschwunden. «Italienischen Kaffee?»

Er seufzte demonstrativ. «Habe ich die Wahl?»

In der Espressomaschine zischte es bereits. Mit der Zeit hatte er sich an den bitteren Geschmack gewöhnt, wenngleich er versuchte, ihm mit Zucker und Milch zu Leibe zu rücken. Doch das hätte er nie zugegeben.

Das einzige Zimmer war nicht sehr groß, enthielt dafür aber umso mehr Gegenstände. Olsson bewegte sich wie auf einem kleinen Boot und schaffte es, sich an dem Bett, dem Fernseher und dem einzigen Sessel vorbeizumanövrieren, ohne etwas umzuwerfen. Der riesige Eichentisch, der den halben Raum zu füllen schien, fungierte normalerweise als kombinierter Ess- und Arbeitsbereich. Im Moment mussten sie sich den Platz mit einem Computer und einem Haufen unsortierter Zeitungsausschnitte teilen.

«Sagtest du nicht, du hättest Urlaub?»

«Hab ich ja auch. Das hier ist für dich.»

Er starrte sie verdutzt an. «Für mich?»

Sie fuhr mit den Fingern durch die Zeitungsartikel. «Da steht eine ganze Menge über Lars Wallén drin. Ich bin bloß noch nicht dazu gekommen, sie zu ordnen.»

Olsson langte neugierig nach dem Stapel. Die vielen Ausschnitte schienen alles Mögliche zum Inhalt zu haben; in den meisten ging es um Politik, doch es gab auch einige über Wissenschaft und Wirtschaft. Ein paar Glossen fielen ihm beim raschen Durchblättern in die Hände, dann starrte Lars Walléns Gesicht ihn an.

Während Cecilia den italienischen Kaffee holte, fand er weitere vier Artikel, die etwas mit dem toten Investor zu tun hatten. In einem davon las Olsson den sonderbaren Ausdruck *business angel* zum ersten Mal schwarz auf weiß. Aber nichts deutete auf irgendein laufendes großes Geschäft hin. Soviel er begriff, hatte Lars Walléns Strategie vor allem darin bestanden, sein Geld in die IT-Branche zu investieren, wo relativ bescheidene Summen schnell zu mehrfachen Millionenbeträgen anwachsen konnten.

Der Kaffeeduft aus der mikroskopisch kleinen Küche eilte Cecilia um eine halbe Wohnungslänge voraus. Mit einem verächtlichen Schnauben stellte sie das Tablett auf dem Tisch ab. «Zucker und Milch sind für dich.»

Sie selbst füllte ihre Tasse demonstrativ bis zum Rand mit dem braunschwarzen Gebräu, aber Olsson stellte fest, dass sie ihm eine extra große Tasse mitgebracht hatte, damit genügend Platz für seine bespöttelten Zusatzstoffe blieb.

Er überging die Stichelei und hielt ihr stattdessen die Artikel hin. «Hier steht aber gar nichts über ein großes Geschäft.»

Cecilia wurde sofort wieder ernst. Sie nahm einen vorsichtigen Schluck heißen Kaffee, ehe sie antwortete. «Bis jetzt hat auch noch niemand etwas darüber geschrieben.»

Olsson sah sie verdutzt an; er begriff überhaupt nichts. «Woher weißt du dann davon? Kanntest du ihn persönlich?»

Sie lachte auf, vielleicht wegen seines dümmlichen Gesichtsausdrucks. «Hast du etwa vergessen, dass ich bei einer Zeitung arbeite?»

Das hätte er fast. Zumindest hatte er nicht bedacht, dass es in einer Zeitungsredaktion natürlich von Gerüchten und Informationen wimmeln musste, die unmöglich allesamt veröffentlicht werden konnten.

«Keiner wusste genau, worum es ging, aber es wurde behauptet, er hätte irgendetwas mit einem IT-Einwanderer zu tun.»

«IT-Einwanderer?» Olsson begriff nicht, was sie meinte. Er hörte auf, in seiner Kaffeetasse zu rühren, und sah sie verständnislos an.

«So nennt man ausländische IT-Firmen, die sich in Schweden zu etablieren versuchen, von den amerikanischen Internetriesen bis hin zu unbekannten Firmen aus Indien oder Taiwan.»

«Und Lars Wallén hat in sie investiert?»

«Na ja, es hieß, dass er seine Gelder aus den anderen von ihm unterstützten Projekten abziehen wollte, um mit einer dieser Firmen etwas Eigenes aufzubauen.»

Sie schwieg und nahm einen Schluck ihres schwarzen Kaffees. Eine Falte stahl sich zwischen ihre Augenbrauen. «Es ist zwar nur ein Gerücht …»

Ihr Zögern verriet Olsson, dass sie noch nicht alles gesagt hatte. Er nickte ihr aufmunternd zu. «Was für eins?»

Sie zuckte mit den Schultern. Als sie weitersprach, klang es fast entschuldigend. «Dass er sich mit Jakob Alm angelegt haben soll. Offenbar hatte Alm ganz ähnliche Pläne.»

Olsson begann wieder nachdenklich in seinem Kaffee zu rühren. Sogar er wusste, wer Jakob Alm war, einer der wirklich großen Namen der IT-Branche. Seine Firma Zeitmaschine hatte ganz klassisch in einem Keller angefangen und sich dann im Laufe eines einzigen Jahres zu einem echten Machtfaktor entwickelt, nicht nur innerhalb der IT-Welt, sondern auch gesamtgesellschaftlich.

«Du weißt nicht, welche Pläne das waren?»

Sie schüttelte den Kopf. «Nicht genau, aber es war eine große Sache. Eine Art Fusion von IT und Medien. Und ich meine, dass es dabei auch um so was wie eine elektronische Währung ging.»

Olsson war endlich mit dem Umrühren fertig. Vorsichtig kostete er die süße braune Brühe. Ihm fiel kein vernünftiger Grund ein, warum die Konkurrenz zwischen Lars Wallén und Jakob Alm jemanden dazu bringen sollte, Walléns Leiche in einem fremden Sarg verschwinden zu lassen. Und er konnte auch nicht finden, dass Walléns Geschäfte Anlass gaben, sich umzubringen oder sich vorher noch eine mysteriöse Kapuze über den Kopf zu ziehen.

Olsson setzte die Tasse ab und fuhr nachdenklich mit dem Daumen über die Zeitungsartikel. «Hast du nichts Persönlicheres über ihn?»

Wieder schüttelte Cecilia den Kopf. «Nein, was sein Privatleben angeht, war er sehr zurückhaltend. Er empfing niemals Journalisten.»

Sie sah nicht aus, als ob sie es bedauerte. Olsson lächelte, er kannte ihre Meinung über einige seiner Kollegen und konnte sehr gut nachvollziehen, warum sie so dachte.

Er hatte immer noch keine Antworten auf seine Fragen bekommen, aber auch das bedauerte er nicht. Schließlich und endlich war dieser sonderbare Selbstmord Arne Bergmans Sache und nicht seine.

Er blickte aus dem Fenster. Der Schnee sah alt und schmutzig aus, möglicherweise schlug das Wetter gerade um.

«Willst du die Artikel behalten?»

Olsson zuckte mit den Schultern. Sein Interesse an dem toten Investor war eigentlich schon wieder erloschen.

Die viel zu frühe Februar-Abenddämmerung brach schon langsam herein, als Olsson aufstand, um zu gehen.

Cecilia begleitete ihn in die kleine Diele hinaus. Sie stand schweigend da, während er seine grüne Öljacke anzog. Sie hatten nicht mehr viel über die seltsamen Ereignisse der Beerdigung und über Lars Wallén gesprochen. Allerdings auch nicht sehr viel über andere Dinge. Stattdessen hatten sie lange schweigend dagesessen und sich eine Platte mit sanfter kubanischer Gitarrenmusik angehört. Darüber war der ganze Nachmittag verstrichen.

Er hatte zwischen ihnen eine Nähe empfunden, die ohne Worte auskam und ihn irgendwie mit Ruhe erfüllt hatte. Zumindest waren dadurch die letzten Reste jener Angst, die er bei Bernhards Begräbnis gespürt hatte, endgültig von ihm gewichen.

Olsson drehte sich um, doch er stockte, als er ihren ernsten Blick sah. Sie standen im Halbdunkel der Diele nebeneinander, vielleicht hatte sie ebenfalls vorgehabt, etwas zu sagen. Sie hob den Kopf und sah ihn an, mit weichen Gesichtskonturen, die in dem Dämmerlicht fast zu verschwimmen schienen. Und plötzlich griff ihre Hand nach seinem Nacken.

«Martin ...»

Der Kuss kam völlig unerwartet. In Gedanken hatte er ihn

schon tausendmal durchlebt, und zu seiner Verwunderung fühlte Cecilia sich genauso an, wie er es sich immer vorgestellt hatte. Trotzdem war er nicht vorbereitet. Er erwiderte den Kuss unbeholfen. In die grüne Öljacke eingehüllt, die sie wie ein Zelt umgab, standen sie in der Diele und knutschten wie zwei Teenager.

Ewigkeiten mussten vergangen sein, vielleicht auch nur Minuten. Er schob ihr Gesicht von sich und holte tief Luft, aber sie legte ihm einen Finger auf den Mund.

«Sag nichts.»

Er gehorchte, und als er die Tür öffnete, strich sie ihm sanft über die Wange.

«Ich melde mich morgen.»

Dann stand er plötzlich draußen im Treppenhaus, als sei alles nur ein Traum gewesen.

Benommen trat er hinaus in den dahinschmelzenden Schnee. Das Tauwetter hatte eingesetzt, vom Meer wehte eine milde Brise herüber, doch er spürte sie nicht. Er ging denselben Weg zurück, den er gekommen war, ohne zu merken, dass der Pfad inzwischen nass und schneefrei war, und als er in den Saab stieg, ließen seine Hände automatisch den Motor an und legten den Gang ein, während er nur zusah.

Wer entschieden hatte, dass er die Küstenstraße entlangfuhr, wusste er nicht. Überrascht stellte er fest, dass die Dunstschleier über dem Meer sich gelüftet hatten und den Blick auf graue Wellen mit weißen Schaumkronen freigaben, die von einem unsichtbaren Horizont im Westen heranrollten. Langsam fuhr er an der Heide vorbei Richtung Magnarp. In seinem Kopf wirbelten die Gedanken, und erst als der kleine Fischerhafen auf der rechten Straßenseite auftauchte, hatte er sich endlich wieder gefasst.

Die Küstenstraße führte den Hang hinab zur Mole und einem roten Kiosk, ließ das Meer dann hinter sich und wand sich einen kleinen Hügel hinauf. Olsson fuhr unter einigen hoch aufragenden Bäumen entlang, Ulmen vielleicht. Er wusste nicht, was er denken sollte. Er versuchte sich einzureden, alles sei nur ein Zufall gewesen, ein unschuldiger Kuss aus Freundschaft. Doch eine Stimme in ihm flüsterte etwas ganz anderes. Als er in die nass glänzende Storgatan einbog, war er immer noch nicht klüger. Das flache gelbe Haus mit der Nummer 12B machte einen einladenden Eindruck. Olsson manövrierte sich routiniert durch das Nadelöhr mit der entlaubten Hängebirke und parkte den Saab an der üblichen Stelle.

Er hatte den winzigen Hof mit wenigen Schritten überquert und steckte die Hand in die breite Außentasche der Öljacke, um den Schlüssel herauszuholen, als er merkte, dass etwas darin raschelte. Er zog es mit dem Schlüssel heraus und sah mit einem Blick, was es war. Die Zeitungsausschnitte über Lars Wallén interessierten ihn eigentlich nicht mehr, aber er nahm sie dennoch mit hinein und legte sie auf den Küchentisch. Diesmal lag das Zeitungspapier an der richtigen Stelle für seine Schuhe bereit, aber es wäre kaum nötig gewesen.

Im Haus gab es eigentlich nichts Besonderes zu tun, doch eine seltsame Unruhe scheuchte ihn durch die Räume und ließ ihn Kissen umdrehen und Bücherregale ordnen. Nicht einmal ein Bad brachte ihn wieder richtig ins Gleichgewicht, und er fing an, nach dem Schrank zu schielen, in dem sich sein kanadischer Whisky versteckte.

Wenn man bedachte, welche Achterbahnfahrt sein Gefühlsleben an diesem Tag schon mitgemacht hatte, war es vielleicht gar nicht so verwunderlich, dass er aufgekratzt war. Das Gefühl, das ihn in Cecilias Diele überwältigt hatte, durchströmte ihn noch immer wie eine warme Welle, aber ihm war trotzdem nicht entfallen, dass der Tag mit einer Beerdigung begonnen hatte.

Olsson setzte seinen Rundgang durch das Haus fort und stellte fest, dass er sich immer öfter dem Telefon näherte, das gleich in der Diele auf dem Tisch stand, aber er bezwang sich und rührte den Hörer nicht an.

Sie hatte versprochen, sich am nächsten Tag zu melden. Und was hatte er ihr schon zu sagen?

Es war noch immer früher Abend. Olsson räumte die Reste seines frugalen Mittagessens weg. Während die Mikrowelle ein weiteres Fertiggericht erhitzte, blätterte er in den Zeitungsausschnitten auf dem Tisch, in erster Linie, weil sie gerade zufällig vor seiner Nase lagen.

Wieder fiel ihm auf, dass kein einziges Wort über die Privatperson Lars Wallén zu finden war, als sei er eine unsichtbare Investitionsmaschine gewesen oder eher vielleicht ein virtuelles Geschöpf aus dem Cyberspace. Welchen Grund er auch immer gehabt hatte, sein Privatleben zu verbergen, es war ihm gut gelungen.

Nachdem Olsson die fünf Artikel durchgelesen hatte, war er außerdem geneigt, Cecilia Recht zu geben. Es gab keinerlei Hinweise auf einen Selbstmord, jedenfalls nicht aus wirtschaftlichen Gründen. Ordnete man die Artikel in der Reihenfolge ihres Erscheinens, wirkten sie wie eine steil ansteigende Erfolgskurve der Börse.

Das «Pling» der Mikrowelle unterbrach ihn beim Lesen. Während er sich ein großes Glas Eiswasser eingoss, das die Nachwirkung der Tabascosauce abmildern würde, ging ihm der bizarre Anblick auf dem Friedhof nicht aus dem Kopf.

Die merkwürdige Kapuze, die Lars Wallén getragen hatte,

hatte definitiv nicht zu seinen restlichen Kleidern gepasst. Und im Hinblick auf den geckenhaften Eindruck, den sein ganzer Aufzug gemacht hatte, war es schwer zu glauben, dass er sie einfach nur übergezogen hatte, um sich gegen die Kälte zu schützen. Aber Olsson konnte sich einfach nicht vorstellen, was für eine Funktion sie sonst gehabt hatte.

Als er sich aus seinem Sessel erhob, hatte die Februar-Dunkelheit die Fensterscheiben längst schwarz gefärbt. Olsson sah sein Spiegelbild wie eine verschwommene, doppelt umrissene Gestalt in dem dreifach verglasten Fenster, durch das man auf die Straße hinausblickte.

Er sah hinüber zur Uhr, es war fast halb zwölf. Die «lange Filmnacht» des dänischen Senders hatte ihrem Namen zweifellos alle Ehre gemacht. Aber seinem exaltierten Zustand hatte sie nichts anhaben können, er fühlte sich genauso rastlos wie zuvor. Nicht einmal der kanadische Whisky hatte den erhofften Effekt gehabt.

Er ging dichter an das Fenster heran und legte die Hand über die Augen, um die Straße draußen besser sehen zu können. Sie glänzte immer noch vor Nässe, aber er konnte nicht erkennen, ob es regnete. Er zögerte nur einen kurzen Moment, dann lief er in die Küche und langte nach den Schuhen auf der Zeitung vor der Tür.

Er betrachtete seine Öljacke lange, bevor er sie schließlich anzog; aus irgendeinem Grund schien sie für ihn eine neue Bedeutung bekommen zu haben. Dann schüttelte er den Kopf über seine sentimentalen Anwandlungen und verließ das Haus.

Still und leer lag die nächtliche Straße vor ihm. Für einen Augenblick blieb er auf der Treppe stehen und blickte seinen üblichen Spazierweg hinunter. Die dichte Finsternis unten am Fluss weckte unangenehme Assoziationen. Er kehrte ihr den Rücken zu und schlug die entgegengesetzte Richtung ein, zum Marktplatz.

Er entschied sich automatisch für den Weg, der die Järnvägsgatan hinunterführte. Der schwarze Gitterzaun vor der Kirche begleitete ihn, und erst als er die Hälfte der Strecke zurückgelegt hatte, wurde ihm klar, dass es tatsächlich schon wieder ein Friedhof war, um den er herumging. Er beschleunigte seine Schritte und fixierte, um sein Unbehagen zu verdrängen, die Glasfassade der Bibliothek, die wie eine Sinnestäuschung an der Stelle aufragte, wo das nasse Kopfsteinpflaster der Norra Kyrkogatan endete.

Sein Ziel rückte schnell näher, doch als er die ausgebaute Sakristei der Kirche erreicht hatte, ließ ihn etwas zusammenzucken. Ein Schauer lief ihm den Nacken hinunter, als er die Ursache entdeckte: In der Dunkelheit stand dicht am schwarzen Eisenzaun ein regungsloser Mann, der ihn mit seinen Blicken zu verfolgen schien.

Eine Sekunde lang glaubte Olsson, dass der Mann ihn überfallen würde, dann erkannte er das unverwechselbare Profil mit Kahlkopf und dichtem Bart.

«Ich hatte nicht gesehen, dass hier jemand steht.»

Olsson versuchte nur leicht überrascht zu klingen. Hoffentlich merkte der andere nicht, wie erschrocken er gewesen war. Der Mann trat einen Schritt vor, sodass er im Schein der altmodischen Straßenlaterne stand. Olsson kannte Greger Mattiasen, den Ängelholmer Pastor, gut – er wohnte in einem der kleinen jahrhundertealten Häusern gleich neben der Kirche.

«Ich wollte nur mal frische Luft schnappen», sagte er und sah Olsson an.

Sowohl sein Tonfall als auch sein Blick hatten etwas seltsam Forschendes. Es wirkte fast so, als sei er sich nicht sicher, ob man ihm glaubte oder nicht.

Olsson wusste nicht, was er sagen sollte. Er war ganz einfach vor lauter Schreck stehen geblieben und konnte sich nicht überwinden, wortlos weiterzugehen.

«Schlimme Sache, die da in Hjärnarp passiert ist», platzte er gedankenlos heraus. «Ich war bei der Beerdigung.»

Greger Mattiasen nickte und murmelte irgendetwas Zustimmendes. Aber sein Blick war auf etwas anderes gerichtet, und Olsson unterdrückte den Drang, sich umzudrehen, um herauszufinden, was es war.

Also hatte der Pastor von seinem hünenhaften Kollegen in Hjärnarp bereits einen ausführlichen Bericht erhalten. Mehr um das Gespräch am Laufen zu halten, redete Olsson weiter.

«Der eine hatte so eine seltsame dunkle Kapuze über dem Kopf; können Sie sich vorstellen, warum?»

Der kahlköpfige Pastor starrte ihn eine ganze Weile an. Dann schweifte sein Blick wieder ab. Olsson folgte seinen Augen zum Anbau der Sakristei und wieder zurück.

«Von solchen Dingen verstehe ich nichts.»

Es klang abweisend, als ob er sich belästigt fühlte. Olsson verstand nicht, was er meinte, sagte aber nichts. Etwa eine halbe Minute standen sie nur schweigend da. Der Pastor konnte die Augen kaum ruhig halten. Er blickte die ganze Zeit nervös zur Sakristei hinüber, und Olsson begann sich langsam zu fragen, ob dort vielleicht irgendetwas anders war, als es hätte sein sollen.

Möglicherweise hatte Greger Mattiasen seine Gedanken erraten, denn plötzlich war er wie verwandelt. «Ich habe einfach hier gestanden und Ausschau gehalten», sagte er.

Olsson wartete auf eine genauere Erklärung, aber stattdessen nickte der Pastor ihm kurz zu und eilte die feucht glänzende Straße hinunter.

Olsson blieb verdutzt zurück. Erschrocken zuckte er zusammen, als die Kirchenglocke direkt über ihm zwölf zu schlagen begann.

KAPITEL 5

Das Telefon weigerte sich immer noch zu klingeln. Still und bedrohlich lauerte es auf seinem Tisch, als wäre es ihm ein ganz besonderer Genuss, sein Opfer am langen Arm verhungern zu lassen.

Olsson drehte ein paar weitere Runden in seiner Wohnung, während das Frühstücksei abkühlte. Ab und zu warf er einen Blick hinaus in den kleinen, eingezäunten Hof. Die Hängebirke stand immer noch am selben Platz, aber das Wetter hatte die Farben gewechselt, von Grau und Weiß zu Schwarz und Braun.

Auch seine Laune schlug um, von Hoffnung zu Niedergeschlagenheit und dann wieder zurück, je nachdem, wie er gerade wagte, die Ereignisse in Cecilias Diele zu deuten. Ihm wurde klar, wie schmal der Grad zwischen Gemeinschaft und Einsamkeit in seinem Leben war. Bernhard Möllers traurige Beerdigung hatte nur allzu deutlich gezeigt, wie leicht man zu denen gehören konnte, die ins Abseits gedrängt wurden – oder sich vielleicht auch selbst dorthin manövrierten.

Es lag eine gewisse makabre Ironie in der Tatsache, dass Bernhard erst in seinem Sarg Gesellschaft bekommen hatte. Und wohl kaum eine, die er sich gewünscht hätte.

Obwohl der Grund für seine Runden um das Telefon ein ganz anderer war, konnte Olsson nicht aufhören, über Lars Walléns seltsamen Selbstmord nachzudenken, vor allem, weshalb er diese merkwürdige Kapuze über dem Kopf gehabt hatte.

Greger Mattiasens Reaktion war reichlich sonderbar gewesen, als Olsson sie erwähnt hatte. Fast hatte es gewirkt, als ob er wüsste, wovon die Rede war, sich aber nicht weiter auf das Thema einlassen wollte.

Andererseits hatte er sich überhaupt äußerst merkwürdig benommen. Was gab es auf einem Friedhof um Mitternacht denn zu bewachen?

Olsson schüttelte ratlos den Kopf. Er drehte eine neue Runde um das Telefon, aber auch diesmal blieb der Erfolg aus. Es war genauso still wie vorher.

Um auf andere Gedanken zu kommen, ging er hinaus in die Küche und setzte sich an sein verspätetes Frühstück. Er hatte eigentlich keinen Hunger, sah aber ein, dass er etwas essen musste. Gleichzeitig fasste er einen Entschluss: Wenn Cecilia bis zwölf nichts von sich hören ließ, würde er selbst anrufen.

Zerstreut blätterte er in der Lokalzeitung. Seltsamerweise war nichts weiter als eine kleine Notiz darüber zu finden, dass Lars Wallén tot war. Sie stand auf der ersten Seite ganz unten, als sei sie noch in letzter Sekunde eingebaut worden. Und es gab keinerlei Hinweise darauf, dass er anders als eines natürlichen Todes gestorben war.

Verwundert las Olsson weiter. Er war sich nicht sicher, ob diese Zurückhaltung auf Rücksichtnahme beruhte oder darauf, dass der Redakteur kalte Füße bekommen hatte, als ihm klar geworden war, was für ein Chaos er möglicherweise an der Börse auslösen würde. Wie auch immer, Olsson entschied sich, dem Rest der Zeitung eine ehrliche Chance zu geben. Außerdem hatte er bis zwölf noch den halben Vormittag Zeit, und die musste gefüllt werden.

Er schaffte es auszuharren, bis ihn nur noch eine Viertelstunde vom magischen Zeitpunkt trennte, obwohl er das Gefühl hatte, die Zeitung inzwischen auswendig zu kennen. Ohne darüber nachzudenken, hatte er wieder zur ersten Seite zurückgeblättert und ertappte sich dabei, dass er dasaß und auf die Wallén-Kurzmeldung starrte. Olsson zog eine Grimasse und knüllte die Zeitung mit einem wütenden Rascheln zusammen – da klingelte es an der Tür.

Auf dem Weg durch die Diele warf er rasch einen prüfenden Blick in den Spiegel. Hinter dem rautenförmigen gelben Rohglasfenster der Haustür war ein diffuser Schatten zu erkennen. Olsson spürte einen plötzlichen Stich in der Zwerchfellgegend und zwang sich, eine Sekunde stehen zu bleiben, um Mut zu fassen. Dann holte er tief Luft und öffnete die Tür.

Ein Paar hellgraue Augen unter blonden Ponyfransen sahen ihn fragend an. Es dauerte einen Moment, bevor er den Rundkragen am Halsausschnitt der Frau bemerkte.

«Sind Sie Martin Olsson?»

Olsson starrte die junge Pastorin verstört an. Dann wurde ihm plötzlich bewusst, welchen seltsamen Eindruck er wohl machte, und riss sich zusammen. «Entschuldigen Sie, ich hatte jemand anders erwartet.»

Sie blickte ihn noch immer irritiert an, und er begriff, dass er ihre Frage nicht beantwortet hatte. Er nickte.

«Ja, der bin ich», fügte er hastig hinzu.

«Eva Ström», sagte die Frau und streckte ihm ihre Hand entgegen. «Ich bin die Pastorin der Gemeinde Barkåkra.»

Ihre Hand war warm, genau wie ihr Lächeln.

«Darf ich reinkommen?»

Olsson merkte, dass er mitten in der Tür stand, fast als hätte er etwas zu verbergen. Er trat zur Seite und hielt ihr die Tür auf. «Natürlich», murmelte er verlegen.

Sie sah sich unschlüssig in der Diele um. Olsson wies Richtung Wohnzimmer, um seine Unhöflichkeit wieder gutzumachen. Die Pastorin nickte mit ihrem blonden Pony und ging an ihm vorbei hinein. Doch auf halbem Wege drehte sie sich um.

«Arne Bergman hat mich hergeschickt», sagte sie. «Er sagt, ich soll Sie grüßen.»

Olsson, der nur eine Schrittlänge hinter ihr war, blieb ebenfalls stehen. Sie schien ihm die Verwirrung anzusehen und deutete es vielleicht als Misstrauen, denn sie fügte hinzu: «Aber wir beide kennen uns auch von einem Telefonat vor einem halben Jahr. Es ging um Åke Bomans Namensänderung.»

Endlich fiel der Groschen. Olsson hatte die ganze Zeit das Gefühl gehabt, die Stimme und den Namen der Frau irgendwoher zu kennen, vermutlich war sein Gedächtnis durch ihr überfallartiges Auftauchen blockiert gewesen. Und ihm fiel ein, dass er damals vergessen hatte, ihr für den Gefallen zu danken, den sie ihm getan hatte.

«Ich hätte mich noch mal melden sollen», sagte er verlegen. Sie machte eine abwehrende Geste und blickte fragend auf einen der beiden Sessel. Olsson nickte und setzte sich in den anderen. Ein paar Sekunden lang wurde es still, und er erinnerte sich wieder, dass ihm der Klang ihrer Stimme für eine Pastorin ziemlich jung vorgekommen war. Er hatte sie auf dreißig geschätzt und damit gar nicht so falsch gelegen. Sie mochte fünf Jahre älter sein, viel mehr aber nicht. Eva Ström trug halbhohe Stiefel und einen dreiviertellangen Rock. Sie schlug die Beine übereinander und begann:

«Die Polizei konnte mir nicht helfen, aber Arne Bergman meinte, Sie könnten es vielleicht.»

Olsson sah sie fragend an; aus irgendeinem Grund fiel ihm auf, dass sie keinen Ring trug. «Wobei bitte?», fragte er unbeholfen.

Sie sah ihm fest in die Augen. «Ich werde anonym bedroht.»

Olsson ließ sich einen Moment Zeit. Ihm war bereits klar, was sie antworten würde, als er seine Frage stellte. «Weshalb kann Ihnen die Polizei nicht weiterhelfen?»

Sie zuckte mit den Schultern. «Sie sagen, dass man nicht eingreifen kann, bevor es Beweise dafür gibt, dass ich tatsächlich bedroht werde …» Sie hielt einen Moment inne. Ihre Stimme wurde ein wenig leiser. «Oder bis tatsächlich etwas passiert.»

Olsson nickte, er kannte den Wortlaut des Gesetzes. Aber er verstand nicht, wie Arne Bergman darauf kam, dass er etwas tun könnte, was sie nicht konnten.

Eva Ström schien dasselbe zu denken wie er, denn sie beugte sich in ihrem Sessel vor und sagte: «Sie waren doch früher bei der Polizei?»

Das konnte er nicht abstreiten. Doch was änderte das, er wusste immer noch nicht, was sie wollte.

«Ihre Kollegen meinten, Sie könnten mir dabei behilflich sein, herauszufinden, wer hinter diesen Drohungen steckt.»

Olsson traute seinen Ohren nicht. Hatte Arne Bergman ihr etwa erzählt, er sei eine Art Privatermittler, und sie deshalb hergeschickt? Er schüttelte abwehrend den Kopf. «Ich bin nicht mehr bei der Polizei.»

«Das weiß ich …»

«Und ich bin auch kein Privatdetektiv.»

Sie sah ihn unglücklich an und er bereute bereits, so barsch gewesen zu sein. Entschuldigend zuckte er mit den Schultern. «Es tut mir Leid.»

Aber sie hatte noch nicht aufgegeben. Die grauen Augen blickten ihn wieder unverwandt an, ihre Stimme klang heiser und eindringlich. «Ich habe aber Beweise.»

Olsson sah sie irritiert an. «Sie sagten doch, dass es anonyme Drohungen waren?»

«Die Drohungen, ja. Aber bei mir in der Kirche hat es Fälle von Vandalismus gegeben, und ich glaube, dass es da einen Zusammenhang gibt.»

«Vandalismus?»

Sie lehnte sich wieder zurück und atmete tief durch. «Sie haben irgendwas im Taufbecken verbrannt. Und die hier habe ich neulich vorm Altar gefunden.»

Sie holte von irgendwoher eine kleine Plastiktüte hervor und reichte sie Olsson. Die Tüte enthielt eine Hand voll abgebrannter schwarzer Stearinkerzen.

«Sie standen in einem Kreis auf dem Boden.» Wieder zuckte sie mit den Schultern. «Die Polizei hält es für einen Dummejungenstreich.»

Olsson drückte die Tüte nachdenklich zusammen. Dann stand er auf und reichte sie ihr wieder zurück. «Es tut mir wirklich Leid», wiederholte er.

Wenn sie enttäuscht war, so ließ sie es sich nicht anmerken. Einen Moment lang blieb sie schweigend sitzen. Dann erhob sie sich und ging zur Haustür. Der Tonfall ihrer Stimme war um eine Nuance formeller geworden, kaum wahrnehmbar. «Trotzdem danke. Ich hoffe, ich habe nicht gestört.»

Olsson begleitete sie auf die Vortreppe hinaus. Er blieb stehen und suchte nach den passenden Worten. «Wenn es irgendetwas anderes gibt, das ich …»

Er wedelte verlegen mit den Armen. Ihm war selbst klar, wie gekünstelt es klang, aber das schien sie nicht weiter zu kümmern. Ihr Lächeln war genauso warm wie zuvor.

«Vielen Dank.»

Sie nickte ihm zu und lief hinüber zu einem weißen Golf, der auf der anderen Straßenseite stand. Olsson schloss die Tür hinter sich und sah zur Uhr. Es war kurz nach halb eins.

Gewiss war er selbst es gewesen, der sich Punkt zwölf als eine Art magische Zeitgrenze gesetzt hatte, dennoch hatte er das Gefühl, einen lebenswichtigen Moment verpasst zu haben, während er nervös Cecilias Nummer wählte.

Die Klingelzeichen liefen ins Leere. Olsson legte den Hörer auf und wählte die Nummer ein zweites Mal, aber es half nichts. Er spürte, wie der Schmerz in der Zwerchfellgegend zurückkehrte, und musste sich Mühe geben, daran zu denken, dass der Tag erst halb vergangen war. Was logischerweise bedeutete, dass ihm die zweite Tageshälfte noch bevorstand.

Einen Moment lang blieb er mit dem Hörer in der Hand stehen. Dann ging er resigniert hinaus zu seiner Mikrowelle, obwohl es ihm so vorkam, als hätte er in den vergangenen vierundzwanzig Stunden nichts anderes getan, als zu essen; er hatte zumindest gehofft, es ein einziges Mal nicht allein tun zu müssen. Ein ganze Weile wühlte er lustlos in seinen Fertiggerichten, ohne etwas zu finden, das ihm auch nur im Entferntesten zusagte.

Mit einem Seufzer schloss er die Tiefkühltruhe. Wenn er überhaupt etwas zu Mittag aß, dann in der Stadt. Er konnte einfach nicht verwinden, dass er sich mit stundenlangem Warten gequält hatte, nur um im entscheidenden Moment Eva Ström gegenüberzustehen und sich von ihr alles verderben zu lassen. Er seufzte wieder, als ihm klar wurde, wie unlogisch sein Gedankengang war. Aber auf jeden Fall war Arne Bergman zu weit gegangen, sie unter Vorspiegelung falscher Tatsachen zu ihm zu schicken.

Olssons Wut wuchs, während er im Schnellrestaurant der Einkaufspassage in seiner gebackenen Kartoffel herumstocherte.
Vielleicht wurde die ganze Sache dadurch schlimmer, dass es keine Tabascosauce gab, die der matschigen Kartoffel auf die Sprünge half und seinen kampfbereiten Geschmacksknospen die Stirn bot. Oder er konnte es ganz einfach nicht leiden, in etwas hineingedrängt zu werden, worum er nicht gebeten hatte.
Er aß den Rest der Schinkenpaste oder was dort neben der großen Backkartoffel auf seinem Teller klebte. Dann trank er das überflüssigerweise bestellte Bier aus und nahm den zweiten Ausgang der Passage, der zur Rückseite der Bibliothek führte.
An der Nordbank bog er um die Ecke und warf einen kurzen Blick nach rechts, ehe er die entgegengesetzte Richtung einschlug. Die Norra Kyrkogatan war im Tageslicht erblasst; die wuchtigen, weiß getünchten Torpfosten des Friedhofs warfen keine Schatten mehr, und das schwarze Gittertor, an dem Greger Mattiasen ihn letzte Nacht fast zu Tode erschreckt hatte, wirkte eher wie ein altersschwaches Spalier.
Seit es milder geworden war, hatte der Wind zugenommen,

sodass Olsson den Kragen hochschlug, als er den Marktplatz betrat. Bis nach Hause waren es nur noch ein paar hundert Meter, trotzdem beschleunigte er seine Schritte. Der kurze Ausflug fürs Mittagessen hatte sicher kaum mehr als eine Viertelstunde gedauert, aber er wollte nicht länger fort sein als absolut notwendig.

Ein VW, der sich am hinteren Teil des Platzes in die Fußgängerzone verirrt hatte, erregte plötzlich Olssons Aufmerksamkeit. Offensichtlich hatte der Fahrer seinen Fehler selbst gerade bemerkt, denn er begann zurückzusetzen und hielt dabei direkt auf die kreuzende Menschenmenge zu, gänzlich unbeeindruckt von dem wütenden Gestikulieren der Umstehenden, das er auslöste.

Olsson blieb trotz seiner Eile wie angewurzelt stehen, aber es war nicht das Auto, das er anstarrte. Genau dort, wo die abgerundete Kühlerhaube zu Ende war, leuchtete ihm von einem Plakatständer eine Schlagzeile entgegen. Dort sah er in dreifacher Kopie Lars Walléns totes Gesicht, das aus der bizarren dunklen Kapuze hervorlugte. Sogar das weiße Seil war zu erkennen. Wie eine leuchtende Schlange hob es sich gegen die Druckerschwärze ab.

Er lief quer über die Straße zu dem Tabakladen hinüber, erstand ein Exemplar und überflog den Artikel, während er die Storgatan weiter hinunterging. Ebenso wie die auffällige Überschrift berichtete der Artikel kurz, aber phantasievoll, dass Lars Wallén ganz in der Nähe von Ängelholm erhängt in einem Kirchturm aufgefunden worden sei. Die spitzfindigen Formulierungen überließen es dem Leser, ob Wallén sich in dem frei erfundenen Turm selbst erhängt hatte oder ob ihm jemand anders dabei behilflich gewesen war.

Olsson faltete die Zeitung zusammen und klemmte sie sich unter den Arm, während er den Hausschlüssel zückte. Offensichtlich war es diesem Reporter mit Glatze und Steppjacke trotz allem noch gelungen, ein Foto zu schießen. Olsson malte sich mit einer gewissen Schadenfreude Arne Bergmans Miene aus. Und er war auf jeden Fall froh, selbst nicht mehr bei der Polizei zu sein.

Er öffnete die Tür und ging direkt ins Wohnzimmer, um den Telefonhörer aufzulegen. In Ermangelung eines Anrufbeantworters hatte er ihn neben dem Apparat liegen lassen, damit niemand merkte, dass er nicht zu Hause war. Zumindest hoffte er, dass das Besetztzeichen dafür gesorgt hatte, dass Cecilia später wieder anrufen würde.

Das hieß, falls sie es überhaupt schon probiert hatte.

Er ging zurück in die Diele und zog die Schuhe aus. Die Wut über Arne Bergmans Streich mit der Pastorin legte sich so langsam. Doch der Trick mit dem Telefon hatte offensichtlich nichts genutzt. Es war genauso still wie vorher.

Er selbst war drauf und dran, seine rastlose Wanderung durch die Wohnung wieder aufzunehmen, bezwang sich jedoch und setzte sich in den Sessel, in dem Eva Ström gesessen hatte. Es waren nun drei Pastoren gewesen, die er innerhalb der letzten vierundzwanzig Stunden getroffen hatte, und alle waren sie irgendwie merkwürdig gewesen, fiel ihm auf.

Natürlich war es nicht Andreas Ljungs Schuld, dass in Bernhard Möllers Sarg eine fremde Leiche gelegen hatte, aber Olsson konnte sich deutlich daran erinnern, was für einen sonderbaren Eindruck der Pastor schon gemacht hatte, bevor die Träger den Sarg fallen ließen. Und Greger Mattiasen wirkte mit seinem nächtlichen Wachestehen am Friedhof gelinde gesagt eigenartig.

Olsson lehnte sich zurück und schloss die Augen. Sollte er Arne Bergman vielleicht von seinem nächtlichen Zusammen- treffen mit dem Ängelholmer Pastor erzählen?

Das schrille Klingeln riss ihn aus seinen Gedanken, bevor er sie noch richtig zu Ende gedacht hatte. Er kämpfte sich aus dem Sessel und zum Telefon hinüber. Ihm war nicht klar, was er eigentlich erwartet hatte, aber seltsamerweise klang ihre Stimme so wie immer.

«Bist du wieder allein, Herr Kommissar?»

«Allein?»

«Ja, ist sie gegangen?»

Olsson verstand nichts, aber Cecilia sprach ganz ruhig weiter.

«Ich war so um die Mittagszeit bei dir, aber du hast gerade eine blonde Dame reingebeten, da wollte ich nicht stören.»

Endlich begriff er. «Das war Eva Ström, die Pastorin von Barkåkra.»

«Von der hast du ja noch nie was erzählt.»

Er fand, dass es amüsiert klang, doch er war sich nicht sicher, ob sie sich über ihn lustig machte oder nicht. Sicherheitshal- ber wechselte er das Thema.

«Wo bist du jetzt?»

«In Vejbystrand natürlich.»

Für ein paar Sekunden wurde es still.

«Und hast du schon irgendwelche Pläne? Für heute Abend, meine ich.»

Olsson merkte, wie unbeholfen es klang. Ohne den gewohn- ten Tonfall, der sonst zwischen ihnen herrschte, fühlte er sich nackt. Vielleicht erging es ihr genauso.

«Ich wollte eigentlich früh schlafen gehen.»

Sein Mut sank wie ein Stein. Irgendetwas sagte ihm, dass er bereits verloren hatte. Aber nun konnte er nicht mehr zurück.

«Du hast nicht Lust, nach Ängelholm zu kommen?», fragte er, ohne selbst daran zu glauben.

Ihr Nachdenken schien ewig zu dauern. Und die Antwort fiel aus, wie er befürchtet hatte.

«Ach nein, ich weiß nicht. Ich bin gerade erst nach Hause gekommen.»

Olsson konnte sich nicht entschließen, noch etwas zu sagen. Als das Schweigen peinlich zu werden begann, war sie diejenige, die es brach.

«Schade, dass du keine Zeit hattest.»

«Wirklich schade.»

«Aber wir hören voneinander.»

«Klar.»

Dann legte sie auf. Olsson betrachtete den stummen Telefonhörer. Er wusste nicht wirklich, was er empfand. Wenn es überhaupt etwas war, denn es kam ihm eher so vor, als sei sein Innerstes abgesaugt und durch eine Art Vakuum ersetzt worden. Er setzte sich wieder in den Sessel und blieb ziemlich lange sitzen. Irgendetwas war schief gegangen, aber er hatte nicht die Energie, darüber nachzudenken, was. Vielleicht war sie noch unsicherer gewesen als er? Wenn man das überhaupt sein konnte.

Er erhob sich langsam und drehte eine letzte Runde durch die Wohnung. Auf den Zimmern schien eine Stille zu lasten, die er bislang nie wahrgenommen hatte. Als er in die Diele zurückkehrte, fiel sein Blick auf die Abendzeitung, die noch immer auf dem Boden lag. Vielleicht war es Lars Walléns Gesicht, das ihn wieder zu sich kommen ließ. Schließlich und endlich war die Welt nicht untergegangen, und Cecilia hatte wenigstens versprochen, dass sie wieder voneinander hören würden.

Olsson hob die Zeitung auf und betrachtete das makabre Bild. Plötzlich fiel ihm ein, was Cecilia über Walléns aktuelle Geschäfte erzählt hatte, und er fragte sich, ob Arne Bergman wohl davon wusste. Er hatte mit ihm ja sowieso noch etwas zu bereden.

KAPITEL 6

Ein großes Plakat auf der aluminiumgrauen Fassade verkündete, dass auf der Polizeiwache Räume zur Vermietung freistanden. Olsson parkte vor dem Schild und fragte sich, ob die Arrestzellen wohl auch dazugehörten.

Er erinnerte sich, wie heruntergekommen sein alter Arbeitsplatz bei seinem letzten Besuch ausgesehen hatte, aber dass es so weit kommen würde, hatte er nicht erwartet. Mit einem tiefen Seufzer drückte er auf den Klingelknopf neben der Sprechanlage und bereitete sich innerlich auf denselben kafkaesken Empfang vor, der ihm beim letzten Mal zuteil geworden war.

Doch zu seiner Überraschung klang die metallische Stimme nicht nur freundlich, sondern kam aus demselben Gebäude, vor dem er stand.

«Polizei, Ängelholm?»

Ein forderndes Summen drang aus der Sprechanlage, und er nannte seinen Namen und erklärte sein Anliegen.

«Ich möchte mit Arne Bergman sprechen.»

«Einen Augenblick bitte.»

Olsson wartete auch gerne zwei Augenblicke, er war froh, dass man ihn nicht zur Zentrale nach Helsingborg durchgestellt hatte. Nach etwa drei Augenblicken war die Stimme wieder da.

«Kommen Sie herein.»

Wieder ertönte ein Summen, doch diesmal war es das Schloss

der Tür. Er drückte die schwere Glastür auf und betrat den Empfangsbereich. Überraschenderweise saß hinter dem Schalter tatsächlich ein lebendiger Mensch. Die Frau hatte kurzes braunes Haar, trug Uniform und deutete auf die Tür zum Treppenhaus.

«Es ist im ersten Stock.»

Olsson nickte kurz. Er wusste sehr gut, wo Arne Bergman sein Büro hatte, immerhin lag es kaum mehr als ein halbes Jahr zurück, dass er zuletzt dort gewesen war.

«Danke.»

Es war ein ungewohntes Gefühl, sowohl die Rückkehr an den alten Arbeitsplatz als auch zu sehen, wie sehr sich alles hier verändert hatte. Zu seiner Zeit war die Tür zum Treppenhaus eine heilige Grenze gewesen, die niemand außer den Mitarbeitern ohne Begleitung überschreiten durfte. Aber für solche Extravaganzen fehlte es inzwischen wohl an Personal.

Arne Bergman erwartete ihn im Korridor vor seiner Tür. Er grinste wie gewöhnlich und nickte ihm mit seinem Stoppelkopf zu. «Komm rein.»

Das Zimmer sah ebenfalls wie immer aus. Auf den Tischen und Stühlen stapelte sich das Papier. Eine Kaffeemaschine mit irgendeiner verkochten schwarzbraunen Brühe verbreitete von ihrem Platz am Fenster den Geruch von Gerbsäure. Bergman deutete lässig auf einen Stuhl, der offenbar in aller Hast leer geräumt worden war, und Olsson nahm Platz.

«Kaffee?»

Olsson lehnte ab. Während sich Arne Bergman unerschrocken eine Tasse des übel riechenden Gebräus eingoss, nutzte er lieber die Zeit, seinen Eröffnungsangriff vorzubereiten.

«Ich hatte heute Besuch. Von Eva Ström.»

Der Satz perlte an Arne Bergman ab wie Wasser an einer

Ente. Er bedachte den scheußlich schmeckenden Kaffee mit einem Naserümpfen und stellte die Tasse auf einem der Papierstapel ab. Es sah nicht so aus, als hätte er die Anspielung begriffen.

Olsson seufzte resigniert. Seine Stimme klang viel entgegenkommender als geplant. «Wieso hast du sie zu mir geschickt?»

Arne Bergman zuckte mit den Schultern und zog eine irritierte Grimasse. «Ich wollte sie loswerden», sagte er ganz offen. «Und außerdem dachte ich, du könntest ihr helfen.»

Olsson schüttelte ärgerlich den Kopf. «Ich bin kein Privatdetektiv. Und das weißt du auch.»

Arne Bergman merkte endlich, dass Olsson es ernst meinte. Er wechselte den Tonfall und begann mit den Händen zu fuchteln. «Zum Teufel, ich dachte, du hättest nichts dagegen, ein bisschen was zu tun zu kriegen.»

«Aber das hatte ich!»

«Verdammt, Martin!»

Olsson atmete tief ein. Er spürte, dass das Gespräch auf dem besten Wege war, außer Kontrolle zu geraten. Aber er musste seine Wut einfach loswerden. «Du hättest mich wenigstens vorher fragen können.»

Arne Bergman hielt einen Moment inne. Dann senkte er demonstrativ den Kopf. «Okay, okay, schon kapiert. Ich bitte um Entschuldigung.»

Die Luft in dem chaotischen Zimmer stand. Sie saßen verlegen auf ihren Stühlen und schwiegen. Olsson war sich nicht sicher, was er überhaupt hatte erreichen wollen. Schon zum zweiten Mal an diesem Tag schien etwas schief zu laufen, obwohl er nicht hätte sagen können, was.

«Das war diese Sache.»

Auf dem Weg zur Polizeiwache war er fest entschlossen gewesen, trotz allem von seinem nächtlichen Zusammentreffen mit Greger Mattiasen zu erzählen, aber das hatte sich nun wohl erledigt. Er hatte auch vorgehabt, Cecilias Informationen über Lars Walléns großes Projekt weiterzugeben, aber er wusste nicht, wie er das Thema anschneiden sollte, ohne dass es unnatürlich wirkte. Fast wünschte er sich, dass irgendeine höhere Macht eingriff, um die verfahrene Situation zu lösen. Überraschenderweise schien sein Flehen fast sofort erhört worden zu sein, obwohl die höhere Macht sich als Larsson entpuppte. Er klopfte an die offene Tür und blinzelte mit halb zusammengekniffenen Pfefferkornaugen zu ihnen herein.

«Hallo, Martin. Hast du wieder angefangen zu arbeiten?»

Olsson und Arne Bergman brachen gleichzeitig in Gelächter aus. Larssons Miene nach zu urteilen, war die Frage ganz ernst gemeint gewesen. Unsicher kniff er die Augen zusammen und schaute von einem zum anderen.

«Der Bericht ist fertig.»

Arne Bergman warf Olsson einen kurzen Blick zu, bevor er antwortete. Vielleicht war es seine Versöhnungsgeste, ihn mit einzubeziehen. «Dann berichte mal.»

Larsson zögerte einen Moment. «Er liegt in meinem Zimmer. Soll ich ihn holen?»

Offensichtlich beantwortete er die Frage selbst, denn er drehte auf dem Absatz um und verschwand in dieselbe Richtung, aus der er gekommen war. Olsson nutzte die Gelegenheit, das Friedensangebot anzunehmen.

«Wie lief es mit den Zeugen?»

Arne Bergman schien erleichtert zu sein, dass er das Thema wechselte. Vielleicht war er genauso froh wie Olsson, dass das Kriegsbeil wieder begraben war.

«Na ja, ungefähr so wie erwartet. Der Pastor war nervös, die Bestattungsdame hatte Angst um ihren Ruf. Die anderen wussten nichts.»

«Das ist alles?»

Olsson fragte mehr, um Interesse zu bekunden, aber Arne Bergman schnitt eine vielsagende Grimasse.

«Wir haben uns dort draußen umgehört. Jemand hat mitbekommen, wie zwei Männer auf dem Friedhof wegen irgendwas gestritten haben, aber das war zwei Tage vor der Beerdigung. Und dann gibt es ein paar Spinner, die behaupten, dass es nachts in der Nähe einiger Kirchen in der Gegend spukt, das war alles.»

Olsson zuckte zusammen, als er das Wort spuken hörte. Doch bevor er etwas über Greger Mattiasen erzählen konnte, kehrte Larsson mit einem dicken Papierstapel in der Hand zurück. Er sah Arne Bergman fragend an, dann begann er in den maschinenbeschriebenen Seiten zu blättern.

«Zuerst die Sache mit dem Sarg», sagte er und befeuchtete Daumen und Zeigefinger mit der Zunge. «Ein Laminat aus Pappe und Eichenfurnier. Man kann problemlos einmal eine Schraube hineindrehen, aber nicht zweimal. Importiert, ein griechisches Fabrikat, die Firma heißt Georg Kahlkis oder möglicherweise auch Kahlakis ...» Er kniff ärgerlich die Augen zusammen und untersuchte das Papier. «Schwer zu sehen, da ist ein Fleck an der Stelle ...»

Arne Bergman unterbrach ihn mit einer ungeduldigen Handbewegung. «Verdammt, das ist doch nicht so wichtig, wie dieser Schreiner heißt. Was hast du über die Leiche?»

Der kleine Kriminaltechniker blinzelte, schien es ihm aber nicht übel zu nehmen, wahrscheinlich war er Arne Bergmans schroffe Art gewohnt. Er blätterte weiter, bis er einen Vordruck fand, der mit Schreibmaschine ausgefüllt und einem Kugelschreiber krakelig unterschrieben war. «Laut Obduktionsprotokoll scheint er sich erhängt zu haben …»

Weiter kam er nicht, bevor Arne Bergman ihn erneut unterbrach. Diesmal war es Larssons Unterton, der seinen Zorn erregte. «Scheint? Was zum Teufel soll das bedeuten?»

Doch Larsson Stimme blieb stählern, er war ganz in seinem Element. «Etwas ist seltsam mit dem Erhängen. Das Genick ist gebrochen, ganz normal. Aber es ist gebrochen, als hätte er sich seitlich erhängt.»

«Seitlich? Wie denn das?»

Larsson ließ seinen Spitzbart auf und ab wippen, es sah aus, als hätte er dieselben Zweifel wie Arne Bergman. «Das kann passieren, aber es ist ungewöhnlich.»

Er schwieg und blätterte in seinem Bericht hin und her. Offensichtlich missfiel ihm irgendetwas. Arne Bergman versuchte ihn zur Eile anzutreiben.

«Was ist los?»

Larsson schüttelte den Kopf. «Keine Abschürfungen oder Risse an der Haut durch das Seil. Doch das ist nicht so merkwürdig, denn dazwischen lagen die Kapuze und das Brusttuch als Schutz. Aber mit dem Seil selber stimmt was nicht, es wirkt unbenutzt. Allerdings könnte es ja sein, dass er nicht so lange hing, bis man ihn herunterholte …»

Arne Bergman starrte ihn ein paar Sekunden lang schweigend an. Dann strich er sich übers Kinn und sagte nachdenklich: «Vielleicht ist ihm auch jemand beim Aufhängen behilflich gewesen?»

Olsson hatte sich die ganze Zeit ruhig verhalten. Er war vor allem dageblieben, um zu zeigen, dass er Arne Bergmans Vertrauen zu schätzen wusste, die Einzelheiten der Obduktion interessierten ihn weniger. Aber irgendetwas, von dem er nicht genau wusste, was es war, hatte ihn aufhorchen lassen. Er hatte bloß etwas gefühlt, einen schiefen Ton in irgendeiner Äußerung der beiden, doch im selben Moment, in dem er versuchte, seine Wahrnehmung einzufangen, war sie ihm wieder entglitten.

Anscheinend war es ihm anzumerken, denn plötzlich wurde ihm bewusst, dass die beiden aufgehört hatten zu reden. Verlegen sah er sie an, aber Arne Bergman sagte ernst:

«Ist dir was eingefallen?»

Olsson schüttelte den Kopf. Er kannte Arne Bergman gut genug, um zu wissen, dass er Ideen oder Eingebungen nicht als Unsinn abtat, ohne sie erst gründlich zu überdenken, aber der Gedanke ließ sich einfach nicht wieder einfangen. Wenn es überhaupt ein Gedanke gewesen war.

«Nein, es ist weg.»

Arne Bergman zog eine verstehende Grimasse und schwieg. Es gehörte zum Job, immer wieder an flüchtigen Eingebungen zu scheitern. Olsson nutzte den Moment für eine Gegenfrage.

«Wusstest du, dass Wallén gerade dabei war, ein großes Geschäft abzuwickeln?»

Er erzählte, was er von Cecilia erfahren hatte. Arne Bergman hörte aufmerksam zu und notierte alles sorgfältig in seinem Block. Als Olsson fertig war, strich Arne Bergman nachdenklich über seine voll gekritzelten Seiten.

«Vielleicht ist das Geschäft geplatzt?»

Olsson zuckte mit den Schultern. Den wahren Hintergrund eines Selbstmordes beurteilen zu wollen war ein Ding der Unmöglichkeit. Und schließlich war es auch nicht Aufgabe der Polizei, dieser Frage nachzugehen. Und erst recht nicht seine.

Erst als die schwere Glastür hinter ihm zuschlug, fiel Olsson ein, dass er völlig vergessen hatte, Arne Bergman nach der sonderbaren Kapuze zu fragen. Er unterdrückte den Impuls, noch einmal umzukehren. Schließlich war er nicht hergekommen, um private Ermittlungen zu führen, ganz im Gegenteil. Er stieg in den Saab und sah auf die Uhr. Auf der anderen Seite des Flusses begann die Dämmerung bereits, sich wie ein blauer Schleier über die Hügel zu legen, und hinter den Bürofenstern des aluminiumgrauen Polizeigebäudes gingen nach und nach die Lichter an.

Aber zwischen den erleuchteten Fenstern gab es schwarze Lücken; Olsson fand, dass sie aussahen wie die Zahnreihen eines misshandelten Gewaltopfers.

Er legte den ersten Gang ein und überließ es dem Wagen, wohin er fuhr. Langsam kroch das Auto Richtung Stadt, doch schon am Anfang der Östergatan entschied es sich anders und bog rechts ab, anstatt nach Hause zu fahren.

Der Wagen behielt sein Schneckentempo bis zum Skälderviken bei, erst an der Kirche von Barkåkra musste Olsson eingreifen und ihn daran hindern, nach Vejbystrand hinauszufahren. Stattdessen schlug er den Weg zum Hafen von Magnarp ein, doch er bereute es fast, als er den Hang hinunterkurvte, unter den hohen Bäumen hindurch, die er für Ulmen hielt.

Olsson erinnerte sich genau an das Gefühl von Hoffnung, als er das letzte Mal hier entlanggefahren war, und stellte nun schon zum zweiten Mal fest, wie schnell er in seinem Leben immer wieder von einem Extrem ins andere fiel.

Die Dämmerung war fast schon in Dunkelheit übergegangen, als er den Wagen auf dem asphaltierten Platz vor dem roten Kiosk abstellte. Kunden waren nicht zu sehen, vielleicht hatte der Kiosk auch geschlossen, obwohl drinnen immer noch das Licht brannte.

Der Wind vom Meer war mild, aber energisch. Olsson zog den Reißverschluss seiner Öljacke so hoch es irgend ging und vergrub seine Hände in den tiefen Taschen. Dann lief er gegen den Wind den leichten Hang hinab zum Hafen.

Am äußersten Ende des Piers wurde der raue Betonboden zu einer breiten Plattform, hinter der das Wasser lag. In der rasch hereinbrechenden Dunkelheit bewegte es sich, aber Olsson hörte die wogenden Wellen mehr, als dass er sie sah.

Auf der anderen Seite der Bucht gingen in Arild und Sundsvall die Lichter an, wie eine glitzernde Kette aus winzigen grellen Punkten, die sich von dem finsteren Berg dahinter abhoben.

Olsson blieb stehen und sah hinaus ins Nichts, ohne an etwas Besonderes zu denken. Erst als er merkte, dass er zu frieren begann, wandte er sich ab und machte sich auf den Rückweg zu seinem Saab.

Der Kiosk war immer noch erleuchtet, wirkte aber genauso leer wie zuvor. Olsson startete den Wagen, die Scheinwerfer tauchten die Fassade mit dem großen Fenster in weißes Licht, das ihn nach der Dunkelheit unten am Meer fast blendete. An der Wand klebten nebeneinander einige Plakate. Auf einem der Aushänger entdeckte Olsson einen bekannten Namen und blieb einen Augenblick lang mit eingelegtem Rückwärtsgang stehen; er hob die Hand über die Augen, um den restlichen Text im grellen Licht besser lesen zu können.

Offenbar wollte Jakob Alm der Ängelholmer Bibliothek die

Ehre erweisen, einen seiner berühmten Vorträge über die Zukunft der IT-Gesellschaft zu halten. Olsson stellte mit Interesse fest, dass das Plakat das aktuelle Datum trug, und seine Uhr sagte ihm, dass die Veranstaltung in einer knappen halben Stunde beginnen würde.

Warum nicht? Cecilias Bericht hatte ihn neugierig gemacht. Einen Moment lang vergaß er, dass er vor kurzem noch allen Privatermittlungen abgeschworen hatte. Vielleicht konnte Jakob Alm sogar Licht in die Sache bringen, mit welcher Art von Geschäft Lars Wallén zugange gewesen war? Cecilia hatte ja behauptet, die beiden hätten dieselbe Idee verfolgt. Um sein Gewissen zu beruhigen, setzte er noch das unbestreitbare Argument hinzu, dass er von der IT-Branche keine Ahnung hatte und es höchste Zeit wurde, etwas darüber zu erfahren.

Der Saab war schnell und wendig zugleich, wenn er wollte. Olsson brauchte weniger als zwanzig Minuten, um ihn nach Ängelholm zurückzulotsen, und da hatte er sich sogar bereits durch das enge Tor gefädelt und den Wagen neben der ausladenden Hängebirke geparkt.

Er ging zu Fuß zurück und trat durch das Tor hinaus auf die Straße. Am liebsten wäre er noch einmal reingegangen und hätte sich umgezogen, aber für solche Extravaganzen reichte die Zeit nicht mehr. Immer noch in seine schwere Öljacke gehüllt, wandte er stattdessen dem gelben Haus den Rücken zu und schritt eilig Richtung Marktplatz. Exakt drei Minuten vor Veranstaltungsbeginn stieß er völlig außer Atem die Glastür zur Bibliothek auf und eilte die rechte Treppe hinauf nach oben, wo die Cafeteria und der Hörsaal lagen.

Schon auf halber Strecke war das Gemurmel von Stimmen zu hören, und als er um den Treppenabsatz bog, sah er, wie sich die Menschenmenge durch die geöffneten Türen drängte, die Schlange reichte vom Vortragssaal ein ganzes Stück in den Caféraum hinein. Olsson hatte zwar gewusst, dass IT im Allgemeinen und Jakob Alm im Besonderen mit Sicherheit Interesse wecken würden, aber dass die Kombination von beiden so viele Ängelholmer anlocken würde, noch dazu an einem gewöhnlichen Werktag und zur besten Fernsehzeit, das hatte er wirklich nicht erwartet.

Zögerlich näherte er sich der summenden Menschentraube, alles, was er sah, waren die Nacken der letzten Anstehenden, die vergeblich versuchten, weiter nach vorn zu kommen. Er selbst hielt abwartend einige Meter Abstand. Es sah nicht danach aus, dass er oder einer der anderen auch nur einen flüchtigen Blick auf den IT-Guru erhaschen würden.

Er spielte gerade mit dem Gedanken, die ganze Sache aufzugeben, als plötzlich eine Welle durch die Menge ging. Innerhalb von nur wenigen Sekunden hatte der Pfropfen in der Tür sich aufgelöst, und Olsson begriff, dass zusätzliche Stühle herangeschafft worden sein mussten.

Er ließ sich von der Menschenmenge in den voll besetzten Saal hineinziehen. In einer Ecke standen ein Flügel und eine große Palme, ein Bruch mit dem Thema des Abends wie mit der modernen Inneneinrichtung des Saals, doch niemand schien von diesen Anachronismen Notiz zu nehmen. Alle starrten neugierig auf die einsame Gestalt hinter dem Rednerpult ganz vorn neben dem großen Fenster zum Marktplatz.

Olsson schaute ebenfalls hin, er fand, dass der Mann aussah, als litte er an schwerer Anämie. Sein Gesicht war bleich, fast wie bei einem Albino, und das weiße Haar war kurz geschnitten, bis auf einen dünnen Zopf, der von einem Ohr auf die Schulter herabhing. Er trug einen eleganten Anzug, der einen Polizeibeamten mit Sicherheit einen ganzen Monatslohn gekostet hätte, darunter jedoch ein schwarzes T-Shirt anstelle eines Hemdes. Ein Paar weiße Turnschuhe leuchteten an seinen Füßen, wie um einmal mehr zu unterstreichen, dass er zu den neuen smarten Typen gehörte.

Der Vortrag hatte noch nicht begonnen und Olsson sah sich nach einem Sitzplatz um, ohne wirklich daran zu glauben, dass er einen finden würde.

Zu seiner Überraschung entdeckte er drüben am Flügel eine Lücke, aber er hatte kaum die Hälfte der Strecke zurückgelegt, als er plötzlich von irgendwo weiter oben eine wohl bekannte Stimme hörte.

«Martin, ich hab dir einen Platz freigehalten!»

Er drehte sich um und sah, dass der Saal einen Balkon hatte oder vielleicht eher eine Galerie, direkt unter dem weinroten Dach. Und ganz vorn an der Brüstung saß Cecilia und winkte ihm zu.

Sie deutete zur Tür hinaus. Olsson nickte, ohne zu begreifen, woher sie gewusst haben konnte, dass sie ihm einen Sitzplatz freihalten sollte. Wie auch immer, er folgte ihren Anweisungen und verließ den Saal durch dieselbe Tür, durch die er hereingekommen war. Neben dem Café warf er einen Blick um die Ecke und fand den Aufgang zur Galerie sofort.

Der stechende Schmerz in der Zwerchfellgegend machte sich wieder bemerkbar, während Olsson die Treppe erklomm und sich bis zur Brüstung vorarbeitete. Er musste sich seitlich an vier Stühlen vorbeiquetschen, bis er den Platz erreicht hatte. Urplötzlich machte ihre Gegenwart ihn verlegen, fast hatte er das Gefühl, eine andere Person vor sich zu haben. Vielleicht war sie es in gewisser Weise auch.

Er hoffte, dass seine Unsicherheit im Halbdunkel unbemerkt

bleiben würde. Vielleicht war auch sie verlegen, zumindest hatte er den Eindruck, dass ihre Stimme völlig fremd klang.

«Wir hatten doch gesagt, dass wir uns wiedersehen würden.»

«Wolltest du heute Abend nicht zu Hause bleiben?» Olsson merkte, dass seine Stimme auch nicht so klang, wie sie sollte. Vielleicht weil sein Mund so trocken war.

«Hast du denn meinen Zettel nicht gefunden?»

Sie klang wirklich erstaunt, und er schüttelte ebenso erstaunt den Kopf.

«Welchen Zettel?»

«An deiner Tür. Ich hab dir geschrieben, dass wir uns hier treffen.»

Endlich ging ihm ein Licht auf. Er hatte beim Parken des Saab nicht mal einen Blick auf die Haustür geworfen.

«Ich habe bei dir angerufen, als ich in der Zeitung las, dass Jakob Alm einen Vortrag hält. Du bist nicht rangegangen, aber ich bin trotzdem hergefahren.»

Olsson wusste nicht, was er sagen sollte. Er setzte sich auf seinen Stuhl. Es war eng, und er spürte ihre Nähe fast körperlich. Er überlegte, ob er seine Hand ausstrecken sollte, um sie zu berühren, aber ehe er Mut gefasst hatte, merkte er, wie das Stimmengemurmel ringsum erstarb, als hätte jemand einen Hebel umgelegt.

Er blickte hinunter in den Saal, Jakob Alm hatte seinen Laptop eingeschaltet, auf der weißen Leinwand leuchtete ein großes Diagramm auf. Der bleiche IT-Guru selbst lehnte sich auf seinem Rednerpult nach vorn, als ob er versuchte, allen Zuhörern gleichzeitig in die Augen zu sehen. Der Ausdruck seines weißen Gesichts war konzentriert, es gab keinen Zweifel daran, dass hier ein Verkünder das Wort ergriff.

«Wenn der heutige Abend zu Ende geht, wird nichts mehr so

sein, wie es früher war», begann er dramatisch. «IT ist keine neue Erfindung der Technik. Es ist der Entwurf einer neuen Gesellschaft, und ich bin einer ihrer Wegbereiter!»

Er machte eine Kunstpause und warf einen Blick in die Menge. Sein Kinn hätte das Mussolinis sein können, sein Selbstbewusstsein ebenfalls.

«Ich habe etwas bekannt zu geben, das unser Land verändern wird. Ab morgen …»

Weiter kam er nicht.

Aus dem Nichts tauchte plötzlich ein Mann auf. Er stürmte nach vorne und rempelte gegen den Tisch mit dem computergesteuerten Projektor. Das Diagramm, irgendeine Kurve über die zukünftige IT-Entwicklung, stellte sich auf den Kopf und tauchte jäh ab. Die schrille Stimme des Mannes überschlug sich fast.

«Gib lieber bekannt, dass du ein verdammter Mörder bist!»

Jakob Alm zuckte zusammen und wich vom Rednerpult zurück. Seine Hände schossen nach oben, als wolle er sich vor irgendetwas schützen, vielleicht hielt er den Fremden für bewaffnet.

Zwei Sicherheitsleute wachten endlich auf und kamen aus dem hinteren Teil des Raumes angerannt, doch bevor sie vorne waren, begann das hysterische Geschrei erneut.

«Du hast Lars Wallén getötet!»

KAPITEL 7

Die zwei Saalwächter erreichten den Mann gleichzeitig. Er stand immer noch am Computertisch, dem er einen Stoß versetzt hatte, sodass das Bild des Projektors nun auf die Körper der Zuhörer fiel wie eine lebendige Collage. Im nächsten Moment warf er ihn in die Richtung der beiden Wächter um. Krachend stürzte der Tisch samt den Geräten zu Boden. Die Männer sprangen beiseite, um nicht erschlagen zu werden.

Mit zwei Sätzen hatte der Mann das Rednerpult erreicht. Jakob Alm war zum Fenster zurückgewichen und hockte wie ein verstörtes Tier in der Ecke, ohne sich entscheiden zu können, in welche Richtung er flüchten sollte. Sein Gesicht leuchtete gespenstisch weiß im Scheinwerferlicht, doch der Mann schien ihn nicht mehr zu beachten.

Er warf sich nach vorn und beugte sich über das Mikrophon, wie kurz zuvor Jakob Alm. Eine halblange schwarze Haarsträhne fiel ihm über seine dicke Brille, doch er schien es nicht zu merken. Seine schrille Stimme, die schlecht zu dem kräftigen, aber schlaffen Körper passte, übertönte den Tumult im Publikum, gleichzeitig zuckte ein Fotoblitz über ihn hinweg.

«Jakob Alm hat Lars Wallén ermordet! Darum geht es in seinem verdammten Gesellschaftsentwurf, nämlich diejenigen umzubringen, die …»

Die Stimme wurde leiser und erstarb. Die beiden Saalwächter hatten den Mann endlich erreicht; sie drehten ihm die Arme auf den Rücken und zogen ihn mit vereinten Kräften vom Mikrophon weg. Er schrie weiter, aber seine Stimme ging im allgemeinen Tumult unter.

Olsson beobachtete die Szene von seinem Balkonplatz aus, das Ganze wirkte wie ein Theaterskandal. Einige der Zuhörer waren von ihren Stühlen aufgesprungen und blickten sich hilflos um. Jakob Alm hockte immer noch am Fenster. Erst als er merkte, dass die Sicherheitsleute die Lage unter Kontrolle hatten, entfernte er sich zögernd Richtung Ausgang, der Vortrag war für diesen Abend jedenfalls beendet.

Wie zur Bestätigung dieser Tatsache wurde plötzlich die Deckenbeleuchtung wieder eingeschaltet. Olsson blinzelte ins helle Licht und drehte sich nach Cecila um. Sie wirkte genauso benommen wie alle anderen, nur die Falten zwischen ihren Augenbrauen verrieten, dass sie die Worte des Unbekannten womöglich etwas ernster aufgenommen hatte.

Sie antwortete, ehe Olsson seine Frage gestellt hatte. «Das ist Steve Nyman, Lars Walléns Mädchen für alles.»

«Mädchen für alles?»

«Sein Sekretär. Seine rechte Hand, wenn du so willst. Er kümmert sich um alles.» Sie hielt inne und dachte einen Moment nach. «Vielleicht ist er auch mehr. Aber das ist bloß ein Gerücht.»

Olsson brauchte nicht nachzufragen. Lars Wallén hatte etwas an sich gehabt, das ihn auch schon auf diesen Gedanken gebracht hatte. Vielleicht hatte es an dem exaltierten Brusttuch und den gefärbten Haaren gelegen. Aber er hatte sich nicht getraut, es anzusprechen, aus Angst, dass man ihn für jemanden halten könnte, der Vorurteile hatte.

Seltsamerweise schien ein Streifenwagen in der Nähe gewesen zu sein, denn in der Tür tauchten plötzlich zwei Polizisten in schwarzen Lederjacken auf. Sie kämpften sich durch die hinausströmende Menschenmenge bis zu den beiden Sicherheitsmännern, die Lars Walléns Sekretär immer noch mit demselben Griff umklammert hielten, die Arme auf den Rücken gedreht.

Von der Galerie aus konnte Olsson nicht verstehen, was gesprochen wurde, aber der Griff der Saalwächter löste sich, und Steve Nyman wurde übergeben wie ein Gepäckstück. Einer der Polizisten holte Handschellen hervor und legte sie ihm an, dann führten sie ihn ruhig zum Ausgang. Diejenigen Zuhörer, die noch nicht draußen waren, traten widerwillig beiseite, und die Beamten verschwanden mit ihrem Fang durch einen Korridor aus neugierigen Blicken.

Olsson und Cecilia standen ebenfalls auf und stellten fest, dass sie inzwischen allein auf der Galerie waren. Sie sahen sich unsicher an.

«Anscheinend ist die Show vorbei.»

Olsson war sich nicht sicher, ob sie den Tumult oder den Vortrag meinte. Wie auch immer, in beiden Fällen stimmte es.

«Sieht so aus.» Er versuchte locker zu klingen, merkte aber, dass seine Stimme sich schwer tat, den richtigen Tonfall zu finden. Plötzlich fühlte er sich wieder verlegen und musste nach den richtigen Worten suchen. «Wir gehen besser auch …»

Der Blick, den sie ihm zuwarf, kam ihm seltsam vor, aber sie nickte und ging voran zur Treppe. Doch auf halber Strecke blieb sie stehen und drehte sich um.

«Glaubst du, er hat Recht?»

«Mit Jakob Alm?»

«Mit dem Mord an Lars Wallén.»

Olsson antwortete nicht. Er hatte dieselbe seltsame Wahrnehmung wie bei dem Gespräch mit Arne Bergman und

Larsson. Irgendetwas schoss ihm durch den Kopf, aber auch diesmal schaffte er es nicht, es festzuhalten.

Schweigend liefen sie durch den Caféraum und die zweite Treppe hinunter zum Ausgang der Bibliothek. Über das Plakat, das Jakob Alms Vortrag ankündigte, hatte jemand bereits mit Filzstift «Fällt aus» geschrieben.

Als sie durch die Tür hinaustraten, blieb Cecilia stehen. «Ich hab den Wagen dahinten abgestellt.»

Sie deutete hinüber zum Marktplatz. Olsson wusste nicht, ob es als Verabschiedung gemeint war oder als Aufforderung, ihr zum Parkplatz zu folgen. Er erkannte den gelben Renault am anderen Ende des Platzes und wunderte sich, dass er ihm nicht schon vorher aufgefallen war. Vielleicht weil er es so eilig gehabt hatte, zur Bibliothek zu kommen.

Er nahm seinen ganzen Mut zusammen, obwohl seine Stimme immer noch nicht so klang, wie sie sollte. «Ich muss in dieselbe Richtung.»

Bis zum Wagen waren es vielleicht noch hundert Meter, trotzdem hatte sie bereits die Schlüssel gezückt und ins Schloss der Wagentür gesteckt, bevor er mit seiner Frage herausrückte.

«Hast du nicht Lust auf einen Kaffee?»

Sie zog den Schlüssel wieder heraus und sah ihn forschend an. Oder vielleicht kam es ihm einfach nur so vor?

«Und wo?»

«Bei mir?»

Sie sah auf die Uhr. Einen Augenblick war er sich sicher, dass sie ablehnen würde. Die plötzliche Kluft zwischen ihnen machte ihn vollkommen machtlos, er konnte nicht begreifen, wie sie entstanden war. Doch zu seiner Überraschung tat sie genau das Gegenteil von dem, was er befürchtet hatte.

«Es darf bloß nicht so spät werden …»

Olsson wusste immer noch nicht, was er sagen sollte, also gingen sie schweigend nebeneinanderher. Der Wind schlug ihnen entgegen, als sie die Storgatan überquerten. Er warf einen kurzen Blick zur Seite und sah sie an, ohne danach klüger zu sein. Das kränklich grüne Schild über dem Alkoholgeschäft der staatlichen Monopolgesellschaft half ihm auch nicht weiter, und das Bestattungsinstitut gleich daneben erinnerte ihn nur an die makabre Geschichte mit dem Sarg in Hjärnarp.

Erst als sie vor seiner Tür standen, sah er den gelben Zettel, der direkt über dem Schlüsselloch klebte. Jetzt erst brach Cecilia das Schweigen.

«Der ist für dich.»

Olsson riss ihn ab und las die kurze Nachricht. Aus irgendeinem Grund fühlte er sich sofort besser. Er ging voraus und hielt ihr die Tür auf. Und als er ihre Jacke aufhängte, dachte er fast amüsiert, dass er nun schon zum zweiten Mal an diesem Tag Damenbesuch empfing.

Vielleicht war es einfach nur die Nervosität, die ihn so verrückt machte, aber als sie die Diele verließen, begann das Stechen im Zwerchfell wieder und hielt den ganzen Weg durchs Wohnzimmer an, bis sie vor den Sesseln standen.

Cecilia setzte sich auf denselben Platz, in dem die junge Pastorin gesessen hatte. Olsson beschlich das mulmige Gefühl eines Déjà-vus, als sie die Beine übereinander schlug und sich zurücklehnte, wie ihre Vorgängerin es getan hatte.

Er schien geistesabwesend zu wirken, denn sie warf ihm einen fragenden Blick zu.

«Der Kaffee?»

Olsson war fast schon unterwegs, ehe sie das Wort ganz ausgesprochen hatte. Er flüchtete hinaus in die Küche, obwohl

er wusste, dass die Schonfrist nur von kurzer Dauer sein würde. Es gab kein Entrinnen; sie würden ganz einfach darüber
sprechen müssen, was in Cecilias Diele eigentlich geschehen
war.

Er maß Kaffee und Wasser ab, als ob ihn eine Anklagebank
erwartete. Auf dem Rückweg machte er kurz Halt am
Schrank mit dem kanadischen Whisky.

«Kein Glas für mich?», fragte sie, als er das Tablett mit den
Kaffeetassen und der Flasche in die Mitte des ovalen Tisches
stellte.

«Ich dachte, du musst noch fahren.»

Sie schnitt eine Grimasse, deren Bedeutung er besser nicht
hinterfragte. «Nur für den Geschmack.»

Sie füllte den hohen Schraubverschluss bis zum Rand, der
Whisky wölbte sich durch die Oberflächenspannung, während sie ihn zu ihrer Tasse hinüberbalancierte und in den
schwarzen Kaffee schüttete. Olsson ließ das einzige Glas auf
dem Tablett stehen und machte es ihr nach, mit dem Unterschied, dass er die ganze Prozedur sicherheitshalber zweimal
wiederholte.

Die Entfernung zwischen ihnen betrug bestimmt weniger als
einen Meter, dennoch erschien ihm der körperliche Abstand
unendlich. Olsson bereute schon, dass sie sich nicht woanders hingesetzt hatten, obgleich ihm keine Alternative einfiel.
Er nahm einen ordentlichen Schluck Kaffee mit Schuss, doch
seine Stimme klang trotzdem wie die eines Fremden. «Ich
muss ja wohl irgendwas sagen.»

Er sah ihr an, dass sie sofort begriff, was er meinte, obwohl
sein Kommentar vierundzwanzig Stunden zu spät kam.
Plötzlich hatte er das Gefühl, sich blindlings in etwas hineingestürzt zu haben, aus dem es kein Zurück mehr gab.

Doch ebenso plötzlich war er sich seiner Sache sicher. Vielleicht lag es daran, dass der Ernst in ihrem Blick wieder derselbe war. Sie standen gleichzeitig auf. Diesmal trennte sie keine dicke Regenjacke, und er spürte die Wärme ihres Körpers, die eine ungeheure Ruhe ausstrahlte.

KAPITEL 8

Draußen vor dem Fenster nieselte der Regen aus einem grau verhangenen Himmel, aber Olsson störte sich nicht daran. Am Morgen hatten sie sich wieder geliebt, ruhig und ohne ein Wort. Dann hatte Cecilia eine Tasse Kaffee hinuntergestürzt und war gegangen.

Er saß allein in seiner Küche. Allein, aber nicht verlassen, dachte er.

Ihr Duft war immer noch bei ihm, eine Ruhe erfüllte ihn, wie er sie schon seit Jahren nicht mehr empfunden hatte. Vielleicht auch noch nie. Vielleicht war er zu jung gewesen.

Ein kleiner Stich durchzuckte ihn, als er an sein Alter dachte. Er war sechzig. Er hatte Cecilia nie gefragt, aber sie konnte noch keine vierzig sein.

Der kleine Anflug von Zweifel verschwand ebenso schnell, wie er gekommen war. Das Leben hatte ihn angelächelt, und es gab keinen Grund, sich durch Bedenken die Laune zu verderben. Er berührte die Stelle an seiner Wange, wo sie ihn beim Abschied gestreichelt hatte. Die Bartstoppeln unter seinen Fingern gaben ein Knistern von sich. Er stand auf, um den allerersten Tag seines letzten Lebensabschnittes damit zu beginnen, sich zu rasieren und zu duschen.

Sein Gesicht war gerade eingeseift, über die eine Wange verlief eine steile Skipiste, als es an der Tür klingelte. Einen Moment lang zögerte er, dann schlang er sich das dicke Frotteehandtuch um die Taille, lief in die Diele und öffnete.

Cecilia musterte ihn von oben bis unten. «Hübsch. Aber ich krieg den Wagen nicht an.» Sie drängte sich an ihm vorbei hinein. Der Regen lag wie feiner Puder auf ihrem Haar, und ihr Gesicht glänzte vor Nässe.

«Das da hab ich nötiger als du!» Sie schnappte sich das Frotteehandtuch, und Olsson flüchtete ins Bad, um sich fertig zu rasieren. Er warf einen kurzen Blick in den Spiegel, um das Resultat zu überprüfen, dann entschied er sich spontan, die Wangen mit seinem antiken Rasierwasser zu betupfen.

«Old Spice», sagte er, als sie die Nase hob. «Da ist absolut nichts gegen einzuwenden …»

Der gelbe Renault sprang tatsächlich nicht an. Sie mussten ihn im Regen stehen lassen und den grünen Saab holen. Olsson befestigte das Abschleppseil. Wie eine stille Karawane krochen sie vom Marktplatz und schlugen den Weg ins südliche Industriegebiet ein.

«Es sollte ja eigentlich nicht so spät werden», seufzte Cecilia, als sie die Werkstatt endlich verlassen hatten und zusammen in Olssons Wagen saßen.

«Ist es doch gar nicht, es ist doch noch früh.»

Sie erwiderte den Witz mit einer Grimasse. «Was kostet ein neuer Anlasser?»

Er schüttelte ratlos den Kopf.

Der Nieselregen bepuderte die Windschutzscheibe, während sie auf der Innenspur in einer weichen Kurve den Fluss entlangjagten. Ohne Kommentar schaltete Olsson die Scheibenwischer ein.

Der südschwedische Winter bestand aus fünf Monaten mit schneidendem Wind und Regen, unterbrochen von gelegentlichen Kälteeinbrüchen mit Schneestürmen, die Verkehrschaos und dramatische Meldungen der lokalen Radiosender verursachten. Aber an diesem Tag konnte nicht einmal das düstere Wetter Olssons Stimmung etwas anhaben. Und streng genommen ertrug er lieber Regen als heulende Schneestürme, er hatte noch nie gern gefroren.

Während sie bis Rebbelgerga schwiegen, hielten die Scheibenwischer auf der untersten Intervallstufe die Sicht frei. Als sie den Kreisel beim Wasserturm erreichten, fragte Olsson: «Was meinte er eigentlich mit dem Gesellschaftsentwurf, dieser … wie hieß er noch gleich, das Mädchen für alles?»

Cecilia hob gedankenverloren den Kopf. «Steve Nyman?» Sie schien einen Moment nach den passenden Worten zu suchen. «Jakob Alm glaubt die Entwicklung der Gesellschaft durch ein paar marktstrategische Initiativen manipulieren zu können.»

Olsson dachte nach. «Ist das die Sache, um die es bei diesem Riesengeschäft ging?»

«Vermutlich. Und Lars Wallén ist ihm dabei in die Quere gekommen.» Eine Falte erschien auf ihrer Stirn. «Manchmal scheint das für solche Leute nichts weiter als ein Spiel zu sein, aber im Grunde ist es eine Form von Missachtung der Demokratie.»

Olsson schwieg, bis sie den Fliegerhorst F 10 passiert hatten und die Abfahrt nach Vejbystrand jeden Moment auftauchen konnte.

Er verstand, was sie meinte. Jakob Alm hatte etwas Diktatorisches an sich gehabt. Der Gedanke, dass er sich die Gesellschaft allein durch die Macht und Größe seiner Firmen zu rechttrimmte, schien wenig verheißungsvoll zu sein. Aber eigentlich war es etwas ganz anderes, das Olsson störte. Vielleicht weil es jene nebulöse Empfindung geweckt hatte, die er schon kannte.

«Wie kommt er bloß auf die Idee, dass Lars Wallén ermordet wurde?»

Cecilia sah ihn fragend an und zuckte mit den Schultern. «Woher soll ich das wissen?»

Olsson sah ein, dass es die einzige Antwort war, die er erwarten konnte, und ließ das Thema fallen. Stattdessen konzentrierte er sich darauf, zwei großen Schlaglöchern direkt vor ihm im Asphalt auszuweichen. Es gelang nur teilweise, der Aufprall des einen Hinterreifens ließ sie auf den Sitzen emporfedern, genau an der Stelle, wo der leichte Abhang nach der Kurve wieder in die Ebene überging.

Unweit der Straße lag die Kirche von Barkåkra, die wie ein großer weißer Vogel aussah, neben einem kahlen Jungbaum, dessen schwarzes Wintergeäst niemandem Schutz bot. Olsson warf einen kurzen Blick hinüber. Trotz allem plagte ihn ein wenig das schlechte Gewissen, die Pastorin abgewiesen zu haben, die ihm immerhin ein halbes Jahr zuvor einen Gefallen getan hatte. Doch er hielt dagegen, dass die Kirchenbücher schließlich ihre Aufgabe waren, er dagegen arbeitete nicht mehr bei der Polizei. Außerdem schien sie ihm die Sache nicht allzu übel genommen zu haben.

«Wie kriegst du deinen Wagen denn zurück?», fragte er, mehr um auf andere Gedanken zu kommen.

«Ich fahre mit dem Bus in die Stadt. Und dann könntest du mich doch zur Werkstatt fahren.»

Ihre Antwort kam ohne Zögern. Es erfüllte ihn mit einer seltsamen Wärme, dass sie ihn so selbstverständlich in ihre Alltagsplanung mit einbezog.

Den Rest der Fahrt über gab er sich seinen angenehmen Gefühlen hin. An der Post, genauer gesagt ihren Überresten, hielt er an und ließ sie raus. Sie strich ihm ein zweites Mal über die Wange, und er saß da und sah ihr nach, bis sie in dem grauen Gebäudekomplex verschwunden war.

Für die Rückfahrt wählte er absichtlich die Strecke, die an Magnarp und seinen mutmaßlichen Ulmen vorbeiführte. Diesmal war es ein fast feierliches Gefühl, mit dem er unter den emporragenden schwarzen Ästen hindurch den Hang hinaufkurvte.

Auf der Höhe des Fliegerhorsts wurde der Regen heftiger, und er musste die Scheibenwischer auf Dauerbetrieb umstellen. Der irritierende Gedanke an Lars Wallén tauchte wieder auf. Er versuchte ihn beiseite zu drängen, doch das Thema hielt sich hartnäckig.

Es war irgendetwas, das Arne Bergman gesagt hatte, oder auch Larsson. Er versuchte sich daran zu erinnern, welche Worte gefallen waren; einer der beiden hatte gemeint, die seltsame Kapuze sei ein Schutz gegen irgendetwas gewesen, Olsson wusste nur nicht mehr, wogegen. Und der andere hatte gefragt, ob man Lars Wallén nicht auch beim Erhängen behilflich gewesen sein könnte.

Olsson konnte den Gedanken auch jetzt nicht einfangen. Er hatte bloß immer stärker das Gefühl, dass irgendetwas nicht stimmte. *Schutz, behilflich, auch.* Die drei Worte gingen ihm einfach nicht aus dem Kopf, sondern wiederholten sich im Takt der Scheibenwischer wie ein Mantra, bis der wohl bekannte Kreisel bei Rebbelberga den Verkehrsfluss schließlich unterbrach.

Als er bei den Tempo-50-Schildern die Geschwindigkeit drosselte, war er immer noch nicht klüger. Ärgerlich ließ er den Saab die gewohnte Strecke fahren, den Hang hinunter und an der Statoil-Tankstelle vorbei. Unvermittelt hörte der

Regen auf, als hätte jemand den Hahn zugedreht, setzte aber wieder ein, während Olsson beim Rathaus an der roten Ampel hielt und wartete.

Als er in die Storgatan einbog, sah er schon von weitem, dass jemand vor seiner Tür stand. Er erwartete keinen Besuch, ihm fiel auch niemand ein, der etwas von ihm wollen könnte. Ein jäher Windstoß mischte sich mit dem Regen, und der unerwartete Wasserschwall auf der Windschutzscheibe nahm Olsson für einen Augenblick die Sicht. Dennoch meinte er, etwas an der wartenden Gestalt wahrgenommen zu haben, das ihm irgendwie bekannt vorkam.

Erst als er auf das Hoftor zuhielt, sah er, dass es die Pastorin von Barkåkra war, Eva Ström.

KAPITEL 9

Olsson stoppte den Wagen halb auf dem Bürgersteig und kurbelte die Scheibe herunter. Eva Ström reagierte nicht, ihre Aufmerksamkeit galt seiner Tür, an der sie sich mit irgendetwas zu schaffen zu machte. Erst als er leicht auf die Hupe drückte, zuckte sie zusammen und starrte ihn erschrocken an. «Entschuldigen Sie, ich habe nicht gesehen …»

Sie war so gut wie völlig durchnässt, die blonden Haare hingen ihr in Strähnen übers regennasse Gesicht. Vielleicht war sie von dem heftigen Schauer überrascht worden, oder sie hatte schon lange dort auf der kleinen Treppe gestanden und gewartet. Sie stieg hinunter und lief ihm entgegen. Er sah, dass sie ein durchweichtes Blatt Papier in der Hand hielt.

«Ich wollte eine Nachricht hinterlassen …» Sie machte eine entschuldigende Geste mit dem nassen Zettel. «Das ist nun ja nicht mehr nötig.»

Olsson dirigierte den Wagen durch die enge Einfahrt und eilte zur Haustür zurück, um sie reinzulassen. Er war leicht verwirrt, offenbar gaben sich die Frauen bei ihm nicht nur die Klinke in die Hand, sie kamen sogar mehrmals. Er holte ihr ein trockenes Frotteehandtuch und schaffte es zumindest halbwegs, das Gefühl eines erneuten Déjà-vu zu unterdrücken.

Während sie sich Gesicht und Haare abtrocknete, entschuldigte sie sich dafür, ihn nun schon zum zweiten Mal zu bedrängen. «Aber diesmal komme ich nicht wegen mir.»

Sie hatte wieder das Hemd mit dem Rundkragen an, trug darunter nun aber eine Jeans. Olsson bot ihr resigniert denselben Sessel an wie beim letzten Mal.

«Ich bin immer noch kein Privatdeteketiv», sagte er, während sie Platz nahm.

Eva Ström lächelte ihr warmes Lächeln unter den zerzausten Haaren. «Das weiß ich.»

Olsson ließ sich auf seinen gewohnten Platz sinken. Er hatte den leichten Anflug eines schlechten Gewissens verspürt, als er an ihrer Kirche vorbeigefahren war, nun hatte er eine Chance, seine Unfreundlichkeit wieder gutzumachen. Letzten Endes brauchte er nicht mehr zu tun, als ihr einfach nur zuzuhören.

«Ich bin heute schon ein paar Mal hier vorbeigefahren, und dann habe ich eine Weile in meinem Wagen gesessen und gewartet. Schließlich wollte ich eine Nachricht hinterlassen, aber genau in dem Moment fing es plötzlich an zu gießen», erklärte sie.

Olsson nickte. Ihm fiel ein, dass er etwas weiter unten an der Straße tatsächlich einen weißen Golf hatte stehen sehen. Aber er wartete immer noch darauf zu hören, was sie eigentlich wollte. Vielleicht war ihm die Ungeduld langsam anzumerken, denn plötzlich schlug sie einen anderen Ton an.

«Soweit ich verstanden habe, haben Sie und Arne Bergman einen ganz guten Draht.»

Es war wohl eher eine Frage als eine Feststellung, und Olsson nickte wieder. Gleichzeitig stieg eine ungute Ahnung in ihm auf. «Könnte schon sein.»

Sie beachtete seinen zurückhaltenden Tonfall nicht weiter. Oder er war ihr gar nicht aufgefallen. «Mich hat eine Person aufgesucht, die etwas gesehen hat, das vielleicht mit den Ereignissen auf der Hjärnarper Beerdigung in Zusammenhang steht.»

Olsson fragte sich, wie sie davon wissen konnte. Doch dann fiel ihm ein, dass Pastoren sich wohl genauso über ihre Arbeit austauschten wie alle anderen. Es wäre eher merkwürdig gewesen, wenn Andreas Ljung sich keinem seiner Kollegen anvertraut hätte. Außerdem konnte das spektakuläre Foto in der Abendzeitung wohl kaum jemandem entgangen sein.

«Warum wenden Sie sich nicht direkt an Arne Bergman?»

Sie rutschte unruhig in ihrem Sessel hin und her. «Ich habe mein priesterliches Ehrenwort gegeben, nicht zur Polizei zu gehen. Daher bin ich auf die Idee gekommen, Sie zu fragen. Vielleicht wissen Sie ja, was wir tun sollen …»

Olsson fiel auf, dass sie «wir» sagte. Aber er machte sich nicht die Mühe, dagegen zu protestieren, immerhin hatte sie ihn nicht darum gebeten, irgendwelche Ermittlungen zu führen. Jedenfalls bis jetzt noch nicht.

«Was hat die betreffende Person denn gesehen?»

Sie zögerte einen Moment mit ihrer Antwort. «Ich weiß es nicht.»

Olsson sah sie verdutzt an. «Sie wissen es nicht?»

Eva Ström wurde noch unruhiger. «Ich habe versprochen, Sie zu ihr zu bringen …»

Olsson schwieg eine ganze Weile. Dann seufzte er und schüttelte ergeben den Kopf. «Na gut, als Dankeschön für Ihre Hilfe mit Åke Boman. Aber ich mache keine Polizeiarbeit!»

Als Antwort kehrte ihr warmes Lächeln zurück, sie schien erleichtert zu sein. «Würde es Ihnen jetzt sofort passen?»

Olsson kletterte in den kleinen weißen Golf. Der Beifahrer-sitz war für seine langen Beine viel zu weit nach vorne ge-schoben. Er brauchte einen Moment, bis er den Hebel ge-funden hatte, mit dem sich der Sitz verstellen ließ.

Eva Ström hatte ein Kurzgespräch über Handy geführt und ihr Kommen angekündigt. Aber sie nannte weder einen Na-men, noch sagte sie, wohin sie fuhren.

Olsson schwieg, bis sie den Fliegerhorst F 10 passiert hatten. Es war nun schon das dritte Mal an diesem Tag, dass er an dem eckigen Wachturm vorbeifuhr, und er wurde plötzlich misstrauisch.

«Wir fahren doch nicht etwa nach Vejbystrand?»

Sie schüttelte den Kopf. «Nein, wir müssen hier gleich wie-der ab.»

Sie wechselte auf die linke Spur und folgte dieser weiter gera-deaus, während die Hauptstraße eine scharfe Rechtskurve machte. «Wir fahren nach Skepparkroken.»

Sie passierten einen Bahnübergang und kamen zu einigen Häusern, die dicht am Wasser lagen. Vor ihnen floss die Bucht zu einem blaugrauen Nebel zusammen, nur die wei-ßen Schaumkronen der Wellen ermöglichten es, das Meer von den dahintreibenden Regenwolken zu unterscheiden.

Eva Ström hielt vor einem lustigen kleinen Haus, das wie eine Schachtel aussah und eingeklemmt zwischen zwei nor-malen Villen lag.

Olsson duckte sich in seiner Öljacke gegen den Wind, es wa-ren nicht viele Schritte bis zu der kleinen Treppe am Eingang. Die Frau in dem Haus hatte sie offensichtlich kommen se-hen, denn sie öffnete schon beim ersten Klingeln.

Ihr Alter war ebenso unbestimmbar wie ihr Äußeres. Olsson hatte den Eindruck, dass sie es gewohnt war, ein Schatten-

dasein zu führen. Wortlos trat sie beiseite, um sie hereinzu-
lassen. Und als sie schließlich zu sprechen begann, klang
selbst ihre Stimme nach Anonymität und Selbstaufgabe.
«Sie können Ihre Jacke dort aufhängen.»
Mit einer kaum sichtbaren Kopfbewegung wies sie auf ein
Garderobenbord in der dunklen Diele. Olsson zog seine Öl-
jacke mehr aus Höflichkeit aus, er hatte nicht die Absicht,
länger zu bleiben als unbedingt notwendig. Eva Ström folgte
seinem Beispiel. Während sie einen hellen, aber völlig zuge-
stellten Raum betraten, deutete sie mit einer Geste auf die
Frau.
«Das ist Ulla Persson.»
Die Frau streckte ihm zögernd die Hand hin, sie war warm,
aber schlaff.
«Martin Olsson.»
«Sie sind doch nicht etwa von der Polizei?»
Olsson schüttelte den Kopf. Er hatte die Unruhe in ihrer ton-
losen Stimme bemerkt, ihm war nur nicht klar, welchen
Grund das bleiche Wesen vor ihm haben konnte, sich vor der
Staatsgewalt zu fürchten.
«Nein, aber ich kenne einen Polizeibeamten», sagte er.
«Wenn ich richtig verstanden habe, ist Ihnen irgendetwas
aufgefallen?»
«Ich will keine Zeugenaussage machen.»
Ihre Unruhe war in nackte Angst umgeschlagen. Olsson gab
sich Mühe, so überzeugend wie möglich zu klingen.
«Das ist auch nicht nötig. Was haben Sie denn gesehen?»
Ihr Blick wanderte ängstlich zwischen Olsson und Eva Ström
hin und her. Vielleicht war es der schwarzweiße Rundkragen,
der sie schließlich überzeugte.
«Da saß ein Mann im Dunkeln auf dem Hjärnarper Friedhof.

Er trug genauso eine Kapuze wie auf dem Bild in der Zeitung.»

Olsson sah sie verdutzt an. Fast hätte es ihm die Sprache verschlagen, aber dann gelang es ihm doch noch, seine Stimme zu kontrollieren. «Wann war das?»

Sie zögerte, und als sie schließlich redete, war ihre Antwort kaum zu hören. «Am Dienstagabend.»

«Der Abend vor der Beerdigung? Wie spät genau?»

Ulla Persson kniff die dünnen Lippen zusammen und sah Eva Ström unglücklich an. «Muss ich auch ganz bestimmt nicht aussagen?»

Olsson holte tief Luft. Dann sagte er: «Wir versprechen es.»

Die Frau machte einen hilflosen Eindruck und tat Olsson plötzlich Leid. Aber sie antwortete. «Um halb neun.»

Er überlegte. Um diese Zeit war es auf dem Friedhof schon ziemlich dunkel. Hätte sie überhaupt etwas erkennen können? Ohne nachzudenken, platzte er mit der Frage heraus: «Weshalb waren Sie so spät noch dort?»

Ulla Persson biss sich auf die Lippen. Als sie antwortete, wirkte es, als hätte sie sich in ihr Schicksal ergeben. «Ich war auf dem Weg nach Hause. Ich kam vom Putzen.»

Endlich ging Olsson ein Licht auf. Schwarzarbeit. Natürlich, deswegen wollte sie keine Zeugenaussage machen. Er tat, als wenn er nichts weiter bemerkt hätte, und versuchte stattdessen so natürlich wie möglich zu klingen. «Und wo genau saß der Mann?»

«Hinten bei der Leichenhalle. Es fuhr ein Wagen vorbei, der den Friedhof erleuchtete. Und da hab ich ihn gesehen.»

Wieder überlegte Olsson. Es klang völlig überzeugend. Aber eines musste er noch wissen. «Was haben Sie dann getan? Nachdem Sie ihn gesehen hatten?»

Sie sah ihn verständnislos an. «Ich habe natürlich gemacht, dass ich wegkam. Ich fand es unheimlich.»

Olsson nickte. Ganz offensichtlich hatte sie Lars Wallén gesehen, kurz vor seinem Selbstmord. Olsson streckte ihr die Hand hin, und sie ergriff sie auf dieselbe kraftlose Art wie zuvor bei der Begrüßung. «Dann weiß ich jetzt alles, was ich wissen muss.»

Er versuchte es mit einem beruhigenden Lächeln, doch sie erwiderte es nicht.

Bis zum Kreisel von Rebbelberga hing jeder seinen eigenen Gedanken nach. Schließlich war es Eva Ström, die das Schweigen brach.

«Werden Sie die Polizei verständigen?»

Olsson seufzte und dachte an sein Versprechen. «Das muss ich wohl.»

«Aber sie wird nicht hingehen müssen, um auszusagen?»

Olsson zuckte mit den Schultern. Ihm war klar, dass er etwas versprochen hatte, das er nicht beeinflussen konnte. «Ich weiß es wirklich nicht», antwortete er ehrlich.

Die Pastorin sah ihn lange an, sagte aber nichts.

Als sie in die Storgatan einbogen, hatte der Regen wieder aufgehört. Mit einiger Mühe kletterte Olsson aus dem kleinen Auto. Zumindest hatte er Eva Ström gegenüber nun seine Schuldigkeit getan, trotzdem war er sich nicht sicher, ob der Saldo auf seinem Gewissenskonto sich dadurch verbessert hatte. Als er die Wagentür zuschlug, hob er zum Abschied linkisch eine Hand und erntete dafür ein Lächeln. Dann entfernte sich der weiße Golf die Straße hinunter.

Er schloss die Tür auf und trat in die Diele. Das Haus wirkte still und leer wie immer, trotzdem hatte er das Gefühl, dass irgendetwas anders war als sonst. Es war eine andere Art von Stille, nicht wirklich leer, sondern voller Erwartung.

Olsson spürte plötzlich, wie hungrig er war, und ihm wurde klar, dass er seit dem Frühstück nichts gegessen hatte. Diesmal gewährte er den Fertiggerichten eine Gnadenfrist. Während er seine mit Tabasco nachgewürzten Kohlrouladen aß, tauchte immer wieder das farblose und ängstliche Gesicht der Frau aus Skepparkroken vor seinem geistigen Auge auf.

Es war sehr wahrscheinlich, um nicht zu sagen sicher, dass Arne Bergman sie zu einem Verhör vorladen würde, wenn Olsson erzählte, was sie gesagt hatte. Andererseits konnte er die Sache aber auch nicht gut verschweigen. Er spürte immer deutlicher, dass an Lars Walléns Selbstmord irgendetwas seltsam war, obwohl er seinen Gedanken immer noch nicht richtig fassen konnte. Aber er hatte den Verdacht, dass es sich als wichtig erweisen konnte, herauszubekommen, zu welchem Zeitpunkt genau Wallén noch am Leben gewesen war.

Olsson versuchte sich vergeblich einzureden, dass all dies nicht seine Angelegenheit war. Dank der Pastorin von Barkåkra, Eva Ström, war es nun tatsächlich zu seiner Angelegenheit geworden. Zumindest konnte niemand anders entscheiden, ob er Arne Bergman erneut aufsuchen sollte oder nicht.

Er beschloss, die Entscheidung zumindest so lange zu vertagen, bis er seinen Kaffee ausgetrunken hatte. Sicherheitshalber verließ er die Küche und trug die Tasse zu dem kleinen ovalen Tischchen zwischen den beiden Sesseln. Der Trick gelang. Seine Gewissensbisse wichen sofort bedeutend angenehmeren Gedanken.

Vielleicht waren es die Gedanken an Cecilia, die ihm schließlich den nötigen Mut verliehen.

Er trug die leere Tasse in die Küche zurück und spülte sie aus. Sicher, er hatte etwas versprochen, aber genau besehen ging es doch um keine große Sache. Außerdem würden Arne Bergman Ulla Perssons eventuell schwarz verdienten Einkünfte wohl kaum interessieren.

Er nahm seine Öljacke vom Haken in der Diele und ging hinaus zu seinem Saab. Erst als er an Lindéns Wurstbude in der Östergatan vorbeifuhr, fiel ihm ein, dass er besser angerufen hätte. Eigentlich hatte er keine Lust, etwas am Telefon zu erzählen, ohne sehen zu können, wie der andere reagierte, aber er hätte sich erst einmal versichern müssen, ob Arne Bergman überhaupt im Haus war.

Als er den Klingelknopf der Sprechanlage drückte, kehrte die Gereiztheit vom letzten Mal zurück, er konnte es nicht ändern. Aber zu seiner Erleichterung meldete sich wieder dieselbe Stimme, und Arne Bergman war tatsächlich in seinem Büro.

Zur Strafe für seine übereilten Schlussfolgerungen schenkte er der Empfangsdame ein Lächeln. Sie lächelte zurück.

«Sie finden den Weg?»

Olsson nickte und ging die Treppe hinauf zu Arne Bergmans Zimmer. Er klopfte an der Tür und öffnete sie, ohne eine Antwort abzuwarten, so wie sie es damals als Kollegen immer getan hatten.

Bergman saß mit dem Telefonhörer in der Hand mitten in seinem Chaos. Als er Olsson sah, deutete er mit der Hand auf etwas, das vermutlich ein Stuhl war, verborgen unter einem Berg Papier.

Olsson räumte den Platz frei und sah sich suchend nach einer

Stelle um, wo er den Stapel ablegen konnte. Die einzige freie Fläche, die er fand, war der Fußboden unter dem Stuhl. Im selben Moment, als er sich bückte und den Packen zwischen die Stuhlbeine schob, beendete Arne Bergman sein Gespräch.

«Eine Frau, die bei ihrem Nachbarn heute Nacht irgendetwas Seltsames beobachtet hat», erklärte er müde. «Sie will, dass wir der Geschichte nachgehen.»

Er schüttelte resigniert den Kopf, und Olsson schnitt eine mitleidige Grimasse. Dann wurde er wieder ernst, er hatte beschlossen, gleich zur Sache zu kommen.

«Wie steht es mit dem Fall Lars Wallén?»

Arne Bergman sah ihn fragend an. Vielleicht hörte er am Tonfall, dass Olsson etwas ganz Bestimmtes wollte. «Nichts Neues. Wir gehen nach wie vor von einem Selbstmord aus, auch wenn Larsson ein bisschen meckert.»

«Diese Pastorin ist noch einmal bei mir gewesen.»

Arne Bergman erstarrte. Es war deutlich zu merken, dass dieses Thema für ihn abgeschlossen war.

Olsson beeilte sich hinzuzufügen: «Sie berichtete von einem Zeugen, der auf dem Hjärnarper Friedhof etwas gesehen hat.»

Bergmans Körperhaltung änderte sich sofort. Die Schärfe seines Blickes nahm zu, und er nickte Olsson aufmunternd zu. «Und weiter?»

«Das Problem ist, dass sie dem Zeugen versprochen hat, nichts weiterzuerzählen. Sie will nicht aussagen.»

«Sie?»

Arne Bergman sah ihn vielsagend an. Olsson seufzte. Er wusste, dass Bergman ihn durchschaut hatte.

«Ich habe sie getroffen.»

«Was hat sie denn gesehen?»

«Einen Mann mit einer Kapuze über dem Kopf, der im Dun-
keln auf dem Friedhof saß.»
Eine Falte erschien auf Arne Bergmans Stirn. «Wann denn?»
«Am Dienstagabend. Gegen halb neun.»
Die Falte verschwand. Arne Bergman wirkte erleichtert.
«Dann war es auf keinen Fall Lars Wallén. Zu diesem Zeit-
punkt war er bereits mehr als vierundzwanzig Stunden tot.»

Olsson fühlte sich enttäuscht und erleichtert zugleich, als er
wieder in den Saab stieg. Wenigstens musste er sich nun keine Sorgen mehr um das Versprechen machen, das er Ulla
Persson gegeben hatte. Doch ihm war schleierhaft, wer die
Kapuzenträger sein mochten, die nachts auf den Friedhöfen
umherschlichen. Und ebenso, warum gewisse Geistliche dasselbe taten.

KAPITEL 10

Es war kein Wetter, um nach draußen zu gehen. Olsson stand am Fenster und schaute auf die Storgatan hinaus. Der Regen kam und ging, während die Dämmerung sich rasch zu Dunkelheit verdichtete.

Olssons Gedanken waren genauso unbeständig wie der Regen. Ihm wurde wieder einmal klar, wie schmal der Grat war, auf dem sein Leben gerade dahinwandelte. Und plötzlich bekam er Angst, dass Cecilia es nicht schaffen würde, all seine aufgestauten Bedürfnisse nach Nähe und Gemeinschaft zu ertragen. Aber andere Menschen, auf die er sie hätte verteilen können, gab es nicht.

Er unterdrückte den Impuls, sie anzurufen. Tief in seinem Innersten war ihm klar, dass er ihr Raum zum Atmen lassen musste, obwohl es etwas gab, das ihn verunsicherte. Vielleicht deutete sie es als mangelndes Interesse, wenn er sich nicht meldete?

Ein einsamer Wagen erleuchtete die Straße vor dem Fenster. Der Asphalt begann zu glänzen, aber es regnete nicht mehr. Das half ihm auch nicht weiter, eine Entscheidung zu treffen. Er überlegte, jemand anders anzurufen, nur um sich seine Unruhe von der Seele zu reden, aber ihm fiel niemand ein.

Stattdessen musste er wieder an Arne Bergman denken. Olsson hatte sich nicht die Mühe gemacht, ihn zu fragen, was denn aus Steve Nyman geworden sei. Er wusste, dass man solche Aufrührer normalerweise wieder freiließ, sobald sie sich beruhigt hatten. Und dass die Polizei bei ihren Ermittlungen beiläufig vorgebrachte Mordvorwürfe wohl kaum berücksichtigen konnte. Trotzdem hatte Nymans spektakulärer Ausbruch in der Bibliothek irgendetwas Dunkles in ihm angesprochen. Und er erinnerte sich, dass auch Cecilia unschlüssig gewirkt hatte.

Olsson schob den Gedanken mit einiger Mühe von sich. Er war auf dem Revier gewesen und hatte dort seine letzte Pflicht getan. Ob Lars Wallén nun Selbstmord begangen hatte oder nicht, er selbst hatte nichts damit zu tun.

Er versuchte stattdessen, über seine Zukunft nachzudenken. Was durfte er sich von dieser plötzlichen Wendung im Verhältnis zu Cecilia wohl erhoffen? Es gelang ihm nicht einmal, sich ein Leben ohne sie vorzustellen.

Olsson spürte, wie die Unruhe in ihm wuchs. Er blinzelte in das erleuchtete Schaufenster des Ladens auf der gegenüberliegenden Straßenseite. Der Regen schien endgültig aufgehört zu haben. Zumindest waren keine Regentropfen mehr zu sehen, nicht mal mehr feinster Sprühnebel. Er zögerte einen Moment lang, dann warf er einen Blick zum Telefon und hatte sich entschieden. Er konnte unmöglich mit diesem Apparat in ein und demselben Raum bleiben.

Olsson hatte nicht viel Erfahrung mit dem Kneipenangebot in Ängelholm, doch er wusste, dass es eine ganze Menge gab. Er lief die menschenleere Straße entlang, bis er auf eine übertrieben englische Fassade stieß, die keine Zweifel aufkommen ließ. Das Lokal war mindestens genauso englisch, aber so gut wie leer, was ihm sehr entgegenkam.

Als das Bier nur noch knapp den Boden des Glases bedeckte, sah er auf die Uhr. Er wünschte, er hätte eine Zeitung zur Hand gehabt, entschied aber, dass es egal war, welcher Film gerade lief. Er zog seine Jacke über und ging denselben Weg zurück, den er gekommen war. Das einzige Kino, das es in der Stadt noch gab, lag am Marktplatz, gegenüber von der Kirche. Olsson machte sich nicht einmal die Mühe, einen Blick auf die Bilder im Foyer zu werfen, es schien irgendein Streifen mit Bruce Willis zu sein. Obwohl das wirklich keine Rolle spielte.

Die Dunkelheit in dem halb leeren Kinosaal und die halsbrecherischen Stuntszenen nahmen seiner Unruhe das Quälende, vielleicht tat auch das Bier ein Übriges. Als er wieder auf den Marktplatz hinaustrat, fühlte er sich jedenfalls ruhiger, wenn auch taub.

Der Regen hielt sich immer noch zurück. Olsson spürte, dass es kühler geworden war. Er schlenderte gemächlich über den Platz, und im selben Moment schlug es vom Kirchturm zur halben Stunde. Vielleicht lag es am Geräusch, dass er in die Richtung sah, doch plötzlich erstarrte er. In dem turmähnlichen Anbau, in dem sich die Sakristei befand, blitzte ein Licht auf und erlosch ebenso schnell wieder.

Er konnte seine Neugier nicht beherrschen, sondern blieb stehen, den Blick fest auf den kleinen Zusatzturm gerichtet.

Die Seltsamkeiten, die mit Kirchen aus der Umgebung im Zusammenhang standen, begannen sich zweifellos zu häufen. Vielleicht war dies der Grund gewesen, warum Greger Mattiasen in jener Nacht draußen Wache gestanden hatte? Irgendetwas ging dort drinnen jedenfalls vor.

Olsson lief auf die Kirche zu. Das Licht war nur sekundenlang zu sehen gewesen und dann sofort wieder erloschen. Einen Moment lang überlegte er, ob vielleicht alles nur Einbildung gewesen war, doch je mehr er sich der Kirche näherte, desto sicherer war er sich, was er gesehen hatte.

Als Olsson den schwarzen Gitterzaun des Friedhofs erreicht hatte, hielt er inne. Er war sich nicht sicher, wo er hingehen sollte. Das Klügste war natürlich, hier draußen stehen zu bleiben und einfach abzuwarten, was passieren würde. Aber das konnte die ganze Nacht dauern. Die Sakristei zu betreten und dort nach der Lichtquelle zu suchen schien auch keine gute Idee zu sein. Erstens war sie so spät wahrscheinlich abgeschlossen, und zweitens wäre es sicher unbefugtes Betreten, so etwas zu tun.

Er versuchte gerade abzuschätzen, wie hoch es wohl bis zu dem schmalen, länglichen Fenster war und ob man von dort aus in die Sakristei schauen konnte, als sich plötzlich ein Schatten aus der dunklen Türnische löste. Olsson begriff, dass die Tür offen gewesen sein musste, denn er hörte ein schwaches Quietschen, als sie nun wieder bewegt wurde.

Seltsamerweise empfand er keine Angst, dafür ging alles zu schnell. Der Schatten näherte sich eilig und lief über den Friedhof genau auf ihn zu. Olsson fiel ein, dass er an derselben Stelle stand, wo Greger Mattiasen Wache gehalten hatte. Er überlegte fieberhaft, ob er sich hinter einem der mächtigen Torpfosten verstecken oder besser einfach davonlaufen sollte, aber es war schon zu spät.

Der Schatten trat in das gelbliche Straßenlicht hinaus, und Olsson sah sofort, dass es Greger Mattiasen war. Er war in einen dicken, dunklen Mantel gehüllt und hielt einen zylindrischen Gegenstand in der Hand.

Diesmal waren die Rollen vertauscht. Es war der Pastor, der zusammenzuckte, als er Olsson entdeckte. Fast reflexartig stopfte er den Gegenstand rasch unter seinen Mantel, als wolle er ihn verbergen. Doch als er Olssons fragenden Blick bemerkte, zog er ihn wieder hervor.

«Das ist bloß etwas, das ich da drinnen gefunden habe. Ich wollte es in die Mülltonne werfen.» Es klang, als ob er versuchte, möglichst locker zu wirken, was ihm jedoch nur schlecht gelang. Schließlich war es nicht leicht, abends um halb elf in einer dunklen Kirche den Müll wegzuräumen und das Ganze auch noch natürlich aussehen zu lassen.

Greger Mattiasen machte eine lässige Geste mit der Hand, die den Gegenstand hielt. Olsson sah, dass es eine runde, dunkelblaue Blechdose ohne Verschluss war, ähnlich jenen, in denen man dänische Kekse kaufen konnte.

Doch durch die Bewegung fiel das schwache Straßenlicht in die Dose, und Olsson sah, dass eine Hand voll halb abgebrannter schwarzer Kerzen darin lag.

Einige Sekunden lang standen sie sich schweigend gegenüber. Vielleicht begriff der Pastor, dass Olsson den Inhalt der Blechdose gesehen hatte, vielleicht auch nicht. Als er das Schweigen endlich brach, erwähnte er die Sache jedenfalls mit keinem Wort.

«Zurzeit ist einfach viel zu viel zu tun. Diese Stellenstreichungen …» Er schüttelte den Kopf und verschwand, ohne eine Antwort abzuwarten, in dieselbe Richtung wie bei ihrem ersten nächtlichen Zusammentreffen.

Olsson blieb verdutzt stehen. Er selbst hatte kein einziges Wort gesprochen, die ganze absurde Szene kam ihm wie ein sonderbarer Traum vor.

Er schüttelte sich, um das Gefühl wieder loszuwerden. Dann machte er kehrt und trat den Heimweg an. Doch die ganze Zeit über ließ ihn ein Gedanke nicht los, der ihm plötzlich gekommen war. War es vielleicht möglich, dass der Pastor von Ängelholm sich nachts irgendwelchen satanischen Kulthandlungen widmete?

Olsson wusste nicht, warum er fröstelte, während er über den Marktplatz ging. Das Thermometer war zwar deutlich spürbar gesunken, aber der kalte Wind hatte nachgelassen, und die Luft war klar und frisch.

Nachdem er die Haustür aufgeschlossen hatte, schaltete er als Erstes ganz gegen seine Gewohnheit in allen Zimmern das Licht ein, dann erst ging er zurück in die Diele und hängte seine Jacke auf.

Auf dem Weg zur Garderobe warf er einen Blick zum schwarzen Telefon und verspürte eine deutliche Erleichterung darüber, dass es inzwischen zu spät war, um noch anzurufen. Das Schlimmste, was er tun konnte, war mit Sicherheit, Cecilia dauernd zu stören. Aber wenn er zu Hause in seinem Sessel sitzen geblieben wäre, hätte er der Verlockung, ihre Stimme zu hören, bestimmt nicht widerstehen können.

Olsson zog sich aus und ging hinüber ins Schlafzimmer. Das unangenehme Gefühl nach dem Treffen mit Greger Mattiasen legte sich langsam. Er ließ den Tag Revue passieren und war ausnahmsweise einmal fast zufrieden mit sich selbst. Allerdings ließ er unerklärlicherweise das Licht in der Diele brennen und die Tür zum Schlafzimmer einen Spaltbreit offen.

Olsson erwachte von dem Gefühl zu ertrinken. Sein Körper war vollkommen verschwitzt und hatte sich im Bettbezug verfangen. Und er spürte eine panische Angst, keine Luft mehr zu bekommen.

Er brauchte eine Weile, um zu begreifen, dass die Szene in der großen Badewanne nur ein Traum gewesen war. Cecilia war bei ihm gewesen. Irgendwie hatte er eine Wellenbewegung verursacht, die den Wasserpegel auf ihrer Seite der

Wanne sinken ließ wie bei Ebbe. Doch auf der anderen Seite der Wanne hatte das Wasser sich aufgetürmt und war als stetig anwachsende Flutwelle zurückgeschwappt. Als sie über ihnen zusammenschlug, hatte der Sog ihn auf den Rücken geworfen, er war auf den Grund der Wanne gedrückt worden und hatte keine Luft mehr bekommen.

Cecilia hatte immer noch neben ihm gesessen, den Kopf über Wasser. Als die Welle das zweite Mal anrollte, wusste er, dass er nur gerettet werden konnte, wenn sie ihn aus seiner tödlichen Lage herausholte und nach oben zog.

Flehend streckte er die Hände nach ihr aus, gleichzeitig brach die zweite Welle über sie herein. Es war der alles entscheidende Moment, und genau da war er aufgewacht …

Er spürte, wie sein Herz pochte, und sah auf die Uhr. Er hatte nur knapp zwei Stunden geschlafen. Der Traum war immer noch so gegenwärtig, dass Olsson überlegte, ob er wohl irgendeine besondere Botschaft enthielt. Die Sache vor gut zwei Jahren fiel ihm wieder ein – damals wäre er um ein Haar ertrunken oder, genauer gesagt, von einem Massenmörder und Kriegsverbrecher ertränkt worden, oben am Västersjön vom Hallandsåsen.

Die Erinnerung daran machte ihn mit einem Schlag hellwach. Vielleicht lag es am Adrenalinschock, aber es kam ihm auf einmal so vor, als wären seine Gedanken auf eine eigentümliche Art und Weise klar und scharf konturiert. Und ebenso plötzlich tauchte der Gedanke vor ihm auf, der sich seit mehr als vierundzwanzig Stunden so beharrlich entzogen hatte.

In Gedanken hörte Olsson so deutlich, als käme es von einem Tonbandgerät, wie Larsson gesagt hatte, dass die Kapuze und das Brusttuch wie ein Schutz zwischen dem Seil und

Lars Walléns Hals gelegen hatten. Und genauso deutlich hörte er Arne Bergmans nachdenkliche Frage, ob jemand Wallén wohl auch beim Aufhängen behilflich gewesen sein könnte. Vor allem aber erinnerte er sich nun deutlich daran, was ihn hatte aufhorchen lassen: Es war sehr unwahrscheinlich, dass jemand versuchte, seinen Hals vor Schürfwunden zu bewahren, wenn er beabsichtigte, sich aufzuhängen. Und außer der offensichtlichen Hilfe, ihn in den Sarg zu legen, war da noch eine andere Sache, bei der man Lars Wallén vielleicht geholfen hatte. Eine Sache, auf die bislang keiner von ihnen gekommen war.

Nämlich, ihm Kapuze und Seil erst *nach* seinem Tod über den Kopf zu ziehen.

Es war sehr gut möglich, dass das Seil ganz einfach deswegen keine Spuren an Walléns Hals hinterlassen hatte, weil es etwas anderes gewesen war, das ihm das Genick gebrochen hatte. Sowohl die Kapuze als auch das merkwürdig unbenutzt wirkende Seil waren vielleicht nichts weiter als eine geschickt gewählte Tarnung gewesen. Und der Selbstmord wäre demzufolge also kein Selbstmord, sondern ein Mord.

Olsson war sich plötzlich absolut sicher, dass er Recht hatte. Er befreite sich aus dem Bettzeug und stand auf. Erst als er den Telefonhörer schon in der Hand hatte, wurde ihm bewusst, was er tat.

Es war halb drei Uhr nachts und nicht gesagt, dass Arne Bergman es als genauso dringlich empfand, ausgerechnet jetzt von ihm angerufen zu werden, um das Ergebnis seiner privaten Ermittlungen zu erfahren.

Olsson ging in die Küche und machte sich eine heiße Tasse Wasser mit Milch und Zucker. Er trank sie aus und ging dann gleich wieder ins Bett.

Aber seine Aufregung legte sich nicht. Er musste sich zwingen, in einer Art Dämmerzustand liegen zu bleiben, um wenigstens ein bisschen Ruhe zu finden. Erst als er die Morgenzeitung mit einem Plumps in der Diele landen hörte, schlief er endlich richtig ein.

Etwa eine Stunde später klingelte der Wecker. Olsson wurde nur mit Mühe wach. Sofort fiel ihm der Gedanke wieder ein, der ihm in der Nacht gekommen war. Doch seltsamerweise verblasste die Idee im Tageslicht, und er begann plötzlich an ihrer Genialität zu zweifeln.

Er tappte in die Küche und setzte das Kaffeewasser auf. Es war wieder kälter geworden, und der Hof war mit glitzerndem weißem Raureif überzogen. Die Vorstellung, dass es vielleicht schneien würde, ließ seine Laune noch weiter sinken. Unschlüssig blieb er am Küchentisch sitzen, während seine Gedanken sich immer mehr ineinander verknoteten – da klingelte das Telefon.

«Gut geschlafen?»

«Ausgezeichnet», log er. «Was machst du?»

«Dasselbe wie du, ich versuche wach zu werden. Jedenfalls klingst du so. Ist es gestern spät geworden?»

Olsson wusste nicht, was er sagen sollte. Aber sie fuhr fort: «Ich hab gestern Abend angerufen.»

Er hatte das alberne Gefühl, auf frischer Tat ertappt worden zu sein, gemischt mit der Enttäuschung, nicht zu Hause gewesen zu sein, als sie anrief. Aber er sagte, wie es war. «Ich bin im Kino gewesen.»

«Mit der Pastorin?»

Es dauerte ein paar Zehntelsekunden, bis er merkte, dass sie ihn aufzog. Zumindest nahm er es an.

«Allein. Aber ich habe einen anderen Pastor getroffen.»
Er berichtete ihr von seiner Begegnung mit Greger Mattiasen, und Cecilia hörte schweigend zu.
«Schwarze Kerzen?», sagte sie bloß, als er geendet hatte.
«Sie sahen genauso aus wie die aus der Kirche in Barkåkra.»
«Ich dachte, dass sich nur kleine Jungs mit so was beschäftigen. Und Psychopathen natürlich.»
Olsson zögerte aus irgendeinem Grund, bevor er ihr erzählte, was ihm in der Nacht eingefallen war. Und er sagte nichts von seinem Albtraum. Doch sonderbarerweise lachte sie ihn nicht aus, ganz im Gegenteil, sie schlug ihm vor, zur Polizei zu gehen, ohne dass er selbst es überhaupt angesprochen hatte.
«Erledige das aber vor drei Uhr, denn dann müssen wir mein Auto abholen.»
Sie verabredeten, dass er sie um halb drei abholen würde, dann legte Olsson auf.
Seine Unruhe war wie weggeblasen, er nahm den Hörer wieder ab und wählte die wohl bekannte Nummer seiner alten Arbeitsstelle.
Arne Bergman hörte ebenfalls zu, ohne zu lachen. Als Olsson fertig war, war es am anderen Ende der Leitung eine ganze Weile still. Dann sagte Bergman leise: «Möglicherweise hast du Recht.»
Es klang so nachdenklich, dass Olsson fast durch den Telefonhörer sehen konnte, wie er sich übers Kinn strich.
«Könntest du nicht herkommen, damit wir das noch mal in Ruhe besprechen? Larsson denkt ja in eine ganz ähnliche Richtung.»
Olsson zögerte einen Moment, bevor er ablehnte. Er hatte sich etwas ganz anderes vorgestellt. «Heute nicht.»

«Morgen ist auch gut. Ruf einfach an.»

Olsson legte wieder auf, und diesmal blieb der Hörer, wo er war. Vielleicht versuchte er am besten, noch ein wenig Schlaf nachzuholen. Er spürte, dass sich die Müdigkeit wie eine bleierne Schwere auf seinen Körper legte, und er wollte nicht völlig übernächtigt sein, wenn er sich mit Cecilia traf.

Er ließ die Jalousie herunter, als Schutzschild gegen den bedrohlichen Winter draußen, und legte sich wieder hin. Kurz bevor er einschlief, tauchte plötzlich eine dunkle Ahnung zu Lars Walléns Tod in ihm auf. Ganz gleich, ob es nun Mord gewesen war oder nicht, konnte es nicht einen Zusammenhang zu jenen Ereignissen geben, die sich offenbar nachts in den Kirchen abspielten? Doch der Gedanke löste sich in einer warmen, verführerischen Dunkelheit auf, die ihn einhüllte, ohne dass er etwas dagegen hätte tun können oder wollen.

Als Olsson zum zweiten Mal an diesem Tag erwachte, war der Winter weiter vorgerückt. Gleich beim Hochziehen der Jalousie sah er, dass es geschneit hatte, nicht viel, aber genug, um dafür zu sorgen, dass seine Missstimmung sich wieder meldete. Eine Weile blieb er am Fenster stehen. Nur die Aussicht auf den bevorstehenden Nachmittag mit Cecilia versetzte ihn in die Lage, den Wintertag nicht zu nahe an sich heranzulassen.

Mit einiger Kraftanstrengung wandte er dem deprimierenden Anblick den Rücken zu und ging hinaus in die Küche. Es erschien ihm irgendwie falsch, aus dem Bett zu steigen und sofort mit dem Mittagessen zu beginnen. Und weil er sowieso nicht besonders hungrig war, beschloss er, sich mit einem zweiten Frühstück zu begnügen. Nachdem seine Geschmacksnerven sich wieder beruhigt hatten, blieb er nachdenklich am Tisch sitzen. Seine Sicherheit, dass mit Lars Walléns Selbstmord irgendetwas nicht stimmte, war nach den Zweifeln vom Morgen wieder zurückgekehrt. Jedenfalls hatten weder Cecilia noch Arne Bergman irgendwelche spontanen Einwände gehabt. Trotzdem sah Olsson noch keinen Beweis dafür, dass seine Theorie stimmte. Und ebenso wenig wusste er, ob die seltsamen Vorgänge auf den Friedhöfen etwas mit der Sache zu tun hatten oder nicht.

Er versuchte, selber noch einmal über Alternativen nachzudenken, doch er merkte, dass er so nicht weiterkam. Die Gedanken begannen in seinem Kopf zu kreisen, und er spürte, dass er die ganze Geschichte allmählich leid war. Streng genommen hatte er mit Walléns Tod ja nichts zu schaffen und außerdem auch nicht darum gebeten, in die Sache hineingezogen zu werden.

Olsson stieß einen tiefen Seufzer aus und beschloss, sich zusammenzureißen. Er war irgendwie unausgeglichen, vielleicht lag es auch nur daran, dass er in Etappen geschlafen hatte. Möglicherweise brachte ein Bad ihn wieder ins Gleichgewicht, außerdem wurde es sowieso Zeit, sich für das Treffen mit Cecilia fertig zu machen.

Die Wanne war groß und geräumig und Olssons Badetechnik alles andere als energiesparend. Er erhöhte die Wassertemperatur nach und nach, indem er einige Liter ablaufen ließ und durch warmes Wasser aus dem Hahn ersetzte. Schließlich war es so heiß, dass ihm die Schweißperlen auf die Stirn traten. Erst als der Traum der vergangenen Nacht in seinem halb dahindämmernden Bewusstsein kurz aufblitzte, nahm er es als Zeichen, dass es Zeit wurde, aus der Wanne zu steigen.

Sein ganzer Körper dampfte, aus dem Spiegel blickte ihm ein

rosiges, schweißglänzendes Gesicht entgegen. Nachdenklich betrachtete er den Cherub im besten Alter eine Weile, dann begann er die Falten mit Rasierschaum zuzupinseln.

Im Laufe der Jahre hatte Olsson das Problem des Altersunterschiedes zwischen sich und Cecilia so oft hin- und hergewälzt, dass es fast zu einer Art Doktrin geworden war. Aber schließlich lehrte die Geschichte, dass auch die zählebigste Doktrin früher oder später überholt war.

So frisch gebadet hatte er keine Lust, sich an den Küchentisch zu setzen und weiterzugrübeln. Er stieg in den Saab, obwohl noch über eine Stunde Zeit war, bis er Cecilia in Vejbystrand abholen sollte.

Nicht einmal der neuerliche Wintereinbruch konnte ihm die Laune verderben. Dort, wo der Wind über den Asphalt strich, bildete die dünne Schicht aus Pulverschnee kleine hochwirbelnde Streifen. Dagegen erinnerte die Schneedecke auf den Feldern vor der Stadt mehr an halb transparente Lasurfarben. Als er die Kirche von Barkåkra erreichte, brach plötzlich die Sonne durch, und die schwächlichen Schneekristalle vor den blendend weißen Kirchenmauern verblassten und lösten sich in nichts auf.

Olsson hatte eine plötzliche Eingebung und bremste genau vor der kleinen Einfahrt zum Pfarrhof. Er war immer noch viel zu früh. Und er hatte immer noch Angst, dass Cecilia sich langsam bedrängt fühlen könnte, wenn er sich ihr zu sehr zumutete.

Er hatte Eva Ström noch gar nicht von seinem Besuch bei Arne Bergman berichtet. Und sie hatte doch ein Recht darauf zu erfahren, dass Lars Wallén bereits ganze vierundzwanzig Stunden tot gewesen war, als ihre Zeugin den Kapuzenträger auf dem Friedhof gesehen hatte.

Sein persönlicher Verdacht, dass mit dem Selbstmord irgendetwas nicht stimmte, stand auf einem ganz anderen Blatt. Bis
jetzt hatte Arne Bergman nicht beschlossen, Ulla Persson zu
vernehmen, und das war schließlich die Hauptsache.

Vorsichtig fuhr er den kurzen Schotterweg entlang, der zur
Kirche und dem ansehnlichen Pfarrhof führte. Als er an einigen Nebengebäuden vorbei um die Ecke bog, sah er einen
nachlässig geparkten Skoda neben Eva Ströms weißem Golf
stehen.

Er hatte den tschechischen Wagen auf der Beerdigung in
Hjärnarp schon einmal gesehen und erkannte ihn gleich wieder. Was hatte er dort wohl zu suchen? Aber dann fiel ihm
ein, dass Pastoren sich natürlich auch mit ihren Kollegen austauschten. Er erinnerte sich daran, dass Andreas Ljung etwas
von Dienstplänen und Urlaub erzählt hatte und dass man für-
einander als Vertretung einsprang.

Er stellte den Saab neben die anderen beiden Wagen und lief
zum Haus. Auf einem Schild stand zu lesen, in welchem Gebäude sich das Büro befand, und als auf sein Klingeln niemand antwortete, ging er einfach hinein. Sämtliche Räume
waren menschenleer, das einzige Geräusch war das Summen
eines Computers auf einem Schreibtisch.

Olsson verließ das Haus wieder. Er überlegte einen Moment,
dann drückte er den Klingelknopf des Wohntraktes, aber
auch dort meldete sich niemand. Er probierte es an den restlichen Türen, doch das Resultat war jedes Mal dasselbe. Irritiert blieb er stehen und sah sich um. Sein Blick fiel auf die
Kirche.

Es war die einzige Möglichkeit, die noch blieb. Ollson steuerte auf das große Portal zu. Er wusste nicht, was er erwartet
hatte, aber zu seiner Verwunderung war es unverschlossen.

Olsson betrat die Vorhalle und näherte sich vorsichtig dem eigentlichen Eingang zum Kirchenraum. Fast hätte er gerufen, um zu hören, ob dort drinnen jemand war, doch er hielt sich gerade noch rechtzeitig zurück. Es wäre sicher nicht ganz passend gewesen, und er hatte schließlich keine Ahnung, ob nicht gerade ein Gottesdienst stattfand.

Er betrat die Kirche unterhalb der Orgelempore und blickte den Mittelgang entlang. In der Halle befanden sich nur zwei Personen, das sah er sofort, und eine von ihnen war Eva Ström.

Aber sie lag leblos am Boden, und über sie gebeugt stand der hünenhafte Pastor, Andreas Ljung.

KAPITEL 11

Olsson blieb zwischen den grau gestrichenen Bankreihen stehen. Vielleicht verursachte er irgendein Geräusch am Boden, oder es war sein Atem, der ihn verriet. Der hoch gewachsene Priester merkte jedenfalls plötzlich, dass eine dritte Person die Kirche betreten hatte. Er hob verstört den Kopf, die Augen waren weit aufgerissen, und sein Gesicht war so kreideweiß wie die Kirchenwände ringsum.

Olsson rührte sich nicht. Er hätte nicht sagen können, ob Eva Ström noch lebte oder nicht. Und ebenso wenig war ihm klar, was Andreas Ljung vorhatte. Er schien fast in einer Art Trancezustand zu sein, vielleicht war es auch ein Schock.

Sein Gesicht zeigte keinerlei Regung. Einige Sekunden mochten vergangen sein, dann kam endlich Leben in seine starren Augen, und er begann zu reden. «Helfen Sie mir!» Die Stimme klang schrill und dünn, mehr wie ein Klagelaut als ein Flehen um Hilfe. Misstrauisch schritt Olsson den Mittelgang entlang nach vorn. Er war sich immer noch nicht sicher, was der Pastor wohl im Sinn hatte. Im nächsten Moment entdeckte Olsson ein großes Holzkruzifix, mehr als einen Meter lang, das neben Eva Ström lag. An seinem einen Ende schlängelte sich eine dünne Kette über den Boden. Eine zweite Kette hing von dem niedrigen Spitzbogen der Decke herab, und Olsson begriff, dass das Kruzifix an dieser Stelle aufgehängt gewesen sein musste. Offenbar war es ihr direkt auf den Kopf gefallen.

Als hätte er seine Gedanken gelesen, kam plötzlich Leben in den Priester. Er richtete sich auf und sagte: «Es ist auf sie gefallen. Sie lag hier, als ich hereinkam!»

Seine Stimme hatte ihre normale Tonlage wieder. Aber sie klang ein wenig zu beflissen, als sei er sich nicht sicher, ob man ihm glauben würde. Die Augen sahen Olsson fast beschwörend an.

Olsson hatte keine Zeit für lange Erklärungen. Nachdem nun klar war, dass der Priester ihr nichts getan hatte und ihn auch nicht angreifen würde, interessierte ihn im Moment nur eine Sache. «Lebt sie noch?»

Andreas Ljung nickte, und Olsson entdeckte ein Blutrinnsal, dass aus einer Wunde in Eva Ströms Stirn sickerte. Er hockte sich neben Ljung und legte seine Hand an die Halsschlagader der Pastorin. Der Puls ging schnell und leicht, und sie atmete in kurzen, schnellen Stößen.

«Haben Sie ein Taschentuch?»

Andreas Ljung kramte bereitwillig in seiner Jacke und zog ein gelb gemustertes Stück Stoff hervor. «Geht das?»

Olsson gab keine Antwort. Er nahm den Fetzen und tupfte damit die Stirn rings um die Wunde sauber. Sie schien nicht besonders tief zu sein, aber als er sie berührte, ging ein Zucken durch den Körper der Pastorin. Im nächsten Moment schlug sie die grauen Augen auf und blickte Olsson direkt an. Sie wirkte verwirrt, als ob sie versuchte, sich an irgendeinen vergessenen Zusammenhang zu erinnern. Für einen Moment verschwamm ihr Blick, wurde aber wieder klar.

«Bin ich im Krankenhaus?»

Olsson musste lächeln, vielleicht einfach vor Erleichterung.

«Sie sind in der Kirche. Sie hatten einen Unfall.»

Sie schloss die Augen, möglicherweise hatte sie Schmerzen.

Aber sie klang vollkommen klar, als sie sprach. «Jetzt weiß ich wieder, das Kruzifix. Es hing verkehrt herum. Aber was war dann?»

Sie versuchte sich aufzurichten, aber Olsson hinderte sie daran. «Es ist heruntergefallen und hat Sie getroffen. Aber warten Sie lieber noch mit dem Aufstehen.»

Sie gehorchte und sank wieder in Olssons Arm. Ein paar Minuten saßen sie so da. Andreas Ljung stand schweigend neben ihnen und rang die ganze Zeit die Hände, als ob er es nicht ertrug, untätig zu sein, aber auch nicht wusste, was er tun sollte.

Als sein Arm langsam einzuschlafen begann, sagte Olsson: «Vielleicht probieren wir es jetzt nochmal?»

Er fasste sie unter den Armen und half ihr auf. Dann nickte er Andreas Ljung zu, der hilflos daneben stand und zusah. «Nehmen Sie den anderen Arm?»

Der Priester zuckte zusammen. Aber er trat einen Schritt vor und packte mit demselben Eifer an, mit dem er kurz zuvor versucht hatte, alles zu erklären. Langsam gingen sie den Mittelgang entlang und stützten die Pastorin dabei von beiden Seiten. Doch sie schien keine Schwierigkeiten zu haben, sich auf den Beinen zu halten.

«Ich komme schon allein klar.»

Olsson lockerte den Griff ein wenig, schüttelte aber entschieden den Kopf. «Es ist wohl am besten, wenn wir Sie hinaus zum Wagen bringen.»

Sie reagierte sofort und stemmte beide Absätze in den Boden. Einen Moment lang standen sie alle drei regungslos in der Vorhalle.

«Zu welchem Wagen?»

«Wir müssen Sie ins Krankenhaus fahren.»

Sie versuchte ein Kopfschütteln, aber es wurde nur eine leichte Drehung daraus, offensichtlich tat es ihr zu weh. Dennoch blieb sie bei ihrer Weigerung. «Ich muss mich einfach nur ausruhen. Helfen Sie mir in meine Wohnung, das reicht.»

Olsson versuchte sie zu überreden und wurde dabei unerwarteterweise von Andreas Ljung unterstützt. Ihm schien sogar noch mehr als Olsson daran gelegen zu sein, dass sie sich in Behandlung oder zumindest unter ärztliche Beobachtung begab.

«Du bist bewusstlos gewesen!», sagte er fast ärgerlich. «Das muss doch abgeklärt werden.»

Aber es half alles nichts. Eva Ström hatte einen eisernen Willen, und Olsson sah ein, dass ihre vereinten Überredungsversuche mehr schadeten als nützten; die Auseinandersetzung strengte sie nur unnötig an. Sie bestand darauf, dass sie nichts weiter brauchte als Ruhe, und nur aus Mitleid gab Olsson schließlich nach.

«Aber es muss jemand kommen und nach Ihnen sehen.»

«Die Pastoralassistentin macht nur gerade Mittagspause. Sie ist bald wieder da.»

Olsson seufzte und gab sich zufrieden. Sie betraten den Wohntrakt und wurden in ein großes, helles Schlafzimmer gelotst. Im Bad gleich nebenan fand Olsson Pflaster und eine Flasche Desinfektionsmittel. Nachdem sie die Wunde versorgt und Eva Ström aufs Bett gelegt und zugedeckt hatten, fiel ihm plötzlich wieder etwas ein, was sie gesagt hatte.

«Wissen Sie überhaupt nicht mehr, was passiert ist?»

«Nur, dass ich in die Kirche kam und sah, dass jemand das Kreuz falsch herum aufgehängt hatte. Das Nächste, was ich weiß, ist, dass Sie mir die Stirn betupft haben.»

Olsson reagierte sofort auf ihre Wortwahl. «Jemand?»

Ihre grauen Augen musterten ihn. Sie verstand, was er meinte. «Ich dachte, dass es wahrscheinlich diese Chaoten waren.»
Andreas Ljung war wieder blass geworden. Er sah aus, als ob
er eigentlich etwas hatte sagen wollen, sich dann aber darauf
beschränkte, nervös an seinem Rundkragen herumzufingern.
Olsson fand, dass sie das Unfallopfer nun genug geplagt hatten. Als er hörte, wie ein Auto in den Hof einbog und vor
dem Haus hielt, nickte er Eva Ström zu und zog ihren hünenhaften Kollegen am Arm hinaus.

Als sie draußen auf der Treppe standen, fragte Olsson: «Was
meinen Sie, wie lange sie wohl bewusstlos gewesen ist?»
Andreas Ljung schien sich wieder gefangen zu haben, zumindest war seine Blässe verschwunden. Er schüttelte nachdenklich den Kopf, ehe er antwortete. «Ich weiß es nicht. Ich war
zuerst in ihrem Büro, und als ich sie dort nicht fand, bin ich
in die Kirche gegangen. Und da lag sie einfach dort. Ich habe
versucht, sie wachzukriegen, aber ich war höchstens fünf Minuten bei ihr, bevor Sie kamen.»
Olsson nickte in Gedanken. Es war sehr gut möglich, dass sie
sich knapp verfehlt hatten. Aber ihn interessierte noch eine
andere Sache. «Haben Sie gehört, was sie über das Kruzifix
sagte?»
Andreas Ljung wirkte sofort wieder befangen. Ihm schien die
Frage nicht besonders zu behagen. «Könnte es nicht an dem
Schlag liegen, den sie abbekommen hat?»
Olsson sah ihn fragend an. Der Priester blinzelte nervös zu-
rück. Vielleicht hörte er selbst, wie albern es klang.
«War … nur so eine Idee», sagte er entschuldigend.
Aber ein Gedanke durchzuckte Olsson. Vielleicht wusste der
Hüne ja mehr, als er zugeben wollte. «Sie haben nichts über
Vandalismus in den Kirchen in der Gegend hier gehört?»

Andreas Ljung schüttelte energisch den Kopf. «Vandalismus? Davon weiß ich nichts.»

Olsson wusste nicht, warum, aber er hatte plötzlich das deutliche Gefühl, dass der Pastor log. Er musterte ihn eine ganze Weile. Wieder stieg dem Geistlichen die Röte ins Gesicht, genau wie in Hjärnarp, als Arne Bergman denselben Trick angewendet hatte, aber er wich Olssons Blick nicht aus.

«Haben Sie in Ihren Kirchen keinen Besuch bekommen?»

Andreas Ljung schüttelte wieder den Kopf. «Davon wüsste ich ja wohl.»

Es klang betreten, als wollte er nicht weiter über diese Sache sprechen. Der Pastor streckte seinen zwei Meter langen Körper und warf einen demonstrativen Blick auf die Uhr. «Ich sehe, dass ich mich beeilen muss.» Er murmelte etwas von einem Termin und machte eine Geste, die offenbar eine Verabschiedung andeuten sollte. Dann wandte er sich unvermittelt ab.

Andreas Ljung umrundete seinen Skoda in zwei riesigen Schritten und wühlte hektisch in seinen großen Jackentaschen. Als er die Autoschlüssel herauszog, kam es Olsson vor, als sähe er etwas Weißes aufblitzen. Der Pastor ließ den Motor an und fuhr ohne Halt den Schotterweg entlang davon.

An der Stelle, wo der Wagen geparkt hatte, lag etwas Leuchtendes auf dem Boden. Olsson sah, dass es ein kleiner rechteckiger Gegenstand war, und winkte Andreas Ljung heftig gestikulierend hinterher, aber der Pastor bemerkte es nicht. Zumindest hielt er nicht an.

Nachdenklich blickte Olsson dem weißen Skoda nach, der Richtung Ängelholm verschwand. Es hatte eher wie eine Flucht gewirkt als wie ein eiliger Aufbruch zu einem Termin. War das Thema ihm etwa doch unangenehm gewesen?

Olsson ging zurück zu der Stelle, wo der Skoda gestanden hatte. Und tatsächlich, auf dem gefrorenen Boden lag eine kleine, flache Pappschachtel. Sie war weiß und hatte einen grünen Rand, mit einem gelben Symbol in einer Ecke, das möglicherweise eine Pyramide darstellen sollte. «Risperdal» stand dort deutlich in blauer Schrift zu lesen.

Es war klar, dass es sich um ein Medikament handelte, aber seltsamerweise trug die Schachtel weder einen Apothekenaufkleber noch den Namen des Patienten. Olsson öffnete sie vorsichtig und zog eine metallglänzende Druckverpackung mit giftgrünen Tabletten heraus. Etwas Ähnliches hatte er noch nie gesehen, aber sie wirkten definitiv nicht so, als wären sie rezeptfrei.

Nachdenklich steckte er die Schachtel in seine Tasche. Er hatte keine Ahnung, welche Art von Tabletten es sein konnten. Anabolika vielleicht? Oder ganz einfach Narkotika? Aber warum sollte Andreas Ljung so etwas in seiner Tasche herumtragen? Olsson sah ein, dass die Phantasie mit ihm durchzugehen begann. Sicher, in letzter Zeit waren eine ganze Reihe seltsamer Dinge passiert, aber deswegen musste er ja nicht noch weitere dazuerfinden.

Gerade als er in den Saab stieg, fiel ihm noch etwas ein, und er kletterte wieder ins Freie. Gleichzeitig merkte er, dass er vergessen hatte, der Pastoralassistentin auszurichten, was mit Eva Ström passiert war. Er schob es auf Andreas Ljungs sonderbares Verhalten, das ihn völlig aus dem Konzept gebracht hatte, und schlenderte schuldbewusst hinüber zum Büro.

Gunilla Berg war etwa im selben Alter wie die Pastorin und verschwand auf der Stelle, um nach ihr zu sehen. Olsson nahm seinen abgebrochenen Gedankengang wieder auf und ging zurück zur Kirche.

Das große Kruzifix war ziemlich schwer. Vermutlich hatte es Eva Ströms Stirn mit irgendeinem hervorstehenden Teil nur gestreift, sonst wäre ihre Verletzung sehr viel schlimmer gewesen. Sie hatte zweifellos einen Schutzengel gehabt.

Olsson bückte sich und überprüfte die Aufhängung. Jemand hatte mit irgendeinem Werkzeug deutliche Schrammen im Holz hinterlassen. Er sah genauer hin und entdeckte, dass die eine Schraube gelockert worden war, ohne das Loch zu beschädigen, in dem sie gesteckt hatte, als wäre sie nur halb hineingedreht gewesen. Die zweite dünne Kette war gerissen, wahrscheinlich weil das Gewicht des schweren Kreuzes plötzlich allein auf ihr gelastet hatte.

Er legte die Kette an die Stelle zurück, wo er sie gefunden hatte, und verließ die Kirche mit einer besorgten Falte auf der Stirn.

Als er ins helle Sonnenlicht hinaustrat, stellte er mit einem Blick auf die Uhr fest, dass fast eine ganze Stunde vergangen war. Bis zu seiner Verabredung mit Cecilia blieben nur noch fünf Minuten.

Olsson rannte fast zu seinem Wagen und legte einen Start hin, der an Andreas Ljung erinnerte. Der Saab war schnell; schon als er unter der Brücke der Westküstenbahn hindurchfuhr, merkte er, dass er es schaffen würde, zumindest würde er sich nur um wenige Minuten verspäten.

Sie stand vor der Post und wartete. Er hatte noch kaum angehalten, als sie bereits die Tür aufriss und sich in den Wagen zwängte.

«Ich hab versucht, dich anzurufen», sagte sie, während sie den Sicherheitsgurt anlegte. «Wir müssen uns beeilen!»

Olsson warf einen unsicheren Blick auf die Uhr. So stark verspätet war er nun auch wieder nicht. Es war erst fünf nach halb drei, sie würden mehr als rechtzeitig in der Werkstatt sein.

«Er hat angerufen und den Termin geändert», sagte sie, als hätte sie seine Gedanken gelesen. «Spätestens bis Viertel vor, dann muss er weg …»

Olsson antwortete nicht. In zehn Minuten bis zum südlichen Industriegebiet zu kommen war ein Ding der Unmöglichkeit. Doch er tat sein Bestes, und nach weniger als zwanzig Minuten bogen sie mit kreischenden Reifen in den Hof der Werkstatt ein. Ein Mann, der ihnen den Rücken zugewandt hatte, war gerade dabei, die Tür abzusperren. Als er Olssons Bremsen hörte, hob er den Kopf. Er wirkte nicht gerade begeistert.

«Ich werde erwartet», knurrte er ohne Begrüßung.

Aber er schloss die Tür wieder auf und betrat die Werkstatt. Als er herauskam, hielt er einen Schlüsselbund in der Hand. Er warf ihn Cecilia zu und deutete mit einem kurzen Nicken zu ihrem gelben Renault hinüber, der an dem hohen Stahlseilzaun bereitstand und auf sie wartete.

«Die Rechnung erledigen wir später.»

Er fuhr in einem dröhnenden Pick-up davon. Cecilia stand immer noch mit ihrem Schlüssel in der Hand da. Sie sah Olsson mitleidig an.

«Ich muss mich mit jemandem treffen …»

Er konnte seine Enttäuschung nicht verbergen. Aber bevor er etwas sagen konnte, fügte sie hinzu.

«Es ist ein Interview.»

«Ich dachte, du hast frei?»

«Das ist der Grund dafür, dass ich frei habe. Damit ich dieses Interview machen kann.»

Olsson begriff die Logik nicht, aber an der Sache war nichts zu ändern. Er fühlte sich überrannt und wusste nicht, was er sagen sollte. Cecilia kam kurz zur offenen Wagentür und strich ihm über die Wange.

«Es dauert höchstens zwei Stunden. Ich ruf dich dann an.»

Sie stieg in ihren Renault und warf Olsson einen vielsagenden Blick zu, als der Wagen auf Anhieb ansprang. Es gab ein leichtes Kratzen in der Kupplung, und schon fuhr sie auf und davon, Richtung Helsingborg.

Olsson blieb nachdenklich im Auto sitzen. Ihm war klar, dass die Beziehung zwischen ihnen ganz nach Cecilias Bedingungen lief. Sie hatte die ganze Sache begonnen, und sie war es auch, die die Initiative behielt. Trotzdem, er hatte weder Lust noch das Recht, irgendwelche Forderungen zu stellen. Ob das nun bedeutete, dass er der Schwächere war oder nicht, spielte keine so große Rolle. Er beschloss, nicht weiter darüber nachzudenken, und startete den Wagen.

Die Sonne stand schon tief und blendete ihn im Rückspiegel, während er gemächlich am Fluss entlang zurückfuhr. An der Feuerwache war er so in Gedanken, dass er auf die falsche Spur geriet und drei Autos abwarten musste, um sich wieder richtig einzuordnen. Schließlich gelang es ihm doch noch, den Hang hinunterzukommen und in die Storgatan einzubiegen. Die Wahnsinnsfahrt zur Werkstatt hatte seine ganze Konzentration in Anspruch genommen, aber als er den Saab abgestellt hatte, kehrten die Gedanken an den Unfall in der Kirche von Barkåkra zurück.

Eva Ström hatte wirklich großes Glück gehabt, wie sich herausgestellt hatte. Und den Spuren nach zu urteilen, hatte sie Recht damit, dass jemand das große Kruzifix falsch herum aufgehängt hatte.

Plötzlich fiel ihm die seltsame Tablettenschachtel wieder ein, die Andreas Ljung verloren haben musste. Er tastete in der Tasche seiner Öljacke und zog die Tabletten hervor. Nachdenklich musterte er sie ein zweites Mal, aber er war genauso ratlos wie zuvor. Da kam ihm eine Idee.

Er schloss den Saab ab und trat durch das Hoftor hinaus auf die Straße.

Die Bibliothek lag am anderen Ende des Marktplatzes, und eine freundliche Bibliothekarin zeigte ihm, wo das Medikamentenverzeichnis zu finden war. Olsson setzte sich mit dem Buch an einen der Lesetische und blätterte, bis er den schwierigen Namen des Präparates schließlich gefunden hatte.

«Risperdal», las er und buchstabierte sich durch das medizinische Fachchinesisch, ohne viel zu verstehen. Doch er stutzte, als er zu dem Abschnitt mit den Anwendungsgebieten kam: akute schizophrene Psychosen.

KAPITEL 12

Olsson saß vor dem dicken Medikamentenverzeichnis. Er wusste nicht, was er erwartet hatte, aber mit Sicherheit nicht, dass Andreas Ljung mit schweren Psychopharmaka in der Tasche herumlief. Und das Seltsamste war, dass sie nicht von einer Apotheke ausgehändigt worden waren.

Er versuchte sich die Namen einiger Präparate ins Gedächtnis zu rufen, die im Zusammenhang mit Medikamentenmissbrauch öfter erwähnt wurden, doch er konnte sich an keinen Fall erinnern, wo jemand illegal Mittel gegen Schizophrenie konsumiert hatte.

Der Pastor machte zwar einen etwas seltsamen Eindruck auf Olsson, aber so bizarr, dass man ihn für psychotisch halten konnte, war sein Auftreten nun auch wieder nicht. Obwohl man ja nie wissen konnte.

Dann fiel ihm ein, dass Andreas Ljung natürlich auch jemanden in der Familie haben konnte, der krank war und für den er die Tabletten besorgt hatte. Die Frage war nur, warum dann der Aufkleber mit dem Namen des Patienten fehlte. Normalerweise fanden sich dort genaue Angaben darüber, für wen das Medikament bestimmt war, wer es verschrieben hatte und in welcher Dosis man es einnehmen sollte. Es war kaum denkbar, dass einer Apotheke ein solcher Fehler unterlief, falls doch, dann wäre er jedenfalls gravierend gewesen.

Olsson kam einfach nicht weiter, egal wie er die Dinge auch drehte und wendete. Er war so in Gedanken versunken, dass er die blonde Bibliothekarin erst bemerkte, als sie dicht neben ihm diskret zu hüsteln begann.

«Wir schließen gleich», sagte sie.

Es klang, als ob sie es schon einmal gesagt hätte und nun peinlich berührt wäre, sich wiederholen zu müssen. Das war gut möglich, Olsson meinte sich vage zu erinnern, dass sie schon seit einer ganzen Weile um seinen Tisch herumgestrichen war. Er entschuldigte sich eilig und stellte das Verzeichnis wieder in das richtige Regal zurück.

Draußen auf dem Marktplatz schneite es inzwischen dicke, nasse Flocken. Olsson stieß einen tiefen Seufzer aus und patschte durch den Schneematsch nach Hause, der das Straßenpflaster nach und nach mit einer dünnen, schlammigen Pampe bedeckte. Als er seine Diele betrat, hinterließen die dicken Schuhe große, feuchte Abdrücke auf den ausgelegten alten Zeitungen neben der Tür.

So langsam fing er an, sich an den Nervenkrieg mit dem Telefon zu gewöhnen. Es sah genauso schwarz und stumm aus wie immer, aber diesmal hatte Cecilia ja wirklich versprochen anzurufen. Olsson musste einfach abwarten.

Er ließ sich in seinen Sessel fallen, schaltete den Fernseher ein und drehte den Ton ab, um die Bilder wie eine Art Collage vorbeiflimmern zu lassen, die keinerlei Aufmerksamkeit erforderte. Es war fast wie ein warmes Bad, in dem er seinen Gedanken freien Lauf lassen konnte.

Er hatte das dumpfe Gefühl, dass all die Merkwürdigkeiten, die sich seit der makabren Beerdigung in Hjärnarp ereignet hatten, auf irgendeine Art zusammengehörten. Oder genauer gesagt, dass es eine gemeinsame Ursache gab, die hinter alldem steckte. Er kam nur nicht drauf, welche.

Er hatte der Polizei nichts von seinen nächtlichen Begegnungen mit Greger Mattiasen erzählt. Vielleicht war es ja kein Zufall, dass alle drei Pastoren in seltsame Ereignisse verstrickt waren, jeder auf seine Weise: Mattiasen mit seinen nächtlichen Ausflügen und den schwarzen Kerzenstummeln, Eva Ström, die von einem verkehrt herum hängenden Kruzifix getroffen wurde, und schließlich Andreas Ljung, der auf der Beerdigung mit einer zweiten Leiche bedacht worden war und Psychopharmaka mit sich herumtrug. Auf jeden Fall gab es genügend gute Gründe, sich zu wundern, was in der Kirche eigentlich vor sich ging.

Olsson kam plötzlich ein Gedanke; am Ende war es gar kein Unfall gewesen, dass das Kruzifix auf Eva Ström herabfiel. Eine Holzschraube bohrte immer ein genormtes Loch; würde man sie zunächst herausdrehen und dann nicht wieder ganz fest anziehen, säße sie locker in einem etwas zu großen Loch. Und die Schraube der einen Kette war offensichtlich nur zur Hälfte angezogen gewesen.

Ihm fiel ein, dass Larsson sich die Sache vielleicht einmal ansehen sollte, sicher hätte er besser feststellen können, ob das Kruzifix unbeabsichtigt heruntergefallen war oder nicht. Doch das setzte voraus, dass Eva Ström zunächst Anzeige erstattete. Olsson entschied, am nächsten Tag zum Pfarrhaus hinauszufahren und sie zu überreden, mit Arne Bergman Kontakt aufzunehmen. Außerdem machte er sich wirklich Sorgen um ihren Zustand. Er fühlte sich direkt verantwortlich dafür, dass sie nicht gründlich untersucht worden war.

Vielleicht war er vor dem stummen Fernseher eingedämmert? Die Bilderflut war inzwischen von den Wirtschaftsnachrichten abgelöst worden, und plötzlich merkte Olsson, dass ihn Jakob Alms arrogantes Gesicht aus dem Bildschirm anblickte. Er griff nach der Fernbedienung, doch bevor er den Ton laut gestellt hatte, war der hastige Moderator schon beim nächsten Thema, den internationalen Währungsnotierungen und aktuellen Kursen der New Yorker Börse.

Olsson hatte noch nie begriffen, warum die schwedischen Fernsehzuschauer darüber ständig informiert werden mussten, aber vielleicht handelte es sich dabei ja um eine Art Ritual, um zu zeigen, dass die Redaktion immer auf dem neuesten Stand war.

Er stellte den Ton wieder ab und sah auf die Uhr. Zwei Stunden, hatte sie gesagt, aber inzwischen waren mehr als drei vergangen. Die Dunkelheit drückte bereits an seine Fensterscheiben, und so langsam machte sich der Hunger bemerkbar. Er warf einen langen Blick zum Telefon, schaffte es aber, sich zu beherrschen. Stattdessen tappte er hinaus in die Küche und schaute in die Tiefkühltruhe.

Die Mikrowelle klingelte im selben Moment wie das Telefon. Olsson zerrte den dampfenden Teller hastig heraus und nahm beim dritten Klingeln den Telefonhörer ab.

Sie war außer Atem, aber nicht besonders zerknirscht. «Hat eine Weile gedauert», sagte sie bloß. «Aber wenn du herkommst, kriegst du ein Abendessen. Ich hab Lammkoteletts gekauft.»

Olsson warf einen Blick auf seine Kohlrouladen. Sie hatten einen blassgräulichen Farbton, und ihre Konsistenz erinnerte an den Schneematsch draußen.

«Ich bin in einer halben Stunde da.»

«Prima, dann kannst du die Kartoffeln klein schneiden.»

Er kippte das traurige Fertiggericht in den Abfalleimer.

Sein Bad war zwar noch nicht allzu lange her, aber er nahm sich trotzdem die Zeit für eine Dreiminutendusche, obwohl er fließendes Wasser verabscheute.

Als er im Wagen saß, bemerkte er den schwachen Duft nach Old Spice und fragte sich, ob er wohl zu viel genommen hatte. Dagegen war jetzt jedenfalls nichts mehr zu machen.

Die Stadt war leer, und er kam zügig durch. Die Temperatur schwankte um den Gefrierpunkt, und die Schneedecke hielt sich noch immer tapfer, doch die Straße nach Skälderviken war frei und glänzte schwarz. In Barkåkra warf Olsson einen raschen Blick zum Pfarrhaus hinüber. In drei Fenstern brannte Licht, das reichte, um sein Gewissen zu beruhigen.

Er kannte den Weg schon fast im Schlaf. Unzählige Male hatte er vor dem niedrigen grauen Mietshaus geparkt und war die Treppe zu der kleinen Wohnung hinaufgestiegen. Dennoch kam ihm plötzlich alles fremd vor. Sogar die verstohlenen Gardinenblicke der Nachbarin bekamen plötzlich eine andere Bedeutung. Aber das Schrillen der Türklingel holte ihn schnell wieder auf den Boden der Tatsachen zurück.

Cecilia trug eine Schürze um die Hüften, genau wie damals bei seinem allerersten Besuch. Sie musterte ihn zärtlich und umarmte ihn noch in der Tür. «Gut riechst du», sagte sie. «Ein bisschen altmodisch, aber gut.»

Olsson selbst nahm den Geruch von Knoblauch wahr. Er betrat die Wohnung und hängte seine Jacke auf, dann erst erwiderte er ihre Umarmung. So blieben sie eine ganze Weile in der kleinen Diele stehen und tauschten Düfte aus.

KAPITEL 13

Das Sonnenlicht spielte in seinem Wagen Katz und Maus. Olsson fuhr denselben Weg wie immer, und in Barkåkra fiel ihm sein Entschluss vom vorigen Abend wieder ein. Er sah auf die Uhr. Es war kurz nach elf, und er beschloss, mit seinem Besuch lieber noch zu warten. Er nahm an, dass es nicht besonders passend war, eine Pastorin mitten im Hauptgottesdienst zu stören.

Vielleicht kam es ihm auch ein wenig seltsam vor, von einer Frau wegzufahren und sogleich die nächste aufzusuchen, obwohl er ihr bloß eine Frage stellen wollte. Aber er machte sich nicht die Mühe, weiter darüber nachzugrübeln. Es war Vormittag, die leere Straße lag vor ihm, und er ließ dem Saab mit Wohlbehagen freie Fahrt, während die Automatik ihren Dienst versah und in den nächsten Gang schaltete.

Die Storgatan lag genauso verlassen da, und sein gelbes Haus machte im hellen Sonnenschein den Eindruck, als wollte es ihn willkommen heißen. Olsson lenkte den Wagen durch das schmale Tor und stellte zufrieden fest, dass sowohl der Frost als auch der Schneematsch verschwunden waren, ohne in dem winzigen Hof Spuren zu hinterlassen. Als Erstes ging er ins Bad und drehte den Badewannenhahn auf, um Wasser einzulassen.

Er badete ziemlich lange und ersetzte das Wasser nach der altbewährten Methode, bis ihn die Hitze schließlich aus der Wanne trieb. Ohne groß darüber nachzudenken, traf er dieselbe Entscheidung wie am Vortag und frühstückte ein zweites Mal, anstatt zu Mittag zu essen. Nur dass es diesmal keine willkürliche Entscheidung war, sondern daran lag, dass er und Cecilia so lange im Bett geblieben waren, dass sie ihr Frühstück erst vor etwa einer Stunde beendet hatten.

Als er den letzten Schluck Kaffee trank, war es schon fast eins, und er sah keinen Grund mehr, das Gespräch mit Eva Ström noch länger aufzuschieben.

Der Kreisel am Wasserturm war so wie immer, doch der Himmel hatte an Höhe gewonnen, und die braungraue Landschaft floss in sanften Wellen im Sonnenlicht dahin, bis hinüber zu der dunkelviolett gefärbten Hügelkette Hallandsåsen. Ganz am äußersten Rand des rauen Hügelkamms ragte der weiß gekalkte Turm einer Kirche auf wie ein mahnender Zeigefinger.

Olsson versank in unangenehmen Gedanken über die seltsamen Vorgänge in den Kirchen und Lars Walléns Tod. Er schrak erst daraus auf, als er die Ausfahrt zur Kirche von Barkåkra erreichte.

Eva Ström öffnete schon nach dem ersten Klingeln, vielleicht hatte sie ihn kommen sehen. Das Pflaster klebte immer noch auf ihrer Stirn, und von einem Auge zog sich ein großer Bluterguss über das halbe Gesicht hinunter.

Sie sah ihn fragend an, und Olsson war sich plötzlich unsicher, wie er sein Anliegen erklären sollte. Ohne sich lange zu besinnen, fragte er: «Darf ich reinkommen?»

Vielleicht erinnerte sie sich an ihre eigene Frage, als sie vor seiner Tür gestanden hatte. Sie lächelte ihr warmes Lächeln und trat bereitwillig zur Seite. «Natürlich.»

Eva Ström führte ihn in ein kleines Zimmer gleich rechts nebenan. Es war ganz offensichtlich eine Art Arbeitsraum; hohe Bücherregale bedeckten die Wände, und vor dem Fenster stand ein kleiner, lederbezogener Schreibtisch. Sie deutete auf zwei ziemlich durchhängende Sessel vor der Wand, die sich gegenüberstanden. Ihre Stimme klang erklärend und entschuldigend zugleich.

«Das ist unser Gesprächsraum. Die Sessel gehören zum Pfarrhaus.»

Die alten Polster knarrten, als sie beide Platz nahmen. Der verwohnte Raum strahlte eine ganz besondere Atmosphäre aus. Olsson hatte das Gefühl, dass ein merkwürdiger Friede über allem lag, eine Art Quintessenz der jahrelangen, Generationen überdauernden Seelsorge vielleicht. Aber Eva Ström holte ihn rasch wieder auf den Boden der Tatsachen zurück. Ihre grauen Augen blickten ihn fest und ernst an.

«Danke, dass Sie sich um mich gekümmert haben.»

Olsson wurde plötzlich verlegen und sah zu Boden. Aber dann riss er sich zusammen, erwiderte ihren Blick und begann von seinem Verdacht zu erzählen.

Als er geendet hatte, saß sie eine Weile da und überlegte. Dann sagte sie zu seiner Verwunderung: «Ich weiß nicht, ob ich Anzeige erstatten möchte.»

Olsson verstand gar nichts. Wusste sie etwa mehr, als sie zugeben wollte? Vielleicht wollte sie sogar jemanden schützen? Sie musste ihm seine Gedanken angesehen haben und lächelte entschuldigend. «Beim letzten Mal ist ja auch nichts dabei herausgekommen.»

Olsson konnte es ihr nicht verübeln. Und es war gar nicht mal sicher, dass die Polizei diese Sache hier ernster nehmen würde. Trotzdem wollte er noch nicht aufgeben. «Was waren das für Chaoten, von denen Sie gesprochen haben?»

Sie zuckte die Schultern. «Keine Ahnung. Ich weiß nur, dass irgendjemand nachts in der Kirche irgendwelche Dinge tut. Ich dachte, dass diese Sache mit dem Kreuz wohl aus derselben Ecke kommt ...»

«Derselben Ecke?»

Sie nickte. Olsson hatte das dumpfe Gefühl, dass ihm etwas entgangen war. Ihm fiel wieder ein, dass ihm eigentlich nie klar gewesen war, worin die anonymen Drohungen bestanden hatten. Sie machte eine beschwichtigende Geste, als sei die ganze Sache nicht besonders ernst zu nehmen.

«Diese Telefongespräche ... Meistens mitten in der Nacht, und meistens antwortete niemand, wenn ich ranging. Ein paar Mal wurde ich weiterverbunden, an eine 070er-Nummer.»

«Telefonsex?»

Wieder nickte sie. «Ich habe die Sache vor allen Dingen deswegen angezeigt, weil ich so wütend war, nicht aus Angst. Und ich beziehe diese Anrufe nicht auf mich.»

Olsson kam nicht ganz mit. Wie konnte sie die anonymen Anrufe nicht auf sich beziehen? Ein Verdacht stieg in ihm auf.

«Sie wissen, wer es ist?»

«Nein, aber ich kenne den Grund für diese Anrufe.»

Olsson wartete auf eine Erklärung. Sie stieß einen tiefen Seufzer aus, als ob sie es leid sei, immer wieder davon anzufangen.

«Man hat etwas gegen Frauen in diesem Beruf.»

Endlich begriff Olsson. Es lag vierzig Jahre zurück, dass die erste Pastorin in Schweden ordiniert worden war, doch nun, zu Beginn des neuen Jahrtausends, war der Widerstand dagegen wieder größer geworden. Vielleicht hatte er auch nur überwintert. Zuweilen bekam man das ungute Gefühl, dass die Gesellschaft wieder Rückschritte machte, als begänne die Entwicklung sich ganz einfach umzukehren.

«Was wäre mit solchen Drohanrufen denn erreicht?»

Sie schnitt eine Grimasse. «Uns Angst einzujagen, damit wir aufhören. Dann könnte die Stelle mit einem Mann besetzt werden.»

Olsson verstand immer noch nicht, was damit gewonnen wäre. Soweit er die vielen Aufsehen erregenden Äußerungen des Erzbischofs zu diesem Thema richtig verstanden hatte, war die Gleichstellung ein wichtiges Grundprinzip der schwedischen Kirche.

«Ich dachte, dass das Domkapitel darüber zu entscheiden hat.»

Wieder seufzte sie. «Jetzt nicht mehr. Seit Neujahrsbeginn ist der Kirchenrat für die Neueinstellungen zuständig. Und der kann einstellen, wen er will.»

Offenbar machte er einen verwirrten Eindruck, denn sie setzte zu einer Erklärung an. Ihr Lächeln war ein wenig schiefer als sonst, aber der Klang ihrer Stimme war derselbe. «Der Kirchenrat wird gewählt. Aber an den Wahlen nehmen nicht sehr viele teil … da ist es leicht, irgendwelche politischen Ziele durchzudrücken.»

Sie schwieg, als hätte sie bereits zu viel gesagt. Aber bei Olsson war echtes Interesse erwacht.

«Und genau das hat jemand getan?»

Sie sah ihn mit ihren grauen Augen an. In ihrem Blick war eine Schärfe, die er zuvor nie wahrgenommen hatte.

«Haben Sie schon einmal etwas vom Verband für Zukunft gehört?»

Olsson nickte. Er erinnerte sich nur zu gut an die Hetzpartei aus dem Südwesten Schonens, die direkte Kontakte zu dem französischen Rechtsextremisten Jean Marie Le Pen und seiner Front National hatte. Aber er hatte gedacht, dass sie nach der letzten Reichstagswahl von der Bildfläche verschwunden war.

«Die haben im Kirchenrat die Mehrheit.»

Es war schwer zu sagen, ob sie resigniert klang oder ihre Wut nur unterdrückte. Eine Sache verstand Olsson allerdings nicht. Der Verband für Zukunft war zwar ausländerfeindlich und zutiefst reaktionär, aber scherte diese Partei sich wirklich darum, ob die Pastoren der Gemeinden männlich oder weiblich waren?

Eva Ström holte wieder tief Luft. Olsson hatte das Gefühl, dass sich die Atmosphäre in dem kleinen Raum auf irgendeine undefinierbare Art und Weise plötzlich veränderte.

«Und nicht nur das. Sie wollen Einfluss auf unsere sozialen Aktivitäten. Denn die kann jeder einzelne Pastor so gestalten, wie er will.»

Endlich begriff Olsson. Er hatte in der Lokalzeitung gelesen, dass es wegen der kirchlichen Sozialarbeit politische Streitereien gab, allerdings war er der Sache nicht genauer nachgegangen. Sie versuchten Obdachlosen zu helfen und hatten in irgendeiner Form Speisungen organisiert, aber darin konnte er nichts entdecken, das eine Kontroverse auslösen würde, außer vielleicht der Kostenfrage.

«Wir halten fremdsprachige Gottesdienste für Einwanderer und bieten auch Beratungsgespräche für Flüchtlinge an. Das ist diesen Leuten vom Verband für Zukunft natürlich ein Dorn im Auge. Sie vertreten die Meinung, dass sich jeder selber helfen muss.»

Ihre Stimme hatte einen schärferen Ton angenommen, ähnlich wie bei ihrer Weigerung, sich zum Arzt fahren zu lassen,

und Olsson merkte, dass sie einen viel stärkeren Willen besaß, als man ihr zunächst zutraute.

Vielleicht fand sie, dass sie zu heftig gewesen war, denn sie
schwieg und blickte aus dem Fenster. Olsson saß ebenfalls
schweigend da. Ihm war klar, dass es keinen Sinn haben würde, sie weiter zu überreden, wegen der Geschichte mit dem
Kruzifix Anzeige zu erstatten.

Stattdessen sagte er: «War es das, wobei Sie meine Hilfe
brauchten? Etwas darüber in Erfahrung zu bringen, was sich
kirchenpolitisch getan hatte?»

Eva Ström nickte wortlos. Als sie weitersprach, klang es beschämt, oder vielleicht war sie auch nur erschöpft. «Das war
dumm von mir. Aber sie drohen uns nicht nur, sie versuchen
mit ihren billigen Tricks auch die gesamte Kirche in Verruf zu
bringen.»

Olsson sagte nichts. Er wusste, dass sie die schwarzen Kerzen
meinte und das umgedrehte Kruzifix, aber er war sich nicht
so sicher, ob sie Recht hatte. Vielleicht ging es hier nicht nur
um Politik. Lars Walléns mysteriöser Tod und die seltsamen
Schizophrenie-Tabletten deuteten jedenfalls in eine ganze andere Richtung.

Eine Weile saßen sie beide schweigend da. Dann riss Eva
Ström sich mit Gewalt aus ihrer Lethargie. Sie lächelte auf
ihre gewohnte warme Art. «Möchten Sie einen Kaffee?»

Olsson schüttelte den Kopf. Er hatte andere Pläne, allerdings
musste er sie erst noch einmal fragen, ob sie sich an irgendwelche Einzelheiten ihres Unfalls erinnern konnte.

Sie runzelte die Stirn, und ihr Blick schweifte ab. «Ich habe
versucht, darüber nachzudenken, aber ich weiß nur noch, wie
ich die Kirche betrat und diesen Unfug sah. Ich muss mich
wohl druntergestellt haben, weil ich wissen wollte, wie sie es

147

bloß angestellt hatten und ob ich alles wieder in Ordnung bringen konnte, bevor jemand anders es sehen würde.» Sie zuckte die Schultern und setzte eine bedauernde Miene auf. «Vielleicht habe ich versucht, daran zu ziehen … ich weiß nicht mehr.»

«Erinnern Sie sich daran, wie Andreas Ljung in die Kirche kam?»

Sie sah ihn verwirrt an. «Ich dachte, Sie beide wären zusammen gekommen.»

Olsson nickte nachdenklich, er hatte eigentlich keine andere Antwort erwartet. Er zögerte einen Moment mit seiner Frage: «Wie gut kennen Sie ihn?»

Eva Ström hob eine Augenbraue, das war alles. «Andreas? Nicht so gut. Er ist ein bisschen verschlossen …»

Sie dachte einen Moment nach, ehe sie weitererzählte. «Wir haben uns in Äthiopien kennen gelernt. Er arbeitete auf der Missionsstation, die ich damals studienhalber besucht habe. Das war vor drei Jahren.»

Olsson hatte keine Fragen mehr. Er bedankte sich noch einmal für den angebotenen Kaffee, und Eva Ström begleitete ihn zur Tür.

Als er wieder in den Saab stieg, stand sie immer noch auf der Treppe vor dem Eingang. Der große Bluterguss auf der Wange und über dem Auge war auch auf die Entfernung noch deutlich zu erkennen, ebenso das gelbe Pflaster auf ihrer Stirn.

KAPITEL 14

Die weiße Tablettenschachtel brannte ihm in der Tasche.

Olsson hatte nicht erwartet, dass das Gespräch mit Eva Ström diese Wendung nehmen würde. Er zweifelte nicht daran, dass es starke Kräfte gab, die sie aus der Kirche herausheben wollten, weil sie eine Frau war und außerdem zu denen gehörte, die radikales soziales Engagement zeigten. Er war sich nur nicht so sicher, dass dies die Gründe für die Sache mit dem umgedrehten Kruzifix waren. Und erst recht nicht dafür, Lars Walléns Leiche in einem fremden Sarg verschwinden zu lassen.

Inzwischen war die Sonne ein gutes Stück weiter nach Westen gewandert, aber der Himmel wirkte immer noch weit und klar, und die Hügelkette Hallandsåsen schien ganz nah zu sein. Am Kreisel konnte Olsson der Versuchung nicht länger widerstehen. Trotz aller Vorsätze ordnete er sich links ein, drehte eine Dreiviertelrunde und fuhr genau in entgegengesetzter Richtung zur Storgatan weiter.

Erst als er an den ersten Häusern von Hjärnarp vorbeifuhr, fiel ihm ein, dass Andreas Ljung ja in einer ganz anderen Gemeinde Pastor war, doch da war es zu spät.

Auf der schmalen Straße konnte er nicht wenden, und irgendwie widerstrebte es ihm, zu diesem Zweck in den Kirchparkplatz einzubiegen, also ließ er den Saab einfach weiter geradeaus fahren.

Auf der Höhe des Friedhofs fiel ihm ein, dass die Gestalt mit der Kapuze laut Ulla Perssons Aussage direkt neben der Leichenhalle gesessen hatte. Er konnte sich bloß nicht erinnern, in der Nähe der Kirche eine Leichenhalle gesehen zu haben. Gab es überhaupt eine?

Er bremste und drehte sich um. Erst jetzt sah er, dass es ganz hinten im zweiten Teil des Friedhofs, der auf der anderen Straßenseite lag, wirklich ein kleines weißes Gebäude gab. Zumindest sah es so aus, als könnte es als Leichenhalle dienen. Und gleich daneben stand tatsächlich eine Bank.

Olsson fand keine rationale Erklärung dafür, aber er war mehr und mehr davon überzeugt, dass die seltsamen Vorkommnisse in den Kirchen irgendwie zusammenhingen. Und er begann sich zu fragen, ob jene Gestalt, die Ulla Persson gesehen hatte, nicht der Schlüssel zu alldem war.

Einen Augenblick lang spielte er mit dem Gedanken, nach Skepparkroken zurückzufahren, um noch einmal mit ihr zu sprechen. Aber wahrscheinlich würde man nicht mehr aus ihr herausbekommen, als sie selbst zu erzählen bereit gewesen war.

Er rollte die schmale Straße entlang, so in Gedanken versunken, dass er drei Wendemöglichkeiten verpasste. Erst als sich die Häuserreihen zu beiden Seiten der Straßen langsam lichteten, zwang er sich zur Konzentration.

Rechts neben einer Bushaltestelle wand sich eine Seitenstraße den Hügel hinauf. Olsson bremste abrupt und fuhr rückwärts ein Stück hinein, um wenden zu können.

Gegenüber, genau in seinem Blickfeld, lag ein Haus mit blaugrauen Giebeln. Die Längsseite hatte zur Straße hinaus keine Fenster und war mit einem Nebengebäude oder Schuppen verbunden, in einem Winkel, der den Einblick in den Hof verhinderte. Am Ende des Gebäudes begann eine lange weiße Mauer, die den Eindruck von Abgeschiedenheit zusätzlich verstärkte.

Das Haus wirkte idyllisch und unauffällig zugleich. Olsson hätte es vermutlich nicht einmal bemerkt, wenn in der Tür nicht ein Mann gestanden hätte, der sein Wendemanöver genau beobachtete.

Olsson erkannte ihn sofort wieder. Es war Steve Nyman, Lars Walléns Mädchen für alles. Seine ganze Körpersprache strahlte Misstrauen aus. Als er bemerkte, dass Olsson ihn ansah, zog er sich sofort ins Haus zurück und schlug die blaugraue Tür mit lautem Krachen hinter sich zu.

Olsson fühlte sich von dieser heftigen Reaktion unangenehm berührt. Er begriff, dass es Lars Walléns Haus war, jenes, von dem der lässige Reporter der Lokalzeitung erzählt hatte, und er konnte sich gut vorstellen, dass nach dem spektakulären Zeitungsartikel viele bloß einen Vorwand suchten, um vorbeizukommen und zu gaffen.

Er trat auf das Gaspedal, um so schnell wie möglich fortzukommen. Das ungute Gefühl, vielleicht für einen sensationslüsternen Spanner gehalten worden zu sein, hielt die ganze Rückfahrt über an. Er versuchte an etwas anderes zu denken und sich auf die Namen der Kirchen zu konzentrieren, die der lange Pastor bei Arne Bergmans Verhör genannt hatte. Doch die einzige Kirche, die ihm sofort wieder einfiel, war Munka Ljungby. Und er wusste nicht, ob dort gleich neben der Kirche ein Pfarrhaus stand.

Jedenfalls hatte er nichts zu verlieren außer Zeit. Als er zum zweiten Mal am Friedhof vorbeifuhr, warf er einen kurzen Blick zur Leichenhalle hinüber. Nach dem Schnee und Matsch der vergangenen Tage gab es dort vermutlich sowieso nichts mehr zu entdecken, und außerdem war die

Straße zu eng, um den Wagen abzustellen und auszusteigen.

Die Straße wurde kaum breiter, während er durch die winzigen Dörfer unterhalb vom Hallandsåsen kurvte. Bei Tåstarp ragte ein Kirchturm auf, kerzengerade und viereckig, und Olsson wurde klar, dass es dieser Turm gewesen sein musste, den er vom Kreisel aus gesehen hatte. Aus der Nähe sahen die schmucklosen Mauern noch unheilverkündender aus, aber er kümmerte sich nicht weiter darum und fuhr weiter.

Die Kirche von Munka Ljungby lag in der Mitte des Dorfes, und das Pfarramt hatte natürlich geschlossen. Eigentlich hatte er auch nichts anderes erwartet. Olsson stellte den Saab ab und lief zur Kirche hinüber. Auch sie war abgeschlossen.

Er rüttelte ein paar Mal an der großen Klinke des Portals, dann sah er ein, dass ihm wohl nichts anderes übrig blieb, als aufzugeben. Nervös an der weißen Tablettenschachtel herumfingernd, schlenderte er Richtung Ausgang, als er plötzlich eine Stimme hörte.

«Suchen Sie jemanden?»

Olsson sah sich erstaunt um. Auf dem Friedhof befand sich ein Mensch, den er beim Betreten nicht bemerkt hatte. Nun erblickte er einen älteren Mann, der ein paar Meter entfernt reglos vor einem Grabstein stand. Der Alte blinzelte freundlich und ein wenig verloren zu Olsson herüber, als hoffte er, irgendwie behilflich sein zu können.

«Ich suche den Pastor, Andreas Ljung.»

Der Mann schüttelte bedauernd den Kopf.

«Er ist nicht da.»

Das wusste Olsson bereits. Er nickte und hatte sich schon wieder dem Ausgang zugewandt, als der Mann weitersprach.

«Er ist nach Tåssjö raufgefahren, um zu joggen.»

Olsson blieb stehen. Der alte Mann schien bemüht, eine Erklärung abzugeben.

«Wir unterhalten uns immer mal, der Pastor und ich. Er ist vor einer Weile weggefahren, aber er hatte seinen Trainingsanzug mit und Schuhe zum Laufen.»

Er schwieg. Mehr um etwas zu sagen, fragte Olsson: «Und er wollte nach Tåssjö?»

«Das hat er gesagt. Die Kirche dort betreut er auch», fügte er gewichtig hinzu, fast als handelte es sich um ein Geheimnis.

Olsson dankte für die Hilfe und ging zurück zu seinem Saab. Als er den Motor anließ, sah er, dass der Mann noch immer an dem Grab stand und ihm nachsah. Olsson winkte kurz zu ihm hinüber, bevor er den Wagen auf die Straße rollen ließ. Er sah im Rückspiegel, wie der Alte unbeholfen eine Hand hob und den Gruß erwiderte. Dann verschwand er außer Sichtweite.

Der Örkelljungavägen führte durch dichtes Waldgebiet und braune Torflandschaft. Gelbrote Elchwarnschilder blitzen auf und waren in dieser Gegend sicher ernst gemeint. Aber die Elchgefahr war in der Abenddämmerung am größten, und bis dahin war noch ein Weile Zeit.

Olsson drückte ordentlich aufs Gas, vielleicht um die Vernunft zu betäuben, die sich langsam wieder meldete. Streng genommen gingen ihn schließlich weder Andreas Ljung noch seine Tabletten etwas an. Doch seine Neugier überwog nach wie vor, als auf der linken Seite das Schild nach Rössjöholm auftauchte, und er zögerte höchstens eine halbe Sekunde, bevor er in die kurvenreiche Straße einbog.

In einiger Entfernung vor ihm ließ sich mehr erahnen als erkennen, wie der Wald sich lichtete und den Blick auf die

Zwillingsseen Västersjön und Rössjön freigab, die Seite an Seite am Kamm des Hallandsåsen lagen, nur durch eine schmale Landzunge voneinander getrennt.

Bevor er die Seen erreichte, teilte sich die verschlungene Straße. Ein unansehnliches Schild zeigte an, dass die Kirche von Tåssjö rechter Hand lag, quer durch die Felder, am Rande des Waldes.

Obwohl Olsson schon früher da gewesen war, wunderte er sich immer noch über diesen merkwürdigen Standort einer Kirche; genau dort, wo die Straße schräg zwischen zwei kleinen runden Waldseen hindurchführte, lag sie mit drei dazugehörigen lang gestreckten roten Holzgebäuden, fast wie ein Minidorf. Andere Häuser waren weit und breit nicht zu sehen.

Vielleicht waren sie auch außer Hörweite. Olsson fragte sich, für wen die Glocken in dem eigenartigen Turm, der auf dem Dachfirst saß, wohl läuteten. Falls der Platz dort überhaupt für ein Geläut reichte.

Gleich am Friedhof stand ein weißer Skoda, und Olsson parkte den Saab daneben.

Der lange Pastor war nirgends zu entdecken, was vielleicht nicht weiter verwunderlich war, wenn er gerade irgendwo draußen seine Joggingrunden drehte. Olsson beschloss, seiner Neugier weitere fünfzehn Minuten einzuräumen, danach durfte die Vernunft die Führung übernehmen.

Er stieg aus dem Wagen und schlenderte hinüber zur Kirche. Ein Schwarm Wildgänse hatte sich auf dem Feld hinter dem Friedhof niedergelassen und schnatterte aufgeregt in seine Richtung. Es vergingen zehn Minuten, und er begann langsam zu frieren, trotz des schönen Wetters. Noch immer war kein Pastor in Sicht. Olsson spielte gerade mit dem Gedanken, seine anvisierte Wartezeit zu verkürzen, als das Kirchentor sich plötzlich öffnete und Andreas Ljung in einem knallgrünen Jogginganzug heraustrat. Die neuen Laufschuhe glänzten leuchtend weiß im Sonnenschein.

Der Pastor zuckte zusammen, als er Olsson entdeckte. Aber er ging ihm entgegen; wenn man bedachte, dass sie dort draußen völlig allein waren, hatte er auch kaum eine andere Wahl. «Suchen Sie jemanden?»

Olsson erinnerte sich, dass er diese Frage vor kurzem schon einmal gehört hatte. Diesmal war sie sehr leicht zu beantworten. «So ist es, ich suche Sie.»

Andreas Ljung erstarrte. Olsson bemerkte, dass er weder verschwitzt noch außer Atem war. Und der Jogginganzug war so neu, dass noch die Falten von der Verpackung zu sehen waren.

«Mich?»

«Sie haben in Barkåkra etwas verloren.»

«Das glaube ich nicht.»

Der Klang seiner Stimme hatte etwas Wachsames. Olsson spürte, dass er im Vorteil war, und zog die Tablettenschachtel hervor.

«Das hier …»

Der lange Pastor starrte die kleine weiße Schachtel an, als überlegte er, ob es nicht besser wäre, alles abzustreiten. Dann stieß er einen tiefen Seufzer aus. Er sah auf und blickte Olsson direkt in die Augen. «Ja, das sind meine.»

Die wenigen Worte klangen resigniert und flehend zugleich. Olsson bereute fast schon alles, aber er konnte einfach nicht umhin zu fragen.

«Wieso fehlt der Apothekenaufkleber?»

Der Pastor sah ihn eine ganze Weile an. Seine Augen hatten

einen eigenartigen Ausdruck angenommen. «Das kann ich Ihnen leider nicht sagen.»

Olsson zögerte. Irgendetwas kam ihm plötzlich falsch vor. Aber nun gab es kein Zurück mehr. «Sind Sie es, der diese Tabletten nimmt?»

Andreas Ljung schüttelte langsam den Kopf. Er wirkte auf einmal in sich zusammengesunken und machte in seinem nagelneuen Jogginganzug fast eine tragische Figur. «Nein, sie sind … für jemand anders.»

Olsson schwieg. Das Gespräch entwickelte sich in eine ganz andere Richtung, als er erwartet hatte. Offenbar deckte Andreas Ljung jemanden, aber Olsson konnte ihn schließlich nicht zwingen zu verraten, wer es war.

Vielleicht hatte der Pastor seine Gedanken erraten, denn er sagte leise: «Ich habe gelobt zu schweigen.»

Olsson nickte. Dazu gab es nichts hinzuzufügen. Wieder sah ihn der Pastor mit diesem seltsamen Blick an. Olsson konnte ihn nicht deuten. Vielleicht war es Traurigkeit?

«Es liegt in Ihrer Verantwortung.»

Der Pastor senkte den Kopf. «Ja, das ist wahr», sagte er düster. Dann drehte er sich um und ging zu seinem weißen Skoda.

Olsson blieb stehen und sah ihm nach, als er zwischen den roten Häusern davonfuhr. Aus irgendeinem Grund war er nicht besonders zufrieden mit sich.

Auf dem Rückweg durch den Wald fuhr Olsson mit mäßiger Geschwindigkeit. Er nahm die andere Route, an den Seen entlang und hinunter nach Hjärnarp. Das war zwar ein Umweg, aber er brauchte Zeit zum Nachdenken.

Er hatte eben plötzlich so etwas wie Sympathie für den langen Pastor empfunden. Offensichtlich wollte Andreas Ljung jemanden schützen, der seine Krankheit zu verbergen versuchte. Die Frage war nur, wen. Olsson musste sofort an den Pastor von Ängelholm denken, Greger Mattiasen. Zumindest hatte er mit seinen nächtlichen Wanderungen auf dem Friedhof einen seltsamen Eindruck gemacht. Vielleicht war er sogar derjenige gewesen, den Ulla Persson in Hjärnarp gesehen hatte?

Olsson riss sich zusammen. Er sah ein, dass die Phantasie mit ihm durchzugehen begann. Nur weil er Mattiasen zweimal auf dem Friedhof gesehen hatte, musste er noch lange nicht psychisch krank sein. Außerdem wohnte er schräg gegenüber von der Kirche, weshalb es wohl nicht weiter verwunderlich war, dass er bei besonderen Vorkommnissen nachsah, was an seinem Arbeitsplatz vor sich ging.

Plötzlich tauchte zwischen den Bäumen unerwartet eine Bucht auf, und Olsson drosselte die Geschwindigkeit. Die Straße führte dicht am Wasser entlang, das still und dunkel dalag. Am Ufer stand gebückt ein Reiher und schien sich zu langweilen; Olsson fand, dass er an Andreas Ljung erinnerte. Sein schmaler grauer Körper hatte etwas Schutzloses und Zerbrechliches, trotz aller Überheblichkeit.

Der Pastor hatte durch sein Schweigegelübde gelinde gesagt belastet gewirkt. Die Frage war bloß, ob es allein die Verantwortung für den Gesundheitszustand des Unbekannten war, die ihn so bedrückte.

Olsson wusste nicht genau, was eine Person mit schizophrener Psychose wohl für Symptome hatte. Vielleicht war er für seine Umwelt einfach nur nicht ansprechbar? Oder war es tatsächlich die Sorge, wozu ein solcher Mensch alles fähig war, die Andreas Ljung beunruhigte?

Olsson wurde selber langsam unruhig. Es war sehr gut möglich, dass dieselbe Person, die der Pastor deckte, nachts mit mystischen Kapuzen und schwarzen Kerzen herumspukte. Oder aber Andreas Ljung befürchtete es nur?

Olsson seufzte und sah ein, dass seine Überlegungen auf reiner Spekulation beruhten. Ihm fiel ein, dass bei der Polizei eigentlich Anzeigen eingegangen sein mussten, oder zumindest mussten sie etwas von der Sache gehört haben. Jedenfalls hatte Arne Bergman ihn ausdrücklich darum gebeten, vorbeizukommen und Lars Walléns Tod noch einmal zu besprechen, da konnte er die Gelegenheit ja nutzen und sich danach erkundigen.

Er war sich unschlüssig, ob er bei dem Gespräch auch Andreas Ljung und die Tablettenschachtel erwähnen sollte. Irgendwie kam es ihm fast wie ein Vertrauensbruch vor, etwas über den Pastor zu erzählen.

Olsson beschloss, die Sache erst einmal zu überschlafen, immerhin war ja noch Sonntag. Natürlich spielten die Wochentage bei der Polizei keine Rolle, jedenfalls nicht bei einem Mordfall, und Arne Bergman saß mit Sicherheit oben in seinem Büro. Aber handelte es sich denn wirklich um einen Mordfall? Offiziell war die Sache als Selbstmord eingestuft worden, und soweit er wusste, hatte niemand etwas davon gesagt, dass es geändert worden sei.

Olsson verzog irritiert das Gesicht. So langsam musste er wohl an seiner eigenen Zurechnungsfähigkeit zweifeln; es war nun schon das zweite Mal, dass die Phantasie mit ihm durchging, ohne dass es den geringsten Grund dafür gab.

Die abschüssige Straße tauchte zwischen wintergrünen Nadelbäumen ab. Der diesjährige Sturm um Weihnachten hatte einige der Stämme umgeknickt wie Streichhölzer. Die auseinander klaffenden weißen Bruchstellen sahen irgendwie unnatürlich aus, als hätte sich ein riesiges wildes Tier den Bergrücken entlanggewälzt.

Olsson musste plötzlich an Steve Nyman denken, der in der Bibliothek wie ein Verrückter nach vorn gestürmt war. Er hatte auch nicht gerade den Eindruck gemacht, psychisch ganz stabil zu sein.

Allerdings konnte es trotzdem sein, dass seine Anschuldigungen einen wahren Kern enthielten. Vielleicht nicht gerade, dass Wallén von seinem Konkurrenten Jakob Alm ermordet worden war, aber Nyman konnte ja Recht damit haben, dass es sich um keinen Selbstmord handelte. Davon war ja auch Olsson in seinem Innersten überzeugt.

Oder ergab sich aus dem Geschäft, in das die beiden verwickelt gewesen waren, vielleicht doch ein völlig nachvollziehbares Mordmotiv? Zumindest wäre das logischer gewesen als das Motiv für einen Selbstmord. Ganz zu schweigen von der Alternative: dass die Ursache für Walléns Tod im Umfeld kopfunter hängender Kruzifixe und halb abgebrannter Kerzen zu suchen war. Olsson wusste sehr gut, dass die Basis aller polizeilichen Ermittlungen war, nicht nur nach den möglichen Tätern, sondern auch nach schlüssigen Motiven für die Tat zu suchen.

Er merkte, dass ihn diese Sache trotz aller guten Vorsätze immer mehr beschäftigte. Er hatte sich vorgenommen, sich nicht in die Arbeit der Polizei einzumischen, und beabsichtigte wirklich nicht, eine Art professioneller Privatdetektiv zu werden, dafür hatte es nach dem Mord an Olof Palme zu viele abschreckende Beispiele gegeben. Andererseits war es ja keine direkte Einmischung, ganz privat über dies und jenes nachzudenken. Und wenn er sowieso zu Arne Bergman wollte, konnte es nicht schaden, vorher über die Sache nachgedacht zu haben.

Olsson merkte, wie spitzfindig seine Rechtfertigung war, aber er ließ sie gelten.

Am Straßenrand begannen Häuser aufzutauchen, und er sah, dass er wieder kurz vor Hjärnarp war. Er verspürte den plötzlichen Impuls, zu Steve Nyman zu fahren, um ihn zu fragen, worauf er seine Anschuldigungen begründete, aber zum Glück konnte er sich gerade noch beherrschen.

Die Strecke hinauf bis zum Kreisel von Rebbelberga war dieselbe, die er nach der makaberen Beerdigung gefahren war, wo alles angefangen hatte. Es kam ihm vor, als sei es eine Ewigkeit her, obwohl seitdem tatsächlich erst vier Tage vergangen waren, aber zweifellos hatte er inzwischen ja auch noch ein paar andere Dinge erlebt.

Der Gedanke an Cecilia ließ das ganze Wirrwarr seltsamer Ereignisse und Spekulationen verblassen. Sie hatte sich an den PC gesetzt, um ihr Interview zu schreiben, als er von Vejbystrand weggefahren war. Wenn alles gut gelaufen war, musste sie inzwischen fertig sein.

Auf dem Weg in die Stadt ging er in Gedanken vier mögliche Gestaltungsalternativen für den Abend durch. An der Statoil-Tankstelle hatte er den Entschluss gefasst, dass der Holzgrillfisch des kleinen italienischen Restaurants in der Mitte der Storgatan ein hervorragender Beginn wäre. Auf jeden Fall endeten alle vier Alternativen bei ihm zu Hause.

Seine ausladende Hängebirke hob sich bereits schwarz vom dunkler werdenden Himmel ab, als der Saab in den Hof fuhr. In der Diele lag immer noch die Zeitung vor der Tür, aber diesmal brauchte er sie nicht. Er ging gleich zum

Telefon, und Cecilia nahm schon nach dem ersten Klingeln ab.

Er erklärte ihr seinen Plan für den Abend, und es wurde so still in der Leitung, dass er dachte, die Verbindung wäre unterbrochen.

«Hallo?»

Das Schweigen hielt noch ein paar Sekunden an. Dann war sie wieder da, und er hörte sofort am Klang ihrer Stimme, was sie sagen würde.

«Ich wollte heute Abend eigentlich zu Hause bleiben.»

Sein innerstes Gefühl sagte ihm, dass es zwecklos war. Etwas an ihrem Tonfall verriet, dass sie sich längst entschlossen hatte, den Abend ohne ihn zu verbringen. Trotzdem musste er sie einfach fragen.

«Soll ich vielleicht zu dir kommen?»

Er merkte selbst, wie aufdringlich es sich anhörte. Er hätte sich auf die Zunge beißen können, doch es war zu spät.

Sie schien zu zögern. Vielleicht musste sie sich überwinden, es offen auszusprechen. «Lieber nicht, Martin.»

Er versuchte, sich seine Enttäuschung nicht anmerken zu lassen, aber er wusste nicht, ob es überzeugend war. «Ich ruf dich morgen an.»

«Tu das.»

Olsson hielt immer noch den Hörer in der Hand. Irgendwie fühlte es sich an, als hätte er das erste Plus auf seinem Konto soeben verspielt.

Er wünschte, er hätte das Telefonat ungeschehen machen können, und nahm sich wieder einmal vor, sich nicht länger wie ein kleiner Schuljunge aufzuführen, der an ihrem Rockzipfel hing. Aber er war alles andere als überzeugt davon, dass er sich an seinen Vorsatz würde halten können.

KAPITEL 15

Das Telefonat plagte ihn wie ein schlechtes Gewissen. Olsson nahm die Sonntagszeitung und ging hinein zu seinen Sesseln. Er setzte sich und blätterte zerstreut die vielen Beilagen durch, doch es gelang ihm nicht, sich zu konzentrieren.

Auf einem Foto im Wirtschaftsteil blickte Jakob Alm direkt in die Kamera, so wie er es am Abend zuvor auf dem Fernsehbildschirm getan hatte. Olsson hörte mit seinem hektischen Herumblättern auf und begann den Artikel zu lesen. Offenbar hatte Jakob Alm die große IT-Intervention gestartet, mit der er sich bei seinem Vortrag in Ängelholm so gebrüstet hatte. Oder genauer gesagt, bei dem, was sein Vortrag hätte werden sollen, wenn Steve Nyman nicht aufgetaucht wäre.

In dem Artikel wurde berichtet, dass Alms Firma anscheinend eine ganze Reihe von Fusionen vorantrieb, mit mehreren strategisch platzierten Gesellschaften innerhalb der Bank- und Medienwelt. Worauf die Sache konkret hinauslief, begriff Olsson nicht so richtig, außer dass Jakob Alm durch geschicktes Taktieren die gesamte Entwicklung eines wesentlichen Bereiches der Gesellschaft kontrollieren würde.

Olsson dachte daran, was Cecilia über Alms Spiel mit den Grundfesten der Demokratie gesagt hatte. Und er dachte an Steve Nymans Beschuldigungen. Eine Falte erschien auf seiner Stirn, als er weiterlas. Dem Interviewteil des Artikels war zu entnehmen, dass Jakob Alm in der Nähe von Ängelholm ebenfalls ein Landhaus besaß. Bestimmt in Ramsjöstrand, draußen auf der Bjärehalbinsel, kaum mehr als eine halbe Stunde Autofahrt entfernt von Hjärnarp.

Welche Schlüsse ließen sich daraus ziehen? Es gab jedenfalls keinerlei Beweise dafür, dass Steve Nyman für seine Anschuldigungen einen triftigen Grund hatte. Aber Jakob Alm und Lars Wallén hatten sich immerhin in derselben Umgebung bewegt. Olsson hatte das dumpfe Gefühl, dass es nicht schaden konnte, diesen Umstand festzuhalten.

Er legte die Zeitung beiseite, die Stirn noch immer in Falten gelegt. In seinem bisherigen Gedankengang gab es irgendeinen Punkt, der nicht stimmte. Wenn man dieses unzusammenhängende Nachdenken überhaupt als Gedankengang bezeichnen konnte. Vielleicht waren seine Schlussfolgerungen zum Zusammenhang zwischen Lars Walléns Tod und den Ereignissen in den Kirchen doch zu übereilt gewesen.

Olsson war plötzlich alles leid, und er wünschte, er hätte sich an seinen Vorsatz gehalten, sich nicht in die Arbeit der Polizei einzumischen. Er versuchte sich zu erinnern, wie und wann er eigentlich in die ganze Sache hineingeraten war, aber er wusste es nicht mehr genau. Vielleicht als er Eva Ström zu der unwilligen Zeugin nach Skepparkroken begleitet hatte? Oder nach ihrem Unfall mit dem Kruzifix, als Andreas Ljung die Tablettenschachtel verloren hatte?

Es spielte im Grunde keine Rolle. Er hatte versprochen, aufs Revier zu kommen, um über seine unausgegorene Idee zu diskutieren, dass Wallén vielleicht ermordet worden war, bevor jemand anders ihm die Kapuze übergezogen hatte. Olsson war sich nicht mehr sicher, ob diese Theorie es überhaupt wert war, ernst genommen zu werden, aber versprochen war versprochen, und Arne Bergman rechnete mit ihm.

Olsson beschloss hinzugehen, um zwischen ihnen keinen neuen Konflikt heraufzubeschwören.

Er stand auf, ging in die Küche und schaute durchs Fenster in den dunklen Hof hinaus. Die Unruhe wegen des Telefongespräches mit Cecilia machte sich wieder bemerkbar. Ihm war unklar, warum er so reagierte. Er wusste bloß, dass er sich ihr aus irgendeinem unerklärlichen Grund unterlegen fühlte. Plötzlich war das Stechen in der Zwerchfellgegend wieder da. Ob es nun Intuition oder Einbildung war, er spürte jedenfalls, dass zwischen ihnen irgendetwas falsch lief. Als ob es etwas gab, das ihm verborgen blieb. Er hätte nicht sagen können, was es war, aber das stechende Gefühl wollte einfach nicht aufhören. Die Unruhe trieb ihn durch die Wohnung, bis er sich schließlich zwang, an etwas anderes zu denken.

Das Einzige, was ihm einfiel, war das bevorstehende Treffen mit Arne Bergman. Er war sich nicht sicher, ob er von der Sache mit Eva Ström und ihrem Unfall in der Kirche erzählen sollte. Diese Frauengegner innerhalb der Kirche, die sie erwähnt hatte, konnten wohl kaum diejenigen sein, die Lars Walléns Leiche in den Sarg gelegt hatten. Schon allein deswegen nicht, weil es Andreas Ljung gewesen war, der den Trauergottesdienst gehalten hatte. Es konnte ja nicht in ihrem Interesse liegen, irgendwelche Zweifel an seiner fachlichen Kompetenz aufkommen zu lassen.

Andererseits wäre es natürlich eine drastische und makabre Art, ihn zu kompromittieren, indem man dafür sorgte, dass der Sargdeckel sich löste und man hineinsehen konnte. Soweit Olsson wusste, war ein Pastor für den Sarg verantwortlich, solange er sich in der Kirche befand.

Es ärgerte ihn plötzlich, dass er nicht daran gedacht hatte, Andreas Ljung zu fragen, ob ihm vielleicht irgendjemand schaden wollte. Immerhin war es ja möglich, dass hinter der ganzen Sache private Dinge steckten.

Dann fiel ihm wieder ein, dass die Hjärnarper Kirche eigentlich nicht zu Ljungs Pastorat gehörte. Wenn der groteske Scherz wirklich eine Art von Rache oder Beleidigung sein sollte, konnte er ebenso gut einem anderen zugedacht gewesen sein.

Der Gedanke ließ ihn nicht mehr los. Vielleicht weil es ein schwerwiegendes Gegenargument zu seiner eigenen übereilten Theorie vom Mord an Lars Wallén war.

Olsson sah auf die Uhr. Er war sich unschlüssig, ob es schon zu spät war oder nicht. Schließlich kramte er doch das Telefonbuch hervor. Er wartete drei Klingelzeichen ab. Gerade als er wieder auflegen wollte, kam ein Rauschen aus dem Hörer. Dann meldete sich ihre Stimme, klar und deutlich.

«Eva Ström?»

Sie schien nichts dagegen zu haben, dass er anrief. Offenbar fand sie es nicht einmal seltsam, dass er sich so spät noch meldete, um ihr eine Frage zu stellen.

«Der Pastor von Hjärnarp? Das ist Ulf Skoog, aber der liegt im Krankenhaus.»

Olsson dachte zwei Sekunden nach. Es war sehr gut möglich, dass diejenigen, die die Leiche in den Sarg gelegt hatten, nicht rechtzeitig informiert gewesen waren, dass der ordinierte Pastor krank war.

«Sie wissen nicht zufällig, wann die Entscheidung fiel, dass Andreas Ljung die Beerdigung in Hjärnarp übernehmen sollte?»

Sie zögerte keine Sekunde. «Doch, natürlich. Das war am Dienstag.»

«War das derselbe Tag, an dem Ulf Skoog krank wurde?»

«Nein, aber an dem Tag wurde nochmal getauscht.»

«Dann war also nicht von Anfang an geplant, dass Andreas Ljung die Vertretung machen sollte?»

«Nein.»

«Sie wissen nicht, wer ursprünglich vorgesehen war?»

«Doch. Das war ich.»

Olsson schwieg. Er wusste nicht, was er sagen sollte. Auf irgendeine sonderbare Weise schienen sich all seine losen Spekulationen auf einen Schlag zu bestätigen. Nur dass sie eigentlich unmöglich alle gleichzeitig stimmen konnten.

Die einzig logische Schlussfolgerung daraus war, dass es auf seine Fragen keine richtigen Antworten gab, weil sie falsch gestellt waren.

Olsson murmelte ein Danke und legte den Hörer auf, ohne Rücksicht darauf, dass ihr sein Benehmen mit Sicherheit sonderbar vorkam.

Sein Kopf kam ihm plötzlich wie ein Bienenstock vor, und er begriff, dass er nicht mehr Querverbindungen brauchte, sondern weniger. Hinter diesem scheinbaren Durcheinander musste noch etwas anderes liegen, etwas, das er bis jetzt übersehen hatte. Doch er hatte keine Ahnung, was es sein konnte.

Olsson lief rastlos durch die Wohnung. Schließlich stellte er sich ans Fenster und schaute hinaus auf die Storgatan. Lange blieb er so stehen, obwohl auf der leeren Straße nichts zu sehen war. Seine Gedanken an Cecilia vermischten sich mit dem unangenehmen Gefühl, es mit etwas zu tun zu haben, das anders war, als es nach außen hin wirkte.

Er beschloss, trotz seiner Bedenken bei Arne Bergman alle Karten auf den Tisch zu legen und die Sache dann ganz einfach zu vergessen. Doch er wurde das Gefühl nicht los, dass auch in seinem Verhältnis mit Cecilia irgendetwas verborgen lag, das er nicht sah. Der Gedanke quälte ihn den ganzen Abend über, bis er endlich einschlief.

Olsson begann den Morgen, indem er ganz gegen seine Gepflogenheiten duschte. Er wollte bei dem Gespräch richtig wach sein, um auch wirklich alles loszuwerden, was er über Pastoren, Friedhöfe und tote Businessengel wusste.

Während der scheußliche Wasserstrahl ihn zum Leben erweckte, stellte er sich vor, auf dem Weg zu einer Teufelsaustreibung zu sein. Arne Bergman wäre der oberste Exorzist, der ihn von seinen quälenden Gedanken erlöste, sodass er das Polizeigebäude befreit von allen Kümmernissen verlassen würde.

Der Gedanke verbesserte seine Laune immerhin so, dass er den Mut fand, Cecilia anzurufen. Ihrer Stimme war nichts Besonderes anzumerken, und er war erleichtert, dass die Geister des vergangenen Abends sich im Tageslicht auflösten. Nur das Wetter spielte mal wieder nicht mit. Eine missgünstige Windbö versuchte ihm die Laune zu verderben, als er die wenigen Schritte durch den Vorgarten bis zu seinem Saab lief.

Sie versuchte es wieder, als er vor dem Polizeigebäude hielt, aber ihr einziger Erfolg war, dass er den Mantelkragen ein bisschen fester zuhielt, während er auf die metallische Sprechanlagenstimme wartete.

Die Stimme erkannte ihn gleich wieder, und die sich anschließende Prozedur kam ihm fast schon wie eine alte Gewohnheit vor. Sogar Arne Bergman mit seinem Stoppelschnitt und dem untrinkbaren Kaffee wirkte wie ein Déjà-vu.

Olsson erzählte langsam und in allen Einzelheiten, angefangen bei den Trägern, die Bernhard Möllers Sarg hatten fallen lassen, bis zu dem Treffen mit Andreas Ljung in Tåssjö und dem Telefonat mit Eva Ström, bei dem er erfahren hatte, dass eigentlich sie für diese unglückselige Beerdigung vorgesehen gewesen war. Das Einzige, was er wegließ, waren Name und Adresse von Ulla Persson in Skepparkroken, aber Olsson war sich andererseits auch sicher, dass sie nicht mehr zu der Sache beitragen konnte als das, was er Arne Bergman bei seinem letzten Besuch schon erzählt hatte. Er holte tief Luft und machte sich an den Versuch, dem ganzen Wirrwarr eine Deutung zu geben.

Arne Bergman hörte konzentriert zu und unterbrach ihn kein einziges Mal. Erst als Olsson nach einer knappen Viertelstunde eine Pause einlegte, sagte er etwas, allerdings etwas, womit Olsson kaum gerechnet hatte.

«Larsson hat eindeutig herausgefunden, dass Wallén sich nicht erhängt hat, sondern auf irgendeine andere Art und Weise zu Tode gekommen sein muss.»

Olsson, der gerade noch erleichtert gewesen war, seinen ganzen Gedankenwust der vergangenen Tage losgeworden zu sein, erstarrte. Trotz aller guten Vorsätze hörte er sich fragen: «Auf eine andere Art und Weise?»

Arne Bergman nickte. Seine Stimme verriet einen Anflug von Respekt, als er weitersprach.

«Larsson hat alle medizinischen Bilder und Fakten von der Obduktion angefordert. Frag mich nicht wie, aber er konnte beweisen, dass Walléns Halswirbel nicht so gebrochen waren, wie es normalerweise beim Erhängen passiert, sondern verdreht worden sind.»

Die Neugierde ließ Olsson endgültig vergessen, dass er sich eigentlich geschworen hatte, alles zu erzählen, was er wusste, und dann nach Hause zu gehen. «Verdreht?»

Arne Bergman zuckte mit den Schultern. «Das hat er gesagt. Außerdem ist der Kehlkopf zerschmettert, genau wie wenn beim Erhängen das Seil zu niedrig sitzt. Allerdings ist die Kontaktfläche am Hals schmaler als der Durchmesser des Seils.»

Olsson starrte seinen alten Kollegen verdutzt an. Er begriff sofort, was das bedeutete, und wollte gerade etwas sagen, als Arne Bergman ihm zuvorkam.

«Wir haben ein Mordermittlungsverfahren eingeleitet.»

Er klang ernst und erschöpft. Olsson kannte das Gefühl. Ein Mordfall war die Formel-1 der Polizeiarbeit, hatte vor allen anderen Dingen absolute Priorität und verschaffte denjenigen, die daran arbeiteten, den Zugang zu finanziellen Sondermitteln. Zumindest in der Höhe, wie sie die Polizei der betreffenden Gegend gerade aufbringen konnte.

Aber dafür wurde auch ein entsprechender Arbeitseinsatz gefordert. Von regulären Arbeitszeiten konnte kaum die Rede sein, solange die Ermittlungen andauerten. Wenn man Pech hatte, konnte sich alles über Wochen oder sogar Monate hinziehen. Am Anfang eines Ermittlungsverfahrens wegen Mordes zu stehen war wie der Start zu einem Marathonlauf, von dem man nicht wusste, wo das Ziel lag und wie es aussah. Fest stand nur, dass es eine enorme Kraftanstrengung kosten würde und dass die Erfolgsaussichten ungewiss waren.

Olsson saß abwartend da und schwieg. Arne Bergman rückte ein wenig auf seinem Stuhl hin und her, dann sagte er.

«Wir müssen deine Zeugin vernehmen. Die, die den Kapuzenmann auf dem Friedhof gesehen hat.»

Olsson sah ihn fragend an. Es war doch Arne Bergman selbst gewesen, der erklärt hatte, dass ihre Zeugenaussage nicht von

Interesse sei. Aber das war natürlich vor Larssons Nachweis gewesen, dass es sich um einen Mord handelte.

Er konnte es sich trotzdem nicht verkneifen nachzufragen:

«Glaubst du, dass der Kapuzenmann mit der Sache wirklich was zu tun hat? Das hast du doch vorher nicht getan.»

Arne Bergman machte eine vage Geste, die Olsson nicht so richtig deuten konnte. Vielleicht hatte sie auch keine besondere Bedeutung. «Das wissen wir erst, wenn wir ihn gefunden haben.»

Olsson verstand. Da es nun um einen Mord ging, konnte man jemanden, der sich in der Nähe des Fundorts der Leiche aufgehalten hatte, nicht einfach außer Acht lassen. Schon gar nicht, wenn der Betreffende dieselbe seltsame Verkleidung getragen hatte wie das Opfer. Dass er vierundzwanzig Stunden nach Lars Walléns Tod neben der Leichenhalle gesessen hatte, konnte vielleicht sogar bedeuten, dass er mit dem Dorthinschaffen der Leiche irgendetwas zu tun gehabt hatte.

Olsson befürchtete zwar, dass es unmöglich festzustellen war, aber er musste einfach nachfragen: «Es lässt sich wohl nicht bestimmen, wie lange Wallén im Sarg gelegen hat? Dann wüsste man, wann die Leiche dort hingeschafft worden ist.»

Arne Bergman warf ihm einen seltsamen Blick zu. Als er antwortete, klang seine Stimme wieder müde. «Sie ist vielleicht gar nicht hingeschafft worden.»

Olsson begriff nichts. Offenbar hatte Arne Bergman diese Möglichkeit selbst auch nicht in Betracht gezogen, denn er redete gleich weiter, ohne eine Antwort abzuwarten.

«Vielleicht ist Wallén selbst dorthin gegangen.»

Olsson verstand noch weniger, und vermutlich war es ihm

anzusehen. Arne Bergman strich sich übers Kinn, so wie er es immer tat, wenn ihm etwas zu schaffen machte.

«Er ist jedenfalls auf dem Hjärnarper Friedhof herumgetrampelt, als er noch am Leben war. Die Probe von seinen Schuhsohlen passt perfekt.»

Olsson fiel die Schotterprobe vom Friedhof wieder ein, die Larsson in seiner Tüte verstaut hatte, aber er hatte auch die Autofahrt vom Vortag noch in frischer Erinnerung.

«Walléns Haus liegt nur einen halben Kilometer vom Friedhof entfernt», warf er ein. «Womöglich ist er dort immer spazieren gegangen?»

Arne Bergman sah ihn lange an. «Vielleicht hast du Recht.»

Er blieb schweigend sitzen. Ganz offensichtlich war er mit seinen Gedanken längst woanders, und Olsson begriff, dass das Gespräch beendet war. Er stand auf und ging zur Tür. Aber noch ehe er halbwegs dort angelangt war, rief Arne Bergman ihn zurück.

«Da wäre noch etwas …»

Olsson blickte seinen alten Kollegen irritiert an. Bergman klang plötzlich verlegen, als hätte er etwas zu sagen und wüsste nicht so richtig, wie.

«Du scheinst mit den Pastoren ja inzwischen ganz gut bekannt zu sein.»

Olsson zögerte. Er verstand nicht, worauf Bergman eigentlich hinauswollte. «Na ja, bekannt nun nicht gerade …»

Arne Bergman strich sich wieder übers Kinn. Es war immer deutlicher zu merken, dass es ihm schwer fiel, zur Sache zu kommen. Dann schien er sich endlich einen Ruck zu geben.

«Könntest du dir nicht vorstellen, den Gang der Dinge ein bisschen zu verfolgen? Für uns, meine ich.»

Olsson schwieg. Es war bereits das zweite Mal, dass Bergman versuchte, eine Art Privatdetektiv aus ihm zu machen.

Vielleicht war ihm anzusehen, was er dachte, denn Arne Bergman fügte hastig hinzu:

«Für dich ist es leichter … Du weißt doch, wie das ist.»

Olsson verstand sehr gut, was er meinte. Die Polizeimarke hatte die seltsame Eigenschaft, die Leute einzuschüchtern, und brachte sie dazu, aus irgendwelchen irrationalen Gründen Dinge zu verschweigen. Jeder Polizist wusste, dass es ein unschätzbarer Vorteil sein konnte, eine Privatperson zu haben, die bei Ermittlungen Kontakt zu sämtlichen Personen hielt, die in einen Fall verwickelt waren. Aber die Möglichkeit dazu bot sich leider nur in seltenen Fällen.

Unglücklicherweise war dies ein solcher Fall. Olsson seufzte. Er merkte, dass er gegen Arne Bergmans Erwartungen nicht ankam. Immerhin waren sie alte Kollegen, die im Laufe der Jahre des Öfteren zusammengearbeitet hatten.

Wahrscheinlich lag es an Arne Bergmans Verhörroutine, dass es ihm gelang, den richtigen Moment für eine Offensive zu nutzen.

«Wir wollen ja gar nicht, dass du groß aktiv wirst. Aber könntest du nicht einfach den Kontakt zu ihnen halten und dich melden, wenn dir etwas interessant erscheint?»

Seine Stimme klang fast bittend, und Olsson spürte, wie sein Widerstand zu bröckeln begann. Vielleicht wäre die Sache am Ende gar nicht so belastend. Und er musste sich ja nicht unbedingt zu sehr involvieren lassen.

Er seufzte wieder und sah Arne Bergman in die Augen. «Keinerlei Verpflichtungen?»

Das Lächeln im Mundwinkel seines Gegenübers war kaum

wahrnehmbar. Bergman nickte zustimmend. «Keinerlei Verpflichtungen.»

Olsson erwiderte das Nicken zögerlich. Er wusste sehr gut, dass dies wohl kaum den Dienstvorschriften entsprach. Aber Arne Bergman hatte solche Dinge noch nie so genau genommen, und außerdem war Olsson nicht irgendeine x-beliebige Privatperson. Immerhin lag es erst ein paar Jahre zurück, dass sie gemeinsam an einem anderen Mordfall gearbeitet hatten. Arne Bergman erhob sich ebenfalls. Er wirkte zufrieden, als er Olsson die Hand auf die Schulter legte. «Wir müssen mal ein Bier zusammen trinken.»

Olsson war nicht sicher, ob er sich nicht doch zu einer Dummheit hatte verleiten lassen. Aber er trug seinen Teil zum Ritual bei. «Das müssen wir.»

KAPITEL 16

Der kalte Wind hatte ihn erwartet und griff erneut an, als er aus dem aluminiumgrauen Gebäude trat. Olsson spürte es kaum. Gedankenverloren ging er hinüber zu seinem Saab.

Auf dem Rückweg in die Stadt versuchte er zu überdenken, was er Arne Bergman eigentlich versprochen hatte. Er beruhigte sich damit, dass er im Grunde nur eingewilligt hatte anzurufen, wenn er irgendetwas hörte, was mit dem Fall zu tun hatte. Außerdem hatte Bergman ausdrücklich betont, dass er nicht von ihm erwartete, in irgendeiner Form aktiv zu werden.

Auf der Skolgatan musste er an einer roten Ampel halten. Der Stadtpark wirkte in seinem entlaubten Zustand noch jämmerlicher als sonst. Zwischen den wenigen Fußgängern, die hie und da mit gebeugten Schultern gegen den Wind kämpften, sah die Bronzefigur des Weintraubenmädchens einsam und verlassen aus.

Olsson merkte, dass er selber ganz zusammengekrümmt am Steuer saß, und zwang sich zur Ruhe. Alles in allem gab es keinen Grund zur Sorge. Er reckte sich und beschloss, an etwas anderes zu denken, während er der sanften Kurve folgte, die den Fluss entlangführte.

Er wusste nicht, wie lange Cecilia noch frei hatte. Sie hatte zu dem Thema nichts mehr gesagt, deshalb ging er davon aus, dass sie noch einen weiteren Tag Zeit haben würden, sich zu sehen. Aber er hatte nicht vor, den Fehler vom Vortag zu wiederholen und irgendwelche Pläne zu schmieden, mit denen sie nicht einverstanden war.

Auf der Storgatan standen die Autos bis zum Alkoholladen im Stau. Vielleicht forderte das Februarwetter seinen Tribut, oder es lag ganz einfach am Parkhof gleich hinter dem Laden, der die Leute anlockte.

In seiner Küche lag die Morgenzeitung immer noch ungelesen auf dem Tisch. Olsson setzte sich hin und begann lustlos darin zu blättern.

Jakob Alms Geschäfte waren immer noch Thema und hatten an der Börse einen weiteren sprunghaften Anstieg des Aktienindex ausgelöst. Ansonsten entdeckte er nichts weiter, wofür es sich gelohnt hätte, mehr als nur die Einleitungen zu überfliegen. In einem kurzen Leitartikel wurde die Frage aufgeworfen, warum die regionale Polizei für die Ermittlungen im Mordfall Wallén nicht bei der Kripo des Verwaltungsbezirks Unterstützung anforderte. Anscheinend hatte sich nach Larssons Untersuchungsergebnissen schon gestern irgendjemand verplappert, wie auch immer das passiert sein konnte.

Er legte die Zeitung beiseite, gleichzeitig klingelte das Telefon.

Cecilia klang, als hätte sie beim Lotto gewonnen. «Wie war's?»

Olsson zögerte. Irgendwie wollte er nicht zugeben, dass Arne Bergman ihn am Ende dazu überredet hatte, als Privatermittler einzusteigen. Vielleicht wollte er es sich nicht einmal selber eingestehen.

«Ich habe erzählt, was ich weiß.»

Sie gab sich damit zufrieden, vielleicht war sie mit den Gedanken ganz woanders. Jedenfalls wechselte sie rasch das Thema. «Mittagessen in einer halben Stunde?»

Er sagte zu. Sie entschieden sich für eines der bekannteren

Restaurants auf der Storgatan, und Olsson trat wieder hinaus in den schneidenden Wind, diesmal mit einem dicken Wollschal um den Hals.

Cecilia kam fünf Minuten zu früh, genau wie er selbst, und Olsson wunderte sich, von wo aus sie eigentlich angerufen hatte, um so schnell dort zu sein. Aber er konnte sich nicht überwinden nachzufragen.

Stattdessen nutzte er die Gelegenheit, nach ihren freien Tagen zu fragen, während sie auf die Tagliatelle mit Huhn und Gemüse aus dem Wok warteten.

«Offiziell habe ich bis morgen frei.»

«Offiziell?»

«Ich habe doch einen Extrajob übernommen, hast du das vergessen?»

Das hatte er natürlich nicht. Er erinnerte sich noch gut an seine Verblüffung, als sie einfach weggefahren war und ihn vor der Autowerkstatt hatte stehen lassen.

«Deswegen sind es noch zwei Tage mehr.»

Olsson nickte. Er war einerseits erleichtert, dass ihnen noch mehr Zeit blieb, andererseits wurde ihm jetzt schon das Herz schwer, wenn er daran dachte, wie schnell zwei Tage vergingen.

Ein junges Mädchen kam mit ihren Gerichten herein und stellte die Teller vor sie hin. Schweigend begannen sie zu essen. Nach einer Weile fragte Olsson, mehr um überhaupt etwas zu sagen:

«Wie ist es eigentlich möglich, dass Jakob Alm so viel Einfluss gewinnen konnte?»

Cecilia blickte von ihrer Tagliatelle auf. Sie schnitt eine spöttische Grimasse. «In der IT-Welt ist alles möglich. Jedenfalls behaupten das die Leute aus der Branche.»

Olsson wickelte nachdenklich eine Bandnudel um seine Gabel. Er war sich nicht sicher, ob er den Reiz dieser neuen Wirtschaft via Internet begriff. Nach dem, was er bisher so mitbekommen hatte, schien es meist darauf hinauszulaufen, dass über die Datenautobahn Geschäfte abgeschlossen wurden, die eigentlich nichts anderes waren als ein ganz normaler Versandhandel.

«Aber es sind doch bloß Unternehmen?»

Cecilia schluckte ihren Bissen hinunter und lächelte Olsson an. «Ist dir gar nicht aufgefallen, dass Unternehmen inzwischen die Politik ersetzen?»

Olsson wusste nicht, was er antworten sollte. Im Grunde hatte sie ja Recht. Er ließ das Thema fallen und presste endlich mühsam hervor, was er die ganze Zeit schon hatte fragen wollen.

«Hast du irgendwelche besonderen Pläne für heute Abend?»

Sie kramte in ihrer Handtasche und holte etwas heraus, das wie zwei Eintrittskarten aussah. «Ich dachte an Theater. Hast du Lust?»

Das hatte er. Das Reichstheater gab an diesem Abend eine Tourneevorstellung in Ängelholm, er hatte schon darüber gelesen.

«Wann?»

«Es beginnt um sieben.»

Nachdem sie bezahlt hatten, traten sie auf die Storgatan hinaus. Olsson schlug den Nachhauseweg ein, aber Cecilia deutete in Richtung Stadtpark.

«Ich muss noch ein paar Dinge erledigen.»

Er wollte gerade fragen, welche Dinge, besann sich aber, um nicht zu aufdringlich zu wirken. Das missglückte Telefonat vom Vortag war ihm noch in allzu deutlicher Erinnerung.

Sie trennten sich an der Ecke Rönnegatan. Olsson sah ihr nach; sie entfernte sich mit zielstrebigen Schritten, ihre Reportertasche schlug gegen ihre Hüfte, und plötzlich spürte er seine Sehnsucht wie einen stechenden Schmerz.

Er drehte sich schnell um und schlug die entgegengesetzte Richtung ein. Er wusste, dass die sicherste Methode, jemanden zu verlieren, die war, den Verlust bereits vorauszusehen, und das hatte er ganz und gar nicht vor.

An der Ecke zum Marktplatz lauerte der Wind wieder, aber gegen den Wollschal konnte er nichts ausrichten. Olsson blieb an der roten Ampel vor dem alten Continental stehen, obwohl weit und breit kein Auto zu sehen war. Dann bog er um die Ecke und lief im Windschatten bis zum Käseladen. Er zögerte einen Moment, dann ging er hinein. Als er wieder auf die Straße trat, trug er eine schwere Plastiktüte und schritt mit ihr quer über die Storgatan, hinüber zu seinem gelben Haus.

Olsson verstaute den Käse zusammen mit den Weintrauben und Birnen im Kühlschrank, überlegte es sich dann wieder anders und nahm alles heraus. Dann ging er ins Badezimmer und ließ extraheißes Wasser in die Wanne, als Ausgleich für die grässliche Dusche, die er sich am Morgen aufgezwungen hatte.

Während die Wärme ihm langsam unter die Haut kroch, musste er die ganze Zeit darüber nachdenken, was Cecilia über Politik und die Unternehmen gesagt hatte. Manchmal bekam man wirklich den Eindruck, dass es sich bei diesen beiden Dingen um ein und dasselbe handelte. Die ganze Nation schien sich nur noch für Geld zu interessieren, und selbst die politischen Debatten kannten anscheinend keine anderen Themen mehr. Olsson verstand nicht, wie es so weit hatte kommen können. Und was an der ganzen Sache eigentlich das Huhn und was das Ei war.

Als er nach den üblichen Heißwasser-Austauschaktionen schließlich aus der Wanne kletterte, fühlte er sich durchgewärmt und wohlig in seiner Haut, fast wie nach einer halben Stunde in einer guten Sauna.

Er hatte noch reichlich Zeit, bis Cecilia ihn zum Theater abholen würde. Inzwischen war ihm zwar klar geworden, dass man nichts im Voraus planen durfte, aber seine Einkäufe wertete er nicht als konkrete Pläne; wenn sie heute nach dem Theater nicht mit zu ihm kam, dann bestimmt an einem anderen Tag.

Olsson war sich nicht sicher, ob ihm dieser Selbstbetrug gelang oder nicht. Aber er merkte, dass er sich so langsam daran gewöhnte, nicht ganz selbstverständlich mit Cecilia zu rechnen, und eigentlich hatte er gar nichts dagegen.

Ein ganze Weile träumte er nur vor sich hin. Es kam ihm vor, als hätte das Leben ihm eine Extrachance geschenkt, bei der es keine so große Rolle spielte, wie sie sich äußerlich gestaltete. Außerdem war es vielleicht die letzte seines Lebens.

Olsson musste an Bernhard Möller denken. Sie waren ungefähr gleich alt gewesen, und ihm war klar, dass er sehr gut ebenso hätte enden können wie Möller. Vielleicht war es im Grunde die Einsamkeit gewesen, die seinen früheren Kollegen umgebracht hatte?

Für einen kurzen Moment wurde ihm schwindelig. Der Abgrund konnte näher sein, als man ahnte. Er sah Cecilia vor sich, wie sie ihm den Rücken zudrehte und die Storgatan hinunter verschwand.

Er zwang sich, seinen inneren Unkereien nicht nachzugeben; es gab wirklich keinen Grund, irgendwelche Katastrophen vorauszusehen, ganz im Gegenteil. Sie war es schließlich, die ihn ins Theater einlud.

Seine Laune verbesserte sich wieder, und die Vorfreude kehrte zurück, während er sich fertig machte. Diesmal ging er etwas vorsichtiger mit dem Rasierwasser um und durchsuchte sorgfältig seinen Kleiderschrank, ehe er sich für einen dünnen Rollkragenpullover und eines seiner beiden Sakkos entschied.

Er überprüfte das Ergebnis im Spiegel und stellte fest, dass er schon bedeutend schlechter ausgesehen hatte. Olsson versuchte das Alter des Gesichtes zu schätzen, das ihm aus dem Spiegel entgegenblickte, und kam mit leichtem Zögern zu dem Urteil, dass es zu jemanden gehörte, der zwar aus dem Teenageralter raus war, sich aber wirklich gut gehalten hatte. Sein Anfall von Narzissmus wurde vom Telefon unterbrochen. Widerwillig trennte Olsson sich von seinem Spiegelbild und hatte im nächsten Moment Cecilias Stimme im Ohr.

«Tut mir Leid, aber ich schaff es nicht, dich abzuholen.»

Sie sagte nicht, warum, oder wo sie überhaupt war. Stattdessen beschrieb sie ihm den Weg zum Theater so genau, als sei er noch nie zuvor in der Stadt gewesen.

Im Foyer des Jarl-Kulle-Saals, wie die vornehmere Bezeichnung für die Aula der Rönneschule lautete, drängten sich erstaunlich viele Menschen. Noch erstaunlicher waren allerdings die Streifenwagen, die draußen vor dem Eingang standen.

Olsson erkannte den einen der uniformierten Polizisten wieder, die an der Tür standen und jeden, der hereinkam, sorgfältig musterten. Der andere gehörte zu einem der jüngeren

Jahrgänge und hatte lange nach Olssons schmachvoller Frühpensionierung bei der Polizei angefangen.

Cecilia war nirgends zu entdecken, aber bis um sieben war noch ein wenig Zeit. Mehr um nicht allein herumstehen zu müssen, ging Olsson zu seinem früheren Kollegen, um zu fragen, warum die Polizei hier war. Wenn er sich recht erinnerte, war der Name des Mannes Victorsson.

Der Polizist erkannte ihn sofort wieder. Er deutete zunächst mit einer Kopfbewegung auf seinen jüngeren Kollegen und stellte ihn als Rickard vor. Dann beantwortete er Olssons Frage.

«Das ist wegen der Morddrohung. Hast du denn nicht davon gehört?»

Olsson fiel plötzlich wieder ein, dass er etwas über den Schauspieler gelesen hatte, der die Hauptrolle spielte, ein landesweit bekannter Künstler, der öffentlich linke Ansichten vertrat und von einer Gruppe Neonazis eine Morddrohung erhalten hatte. Offensichtlich nahm die lokale Polizei die Drohung ernst, was nach den beiden kürzlichen Morden an zwei Polizisten und einem Gewerkschaftler vielleicht nicht weiter verwunderlich war.

«Er bekommt auch Personenschutz», fügte Victorsson hinzu.

Olsson war klar, dass diese Information die Wichtigkeit ihres Einsatzes unterstreichen sollte. Einen Bodyguard setzte man schließlich nicht ohne triftigen Grund ein. Sicherheitshalber trumpfte Victorsson noch mit ein paar weiteren Details auf.

«Der Bodyguard begleitet ihn die ganze Tournee über rund um die Uhr …»

Sein jüngerer Kollege wirkte grimmig, offensichtlich hatte der Ernst der Lage ihn ergriffen. Olsson nickte, ohne etwas zu erwidern. In den meisten Fällen dienten derlei Morddrohungen nur dazu, das Opfer einzuschüchtern. Aber man konnte sich natürlich nie ganz sicher sein.

Olsson blieb neben den beiden Polizisten stehen und ließ seinen Blick durchs Foyer schweifen. Der Zuschauerraum schien schon ziemlich voll zu sein, und auch in dem großen Vorraum herrschte dichtes Gedränge. Vermutlich war es der bekannte Name, der die Leute anzog; eine lange Schlange aus Menschen, die noch keine Karten hatten, wand sich wie eine Serpentine durch den Rest der Menge bis zum Schalter am Eingang zum Zuschauerraum.

Cecilia war immer noch nirgends zu sehen, aber plötzlich entdeckte Olsson ein paar Meter entfernt ein anderes bekanntes Gesicht, das zu ihm herüberstarrte. Er wusste nicht, wie lange Steve Nyman wohl schon dort stand, doch als er merkte, dass Olsson ihn gesehen hatte, bahnte er sich überraschenderweise einen Weg durch die Menge und kam auf ihn zu. Seine Stimme klang genauso schrill wie in der Bibliothek.

«Ich wusste gar nicht, dass Sie bei der Polizei sind.»

Olsson wollte die Sache gerade richtig stellen, aber der andere ließ ihn gar nicht erst zu Wort kommen.

«Ich habe eine Zeugenaussage zu machen. Aber dafür müssen Sie zu mir nach Hause kommen.» Er legte den Kopf schief und fügte mit einem gewissen Unterton hinzu: «Sie wissen ja, wo ich wohne …»

Damit machte er auf dem Absatz kehrt und schritt von dannen. Olsson wollte gerade hinterher, um ihn zu fragen, worum es eigentlich ging, als er eine andere wohl bekannte Stimme hörte.

«Martin!»

Er drehte sich um. Zwischen den beiden Polizisten stand Cecilia. Sie war völlig außer Atem und fuchtelte mit den Händen, was wohl so etwas wie eine entschuldigende Geste sein sollte.

«Entschuldige, dass ich zu spät bin. Es hat sich so in die Länge gezogen.»

Sie erwähnte immer noch mit keinem Wort, was sich denn so in die Länge gezogen hatte, und Olsson fragte auch nicht nach. Er sah sich nach Steve Nyman um, aber der war bereits in der Menge verschwunden.

Cecilia folgte seinem Blick und sah Olsson fragend an. «Suchst du jemanden?»

«Steve Nyman. Er war gerade noch hier.»

Sie schien überrascht zu sein. «Steve Nyman? Was willst du denn von ihm?»

Olsson seufzte und zuckte mit den Schultern. «Er wollte was von mir.»

Er erklärte, was passiert war, allerdings nach wie vor, ohne zu erwähnen, was er Arne Bergman versprochen hatte, er wusste selber nicht, warum.

Cecilia starrte ihn ungläubig an. «Das hat er gesagt? Dass er etwas auszusagen hätte?»

Olsson kam nicht mehr dazu, zu antworten. Irgendwo musste wohl eine Art Signal gegeben worden sein, denn die Menge setzte sich plötzlich in Bewegung und strömte auf den Eingang des Zuschauerraums zu.

Sie folgten dem Menschenstrom und fanden ihre Plätze. Obwohl die Bühne professionell für eine Theatervorstellung hergerichtet worden war, merkte man den unbequemen Stühlen an, dass die Räumlichkeiten normalerweise einem anderen Zweck dienten.

Für Olsson spielte all dies keine Rolle. Er machte sich auf seinem Stuhl so groß wie möglich und hoffte, dass jeder im Zuschauersaal mitbekam, wer Cecilias Begleitung war.

In der Pause roch es im Foyer nach Kaffee. Olsson sah sich vergeblich nach Steve Nyman um, er war nirgends zu entdecken. Victorsson und seiner jüngerer Kollege Rickard standen nach wie vor mit ernster Miene an der Tür.

Cecilia verschwand Richtung Toilette, und Olsson, der nicht wusste, wo er hinsollte, ging wieder zu den beiden Polizisten hinüber.

«Alles ruhig?», erkundigte er sich, etwas anderes fiel ihm spontan nicht ein.

Rickard warf einen Seitenblick auf seinen älteren Kollegen, er schien sich nicht sicher zu sein, ob er die Frage beantworten sollte oder nicht. Aber Victorsson zuckte bloß mit den Schultern. Er nahm es mit den Vorschriften nicht so genau, jedenfalls nicht, wenn es sich um einen früheren Kollegen handelte.

«Wir haben eine Person festgehalten, die kurz vor Vorstellungsbeginn dahinten auf dem Dach der Passage herumschlich», sagte er leichthin. Er deutete mit einem Nicken zu einem niedrigen Bau mit Flachdach hinüber, der vom Foyer direkt zur Aula führte. Nach einer Kunstpause fügte er hinzu: «Aber es war bloß ein Lehrer mit eigenem Schlüssel, der sich das Eintrittsgeld sparen wollte.»

Victorsson schüttelte vielsagend den Kopf. Olsson war sich unschlüssig, was er damit meinte, also schwieg er sicherheitshalber.

Das Stimmengewirr um sie herum wurde immer lauter. Schweigend standen sie zu dritt nebeneinander und betrachteten das Gewühl der Menschenmenge. Olsson empfand die Situation plötzlich als schwierig. Er begriff, warum Nyman ihn ebenfalls als Polizisten angesehen hatte; auf irgendeine seltsame Art schien zwischen ihnen und den restlichen Leuten im Foyer eine unsichtbare Grenze zu verlaufen.

Er fragte sich ungeduldig, wo Cecilia wohl so lange blieb. Hoffentlich beeilte sie sich. Da fiel sein Blick auf einen Kahlkopf mit wallendem Bart. Dort, mitten in der Menge, stand Greger Mattiasen, ebenfalls allein und in einer Art Leerraum, der ihn ebenfalls wie eine unsichtbare Grenze umgab. Olsson murmelte eine Entschuldigung, verließ die beiden Polizisten und lief hinüber zu dem Pastor.

Das Gesicht des Kirchenmannes hellte sich auf, als er Olsson entdeckte, vielleicht war es ihm genauso unangenehm, dass die Leute ringsum ihn offensichtlich mieden. Obwohl er nichts anhatte, was seinen Beruf verraten hätte. Den Rundkragen ersetzte ein ganz gewöhnlicher Rollkragenpullover, und genau wie Olsson trug er darüber ein normales Sakko. Auf dem einen Revers glitzerte ein kleiner rotgoldener Anstecker, der aussah wie die schonische Flagge, ein anderes Kreuz war nicht zu sehen.

Greger Mattiasen begrüßte ihn ungezwungen, als hätten ihre nächtlichen Begegnungen nie stattgefunden, oder zumindest, als sei an ihnen nichts weiter seltsam gewesen. Olsson ließ sich ebenfalls nichts anmerken, schon gar nicht seine Vermutung, dass Greger Mattiasen vielleicht derjenige war, den Andreas Ljung deckte und heimlich mit Psychopharmaka versorgte.

Sie unterhielten sich eine Weile, ohne ein wirkliches Thema zu finden. Das Gespräch schleppte sich immer mehr dahin, als hätte jeder Angst davor, sich zu öffnen, und Olsson atmete auf, als Cecilia endlich wieder auftauchte.

Olsson stellte sie einander vor, aber er hatte den Eindruck, dass Cecilias Begrüßung ungewöhnlich zurückhaltend ausfiel. Als es klingelte und an der Zeit war, in den Zuschauer-saal zurückzugehen, warf sie unterkühlt den Kopf in den Nacken und lief den ganzen Weg zurück zu den unbequemen Stühlen immer ein paar Schritte vor ihm her.

Das Licht ging aus, kaum dass sie saßen.

Als der Schlussapplaus einige Zeit später nach und nach erstarb, war es bereits fast zehn. Olsson reckte sich, als sie ins Foyer hinaustraten; Victorsson und sein junger Kollege standen immer noch am Eingang und blickten gelangweilt drein. Offensichtlich hatten sie im Laufe des Abends keine weiteren Einschleicher geschnappt. Olsson nickte ihnen zu, als er mit Cecilia vorbeiging, und sie grüßten lahm zurück.

Der Wind hatte sich noch stärker ins Zeug gelegt, während sie drinnen gesessen hatten. Trotz des unfreundlichen Wetters war Cecilia inzwischen wieder aufgetaut und hakte sich bei Olsson unter. Aber erst als sie durch den Stadtpark gingen, wagte Olsson nachzufragen, warum sie vorhin plötzlich so reserviert gewesen war.

Sie blieb genau vor dem abgestellten Springbrunnen stehen, in dessen Mitte wie immer einsam und verlassen das Bronzemädchen stand und seine Weintrauben hochhielt.

«Hast du denn dieses Abzeichen nicht gesehen, das der Pastor trug?»

Olsson begriff nicht, was sie meinte. Doch dann fiel ihm die kleine Anstecknadel auf dem Revers von Mattiasens Sakko wieder ein. «Meinst du die schonische Flagge?»

Sie sah ihn an und schüttelte missbilligend den Kopf. «Das war keine schonische Flagge. Das war das Abzeichen, das die Mitglieder der freien Synode tragen.»

«Synode?»

Das Wort entschlüpfte ihm vor lauter Überraschung. Natürlich hatte er von der Gruppierung gehört. Es war ein Zweig der schwedischen Kirche, der durch heftigen Widerstand gegen weibliche Pastoren geprägt war. Aber die Mitglieder vertraten auch noch eine ganze Anzahl anderer konservativer Ansichten, zum Beispiel zu Themen wie Homosexualität und Abtreibung.

«Meinst du, dass Greger Mattiasen dort Mitglied ist?»

Cecilia zuckte mit den Schultern. «Warum sollte er sonst das Abzeichen tragen?»

Wahrscheinlich hatte sie Recht. Jetzt war ihm klar, warum sie dem Pastor gegenüber so abweisend gewesen war. Nichts lag ihren eigenen Überzeugungen ferner als die Ansichten religiöser Fundamentalisten.

Sie setzten sich wieder in Bewegung. Olsson überlegte, ob er von seinem Verdacht in Bezug auf Greger Mattiasen erzählen sollte, entschloss sich aber, es nicht zu tun. Jedenfalls gab es wichtigere Dinge, die er mit ihr zu besprechen hatte.

«Bist du hungrig?»

«Kommt drauf an, was du vorschlägst.»

«Wein und Käse, bei mir.»

Sie dachte nach oder tat zumindest so. «Dann kann ich danach aber nicht nach Hause fahren.»

«Umso besser.»

Sie schob ihren Arm tiefer unter seinen. Er fasste es als Zusage auf und fühlte plötzlich eine seltsame Wärme und Leichtigkeit in sich aufsteigen, fast wie nach einem seiner heißen Bäder.

Beim Frühstück teilten sie die Zeitung auf. Olsson schielte verstohlen über den Rand zu Cecilia hinüber, die sich in die Titelseite vertieft hatte. Ihr Haar war noch immer ganz zerzaust, und im Mundwinkel klebte noch ein bisschen Zahnpasta. Irgendwie löste es eine seltsame Mischung von Sicherheit und Zärtlichkeit in ihm aus. Er streckte seine Hand aus und rieb den Fleck mit seinem befeuchteten Finger weg. Sie hob den Kopf und lächelte ihn an, aber dann erschien eine Falte auf ihrer Stirn.

«Anscheinend hat niemand eine Ahnung, was dieser Jakob Alm eigentlich treibt. Alle sind bloß begeistert, weil die Kurse an der Börse steigen.»

Olsson wusste nicht, was er sagen sollte. Er begriff ja selber nicht, worauf diese seltsamen Projekte eigentlich abzielten. «Er will wohl einfach Geld verdienen.»

Cecilia schüttelte langsam den Kopf. «Es sieht eher danach aus, dass er Sozialminister werden will.»

Olsson sah sie fragend an. Cecilia hatte zwar davon gesprochen, dass der IT-Guru mit der Demokratie spielte, aber Olsson hatte gedacht, es ginge Alm darum, die Politiker dazu zu bewegen, Steuergelder in verschiedene Computerprojekte seiner Firma Zeitmaschine zu investieren. Und nicht, sich selber ernsthaft in die Politik einzumischen.

«Kandidiert er für die Wahl?»

Cecilia brach in Gelächter aus. Olsson, der sich dumm vorkam, lächelte sie verlegen an.

«Nicht so direkt. Aber es sieht danach aus, als ob er sich an unsere Renten heranmachen will …»

Olsson erinnerte sich an einen Zeitungsartikel vom Vortag, in dem es um Einsparungen im Sozialbereich gegangen war, aber er hatte die Nachricht nicht mit den Renten in Zusam-

menhang gebracht. Er selbst war ja Frühpensionär wider
Willen und wusste natürlich, dass die Regierung beschlossen
hatte, mit einem Teil der Rentenbeiträge an die Börse zu gehen. Olsson hatte es damals schon seltsam gefunden, dass
vom Gesetzgeber einfach entschieden wurde, die gesamte
Bevölkerung zu Aktionären zu machen.

«Das kann er doch wohl nicht.»

«Mit der richtigen Mischung an Portalen und Links zu ganz
bestimmten Investmentgesellschaften schon. Der Witz an der
Sache ist ja gerade, dass die meisten dieser Geschäfte übers
Internet laufen.»

Olsson war sich nicht sicher, ob er all dies richtig begriff.
Aber er wusste, dass bei großen gesellschaftlichen Verände-
rungen immer Gruppen entstanden, die sich bereicherten
oder die Kontrolle der Entwicklung an sich rissen. Im Moment war offenbar die Zeit der IT-Magnaten angebrochen.
Dagegen ließ sich nicht viel ausrichten, auch das war ihm klar.
Um das Thema zu wechseln, faltete er die Zeitung zusammen
und fragte: «Wann fährst du nach Malmö?»

Cecilia seufzte, als trüge sie eine schwere Last auf ihren
Schultern. «Morgen erst. Aber da sind noch eine Menge Dinge, die ich heute schon erledigen muss.»

Sie sagte wieder nicht, worum es ging.

«Kommst du noch mal her? Bevor du fährst, meine ich», erkundigte er sich.

Sie runzelte die Stirn. «Mal sehen, ob ich's schaffe.»

Olsson musste sich damit zufrieden geben. Er versuchte sich
seine Enttäuschung nicht anmerken zu lassen. Diesmal gelang es ihm besser, vielleicht bekam er langsam Übung darin.

Sie räumten gemeinsam den Frühstückstisch ab, und Cecilia
verschwand mit ihrem Handy im Wohnzimmer, während

Olsson die Tassen und Teller abspülte. Als er fertig war, hörte er, dass das Stimmengemurmel aus dem Nebenraum immer noch anhielt. Er konnte sich nicht beherrschen, die Ohren zu spitzen, aber es waren nur vereinzelte Worte zu verstehen, die keinen Sinn ergaben.

Er schämte sich ein wenig, als sie wieder in die Küche kam, aber sie bemerkte nichts davon. Mit wem sie auch immer gesprochen hatte, sie schien es jedenfalls noch eiliger zu haben als vorher.

Cecilia verschwand im Badezimmer und kam kurz darauf mit frisch gekämmten Haaren und Rot auf den Lippen wieder heraus. Fast ohne ein Wort zu sagen, sammelte sie konzentriert ihre verstreuten Sachen zusammen und hängte sich ihre Tasche um die Schulter.

Olsson blieb verdutzt in der Tür stehen, als sie hastig ein bisschen Lippenstift auf seinem Mund hinterließ und eilig die Storgatan hinunterlief.

KAPITEL 17

Als das Telefon klingelte, war es Viertel vor elf. Olsson nahm den Hörer ab und erhoffte sich endlich eine Antwort auf die Frage, womit Cecilia die ganze Zeit beschäftigt war. Aber es meldete sich eine männliche Stimme, die eine kurze Frage hervorpresste.

«Ist dort Martin Olsson?»
Das konnte er nicht abstreiten. Obwohl er im nächsten Moment bereute, es nicht getan zu haben.

«Wie ich gehört habe, waren Sie dabei, als Lars Walléns Leiche in dieser Kirche aufgefunden wurde, und zwar in …»
Geraschel von Papier war zu hören. Dann war die Stimme wieder da, ebenso fordernd wie zuvor.

«… Hjärnarp?»
Der Mann schaffte es, den Ortsnamen auch noch falsch auszusprechen, die Betonung stimmte nicht. Er schien Stockholmer zu sein, zumindest klang er so. Olsson wusste nicht, was er antworten sollte.

«Wieso?»
Er merkte selbst, wie einfältig es klang, aber etwas Besseres fiel ihm nicht ein.
Die Stimme des Mannes wurde um eine Vierteloktave tiefer.

«Peter Storm, von der Zeitung *Expressen* … Ich bin Kriminalreporter», fügte er hinzu.
Olsson konnte sich immer noch nicht denken, worauf der Mann hinauswollte. Weil ihm nichts Besseres einfiel,

schwieg er. Offenbar dachte der Reporter, er hätte aufgelegt.

«Hallo?»

«Hallo», erwiderte Olsson vorsichtig.

Der Reporter wirkte gestresst, offenbar hatte das Gespräch eine andere Wendung genommen als von ihm erwartet. Oder aber er hob die Stimme, um wieder mehr Initiative zu zeigen.

«Wir haben gerade bestätigt bekommen, dass Lars Wallén ermordet wurde», sagte er aufgeregt. «Und nun würden wir gern wissen, wie es war, als er aufgefunden wurde …»

Doch der Reporter hatte seinen Vorteil verspielt. Olsson hatte sich bereits gefangen und erwiderte kalt: «Da müssen Sie sich an die Polizei wenden.»

Mit Sicherheit hatte der Mann es längst getan und natürlich keine Auskunft erhalten. Aber er war offenbar fest entschlossen, sich nicht so leicht abwimmeln zu lassen.

«Die waren ja nicht dabei, wir brauchen einen Augenzeugen.»

«Ich habe meine Zeugenaussage bei der Polizei bereits gemacht. Am besten fragen Sie dort nach.»

Er hörte noch, wie der andere tief Luft holte, doch bevor er etwas sagen konnte, hatte Olsson aufgelegt. Der Reporter wusste wahrscheinlich ebenso gut wie er, dass Zeugenaussagen während eines laufenden Ermittlungsverfahrens bis zum Prozess unter Verschluss gehalten wurden. Falls es überhaupt einen Prozess geben würde.

Das Telefon klingelte im selben Moment wieder, als er den Hörer aufgelegt hatte. Olsson war klar, dass der Mann es unmöglich geschafft habe konnte, die Nummer im Bruchteil einer Sekunde nochmal zu wählen, also nahm er wieder ab.

Diesmal meldete sich eine Frauenstimme am anderen Ende der Leitung, wenn auch leider nicht Cecilias.

«Guten Tag, Lisa Malmsten, Journalistin beim *Aftonbladet*. Ich hätte ein paar Fragen zum Mord an Lars Wallén …»

Olsson ließ sie gar nicht erst ausreden, sondern entschied sich rasch, die Taktik zu ändern. «Davon weiß ich nichts, Sie müssen sich verwählt haben.»

«Sind Sie denn nicht Martin Olsson in Ängelholm?»

Sie klang leicht verunsichert, und Olsson nutzte seine Chance wie ein Boxer, der eine ungedeckte Stelle sieht.

«Tut mir Leid, hier ist Martin Jonsson. Die Leute wählen oft die falsche Nummer.»

Er legte schnell auf, ehe sie nach der richtigen Nummer fragen konnte, doch es verging kaum eine halbe Minute, da klingelte das Telefon schon wieder.

Olsson streckte die Hand aus, um abzunehmen, doch dann hielt er inne. Während es weiterklingelte, überlegte er hin und her, ob er rangehen sollte. Dann fasste er sich ein Herz und zog mitten im Klingeln den Stecker heraus.

Die augenblickliche Stille überraschte ihn fast. Einen Moment lang bereute er seine Tat, schließlich hätte es Cecilia sein können. Aber das war nun auch nicht mehr zu ändern.

Es kam ihm seltsam vor, andere Menschen über Lars Walléns Ermordung sprechen zu hören, als handele es sich bereits um eine erwiesene Tatsache. Irgendwie plagte ihn das Schuldgefühl, ein unbestätigtes Gerücht in die Welt gesetzt zu haben, das allein auf einem nächtlichen Einfall basierte, obwohl ihm im Grunde klar war, dass das plötzliche Interesse der Presse wohl eher eine Folge von Larssons wissenschaftlichen Untersuchungen war.

Es war kein Wunder, dass Walléns Tod von der Presse relativ

verschont geblieben war, solange man an einen Selbstmord geglaubt hatte. So weit reichte das moralische Bewusstsein der Medien offenbar noch, sogar das der Abendzeitungen. Abgesehen von dem Fauxpas der Lokalausgabe des *Expressen* am ersten Tag hatte man sich auf kurze Schlagzeilen zum Tode des Finanziers beschränkt, ohne Fotos oder nähere Angaben darüber, wie oder woran er gestorben war.

Nachdem nun plötzlich von einem Mordfall die Rede war, sah die Sache offenbar anders aus.

Olsson seufzte; er hatte keine Lust, bei der bevorstehenden journalistischen Treibjagd als eine Art Kronzeuge zu fungieren. Und was hatte er im Übrigen groß zu sagen?

Dass er den Pastor von Ängelholm verdächtigte, psychisch krank zu sein und sich dem Satanskult verschrieben zu haben, um Pastorinnen zu ängstigen, bis sie das Weite suchten? Oder dass Mattiasen Lars Wallén ermordet und in einen fremden Sarg gelegt haben könnte?

Olsson sah ein, wie bizarr die ganze Geschichte klang und dass sich all seine Spekulationen auf sehr dünnem Eis bewegten. Vielleicht verdienten sie nicht einmal, Spekulationen genannt zu werden, absurde Phantasien wäre wohl passender gewesen.

Überhaupt, was konnte es schon heißen, dass Greger Mattiasen offenbar einer Gruppierung angehörte, die etwas gegen weibliche Pastoren hatte? Das bewies rein gar nichts. In Schweden herrschte Religionsfreiheit. Eine fundamentalistische christliche Einstellung war noch lange kein Verbrechen. Wenn er es recht bedachte, war Olsson sich gar nicht mehr so sicher, ob zwischen all den Seltsamkeiten auf den Friedhöfen und dem Mord an Lars Wallén tatsächlich ein Zusammenhang bestand. Irgendetwas an dieser Herumspukerei stimmte nicht. Olsson hätte nicht genau sagen können, was es war, aber die ganze Sache wirkte einfach viel zu kindisch. Zumindest um einen Mord zur Folge zu haben.

Eigentlich konnte nur Ulla Perssons Aussage über den Mann an der Hjärnarper Leichenhalle direkt mit Lars Walléns Tod in Verbindung gebracht werden, ohne zu weit hergeholt zu wirken. Olsson musste sich eingestehen, dass sowohl er als auch die Polizei das, was der Frau aufgefallen war, zu leichtfertig als Spinnerei abgetan hatten. Sicher, zu diesem Zeitpunkt waren sie noch davon ausgegangen, dass es bei alledem um Selbstmord ging, aber im Nachhinein erschien ihm dieser Fehler genauso unerklärlich wie der Mordfall selbst.

Der Schlüssel zu allem, das wurde ihm nun plötzlich klar, bestand darin, den Kapuzenträger ausfindig zu machen. Vorausgesetzt, dass er nicht nur eine Erscheinung gewesen war, sondern aus Fleisch und Blut bestand.

Der Nachmittag wurde trüber und trüber, während Olsson rastlos mit dem Staubsauger durch die Wohnung zog. In regelmäßigen Abständen stellte er das heulende Gerät ab und stöpselte das Telefon wieder ein, aber Cecilia war und blieb nicht zu erreichen. Weder unter der Nummer in Vejbystrand noch unter der Handynummer war etwas anderes zu hören als die öden Ansagen des Anrufbeantworters. Er legte jedes Mal auf, ohne eine Nachricht zu hinterlassen, und zog sofort wieder den Telefonstecker heraus, um nicht Gefahr zu laufen, von einem der Kriminalreporter erwischt zu werden. Schließlich waren alle Zimmer staubfrei, und ihm fiel nichts Besseres ein, als alte Zeitungen auszusortieren und den Müll hinauszubringen. Als er zurückkam, meldete sich an beiden Apparaten noch immer niemand. Er seufzte und wollte gerade wieder den Stecker ziehen, da fiel ihm ein, dass er Arne Bergman doch versprochen hatte, sich zu melden, falls er etwas hörte, das die Ermittlungen irgendwie voranbringen könnte.

Einen kurzen Moment überlegte er, ob das provozierende Angebot Steve Nymans wohl in diese Kategorie gehörte. Dann wählte er die Nummer des grauen Polizeigebäudes im Klippanvägen.

Arne Bergman hörte aufmerksam zu. Als Olsson geendet hatte, war es für ein paar Sekunden still in der Leitung. Olsson sah genau vor sich, wie sein alter Kollege sich übers Kinn strich.

«Das ist ja wirklich seltsam. Als wir ihn hier hatten, war kein Wort aus ihm herauszubringen.»

Er klang ein wenig ratlos, und Olsson konnte es gut verstehen. Es war in der Tat seltsam, erst nichts zu sagen und dann nachträglich mit einer Zeugenaussage anzukommen. Insbesondere, wenn man bedachte, wie sich Steve Nyman in der Bibliothek aufgeführt hatte. Dort hatte er nun wirklich alles andere als verschwiegen gewirkt.

«Vielleicht hatte er etwas dagegen, vorgeladen zu werden?»

Olsson hörte ein verächtliches Schnauben in der Leitung. Dann etwas, was er als resigniertes Seufzen deutete.

«Da könntest du Recht haben. Die Frage ist nur, was er daran besser findet, wenn wir zu ihm nach Hause kommen?»

Olsson wusste keine Antwort.

«Vielleicht wäre es ganz gut, jemanden zu schicken, mit dem er sich nicht angelegt hat, als er hier war.»

Olsson begann langsam zu ahnen, worauf sein alter Kollege hinauswollte, aber es war zu spät. Arne Bergman hatte seine Frage schon parat.

«Könntest du nicht hinfahren und fragen, was er will?»

Olsson war fassungslos. Sicher nahm Arne Bergman es mit den Bestimmungen nicht allzu genau, aber das hier war ein glatter Verstoß gegen die Vorschrift. Auch wenn Olsson früher einmal bei der Polizei gearbeitet hatte, war er jetzt eindeutig eine Privatperson.

«Ich? Aber ich kann ihn doch nicht verhören.»

«Zum Teufel, nein. Kein offizielles Verhör, das ist ganz klar. Aber du könntest doch als Vermittler hingehen und fragen, worum es eigentlich geht.»

Arne Bergman schwieg. Olsson war klar, dass er eigentlich ablehnen musste, aber er aus irgendeinem Grund zögerte er. Er fühlte sich genauso gespalten wie beim letzten Mal, als Arne Bergman ihn überredet hatte. Und er wurde einfach nicht klug aus sich; bedeutete seine Reaktion etwa, dass er seinen alten Job vermisste?

«Ich muss darüber nachdenken.»

Arne Bergman schien mit diesem halben Sieg zufrieden zu sein. Oder vielleicht meinte er sowieso schon zu wissen, was bei Olssons Nachdenkerei am Ende herauskommen würde.

«Tu das. Du weißt ja, wo du mich erreichen kannst.»

Olsson legte auf. Er war so mit seinen Gedanken beschäftigt, dass er völlig vergaß, den Telefonstecker wieder herauszuziehen. Nach kaum einer halben Minute klingelte das Telefon. Er war noch immer so zerstreut, dass er abnahm, ohne nachzudenken, aber die vorwurfsvolle Stimme gehörte glücklicherweise keinem Sensationsreporter.

«Bist du endlich mal zu Hause? Ich versuche schon den ganzen Tag, dich anzurufen.»

Olsson vergaß Arne Bergman und Steve Nyman mit einem Schlag und berichtete Cecilia vom Ansturm der Journalisten und dass er den Stecker rausgezogen hatte.

«Aber ich habe wirklich versucht, dich zu erreichen», fügte er hinzu.

Sie schien die Antwort zu akzeptieren, zumindest klang ihre Stimme nicht mehr ganz so vorwurfsvoll. «Ich musste runter nach Malmö. Und der Akku vom Handy ist leer.»

Olsson schwieg. Offenbar begriff sie, warum. Jedenfalls beeilte sie sich, sein Leiden zu verringern.

«Ich bin morgen wieder da. Spätestens übermorgen.»

Sie redeten eine ganze Weile über dies und das, aber er wurde das Gefühl nicht los, dass sie sich anstrengte, ihn bei Laune zu halten. Als sie schließlich auflegten, blieb diese Empfindung wie ein bitterer Nachgeschmack zurück.

Er konnte sich plötzlich selbst nicht mehr leiden. Draußen vor dem Fenster war der Himmel immer noch grau, und er lief vom Wohnzimmer in die Küche und wieder zurück. Irgendetwas machte ihn rastlos, ohne dass er wusste, was es war.

Olsson betrachtete die frisch geputzte Wohnung und merkte, dass er den ganzen Tag nicht draußen gewesen war, abgesehen von seinem Kurzbesuch bei der Mülltonne. Er überlegte, ob sich seine schlechte Laune durch einen Spaziergang verbessern würde, aber ein Blick zum Fenster genügte, um ihn abzuschrecken. Die Aussicht, den Abend in seinem jämmerlichen Zustand ganz allein zu verbringen, war allerdings noch schlimmer.

Als Kompromiss nahm er den Saab und fuhr für eine Weile ziellos durch die Gegend. Schließlich teilte sich die Straße, und Olsson sah, dass das eine Straßenschild die Richtung nach Hjärnarp anzeigte.

Er hatte nicht mehr weiter über Arne Bergmans verrückten Vorschlag nachgedacht. Nun schien der Gedanke plötzlich ganz verlockend. Und streng genommen konnte er ebenso gut die Strecke nehmen, die an Nymans Haus vorbeiführte; es musste ja nicht notwendigerweise bedeuten, dass er auch dort klingelte.

Olsson glaubte selbst an seine Ausrede, bis das weiße Haus mit den blaugrauen Giebeln vor ihm auftauchte. Diesmal kam er aus entgegengesetzter Richtung und musste in keine Seitenstraße einbiegen. Genau zwischen der Bushaltestelle und dem Haus stand ein rotbrauner Mercedes, neben dem noch Platz für einen zweiten Wagen war.

Ob es nun die Neugier war oder seine Loyalität Arne Bergman gegenüber, die ihn anhalten ließ, wusste er nicht. Vielleicht war es einfach nur der Wunsch, an etwas anderes zu denken als an den tristen Abend, der ihm bevorstand.

Die wenigen Schritte bis zur Haustür reichten ihm, die Sache schon wieder zu bereuen, doch da war es bereits zu spät. Obwohl es zur Straße hinaus keine Fenster gab, musste Steve Nyman ihn irgendwie gesehen haben. Olsson stand gerade unschlüssig vor dem schweren Türklopfer aus Messing, als die Tür unerwartet aufgerissen wurde.

Vor ihm stand Steve Nyman, mit derselben süffisanten Miene, die er schon im Theaterfoyer zur Schau getragen hatte.

«Wollten Sie diesmal anklopfen?»

Olsson wusste nicht, was er erwidern sollte. Nyman beachtete seine Verlegenheit gar nicht und redete weiter.

«Letztes Mal wusste ich nicht, dass Sie von der Polizei sind. Ich dachte, Sie wären bloß gekommen, um zu glotzen.»

Olsson wollte gerade richtig stellen, dass er nicht von der Polizei war, hielt dann aber inne. Vielleicht war es ja besser, das Spiel mitzuspielen. Und in gewisser Weise war er ja so etwas wie ein bestellter Kundschafter der Polizei. Oder vielleicht eher ein Spion?

«Hatten Sie nicht etwas zu erzählen?», sagte er stattdessen.

Steve Nyman musterte ihn durch seine dicken Brillengläser, als gelte es, einen Gebrauchtwagen einzuschätzen. Dann trat er zur Seite. «Okay, Sie können reinkommen.»

Olsson verharrte einen Moment lang zögernd in der Türöffnung. Ein Gedanke durchzuckte ihn. Steve Nyman hatte in der Bibliothek völlig verzweifelt gewirkt. Er war bedeutend jünger als er selbst und außerdem auch sehr viel kräftiger. Wenn er gewalttätig werden würde, hätte Olsson keine Chance.

Fast schien es so zu sein, dass Nyman diese Gedanken erriet, denn sein höhnisches Lächeln kehrte zurück. «Ich habe nicht vor, Sie umzubringen … Was auch nicht sehr schlau von mir wäre, schließlich wissen Ihre Kollegen, wo Sie sind.»

Olsson konnte nicht einschätzen, ob das als Scherz gemeint war. Er schritt über die Schwelle und betrat eine kleine Diele mit weiß gestrichenen Steinwänden. Ihm fiel ein, dass es überhaupt niemanden gab, der wusste, wo er sich aufhielt, aber vielleicht war es doch sicherer, Steve Nyman nichts davon zu sagen.

Links führte eine Tür ins Innere des Hauses, aber Steve Nyman ging daran vorbei und öffnete stattdessen eine andere Tür direkt vor ihnen. Sie durchquerten die Diele und traten in den Hof hinaus. Das graue Licht des Nachmittags wurde langsam immer dunkler, doch die Aussicht war trotzdem erstaunlich.

Wie eine weiche braungrüne Decke erstreckte sich die Ebene des Bjäreslätten bis zum Horizont, und Olsson sah, dass sie sich direkt am Fuße des Hallandsåsen befanden. Die Aussicht war dieselbe, die er neulich schon vom Wasserturm aus bewundert hatte, diesmal nur aus einer anderen Blickrichtung.

Steve Nyman führte Olsson über einen mit runden Steinen gepflasterten Weg, zwischen denen die welken Gräser vom Vorjahr wie alte Bartstoppeln hervorsprossen. Er öffnete die Tür zum Nebengebäude und stand nun wieder, genau wie zuvor, in der Türöffnung, um auf Olsson zu warten. Doch diesmal ließ er ihm den Vortritt, dann schloss er sorgfältig hinter ihnen die Tür.

Gegen den ohnehin schon beeindruckenden Ausblick vom Hof wirkte das Interieur des Nebengebäudes geradezu unglaublich. Olsson hätte ebenso gut das Rechenzentrum eines Forschungsinstitutes betreten können oder eher noch die Stockholmer Börse. Zu seiner Überraschung entdeckte er, dass auf einem der unzähligen Bildschirme ein Videobild des Eingangs und der Straße davor zu sehen war. Er konnte sich an keine Überwachungskamera erinnern, aber der Perspektive nach zu urteilen, musste sie sich irgendwo oberhalb der Tür befunden haben, und zwar gut getarnt.

Steve Nyman folgte seinem Blick ohne Kommentar. Offensichtlich fand er, dass die Videobilder auf den Monitoren für sich sprachen und keiner Erklärung bedurften.

Olsson begriff nichts von all den Tabellen, die sich ständig aktualisierten, außer dass es wohl Börsenzahlen waren. Im Grunde hatte er ja keine Führung mit Erklärungen erwartet, und er erhielt sie auch nicht. Steve Nyman kam gleich zur Sache.

«Jakob Alm kam her und wollte uns kaufen, damit seine Strategie nicht fehlschlagen würde. Aber Lars hat sich geweigert.»

Er schwieg und glotzte Olsson durch seine dicken Brillengläser an, als hätte er soeben ein Staatsgeheimnis verraten. Olsson fragte sich schon, ob es wohl alles war, was er zu sagen hatte. Sicherheitshalber fragte er nach:

«Sie meinen, er wollte die Firma kaufen?»

Steve Nyman blickte ihn verdutzt an. Dann schüttelte er ärgerlich den Kopf. «Natürlich nicht.»

Offenbar war Olsson die Verwirrung anzusehen, denn Nyman fügte ungeduldig hinzu: «Er wollte uns dafür bezahlen,
ein paar Tage lang nicht zu intervenieren.»

«Intervenieren?»

Steve Nyman schien immer ärgerlicher zu werden, als wollte
er nicht unterbrochen werden, um selbstverständliche Dinge
erklären zu müssen.

«Wir sollten uns mit einigen unserer Aktien ein paar Tage
lang neutral verhalten.»

Olsson bekam so langsam eine Vorstellung davon, was er
meinte, aber ganz sicher war er sich nicht. «Meinen Sie, dass
Sie die Börsenkurse von hier aus steuern können?»

Er ließ seinen Blick über die vielen Rechner und Drucker
schweifen. Steve Nyman seinerseits musterte Olsson wie einen Besucher von einem fremden Planeten, was er in gewisser Weise ja auch war.

«Selbstverständlich, darum geht es doch bei diesem Spiel.
Wir reden hier von *daytrading*.»

Olsson hatte schon davon gehört. Via Internet war es möglich, rund um die Uhr mit der Börse verbunden zu sein und
den Markt zu verfolgen. Überall im Land saßen Menschen
vor ihren Bildschirmen, die ihre Berufe aufgegeben hatten
und nun ihre Tage damit verbrachten, ununterbrochen zu
kaufen und wieder zu verkaufen. Ein und dieselbe Person
konnte mit denselben Aktien in wenigen Stunden immer
wieder neue Geschäfte machen und dabei jedes Mal ein paar
Tausendstel oder ein halbes Prozent Gewinn machen.

Die meisten dieser Leute, die an einem Tag mehrere Tau-

sendkronenscheine zusammenkratzten, waren kleine Privatspekulanten. Aber Olsson konnte sich sehr gut vorstellen,
dass ein Risikokapitalist wie Lars Wallén mit einer guten
Milliarde im Rücken die Kurse ungefähr so tanzen lassen
konnte, wie es ihm passte. Oder eben dafür sorgen, dass sie
stabil blieben.

«Aber Lars Wallén wollte nicht auf seinen Vorschlag einge-
hen?», fragte er.

Steve Nyman seufzte lautstark. Olsson begriff, dass er sich
offenbar als nächster Hinterbliebener fühlte.

«Das tut man einfach nicht. Hier geht es darum, zu gewinnen oder von der Bildfläche zu verschwinden. Jakob Alm ist
ein Gegner ...»

Ein plötzliches Piepen von einem der Monitore erregte sein
Interesse. Er unterbrach sich und begann fieberhaft auf eine
Tastatur einzuhämmern. Auf Olsson wirkte er wie ein Zwölf-
jähriger, der vor einem Computerspiel saß. Vielleicht war dies
ja auch genau die innere Haltung, mit der dieser Computer-
mensch die Börse mit ihren Unternehmen und den Erspar-
nissen der schwedischen Bevölkerung betrachtete.

Jedenfalls schienen ihn die Zahlen, die sich vor ihm auf dem
Bildschirm ständig veränderten, voll und ganz zu absorbie-
ren. Es geschah alles in einer Geschwindigkeit, der man fast
nicht folgen konnte, doch an Nymans Konzentration ließ
sich ablesen, dass er nicht nur mitkam, sondern auch die völlige Kontrolle darüber hatte, was sich abspielte.

Was er tat, war etwas so vollkommen Abstraktes, dass Olsson
es fast beängstigend fand. Er fragte sich, ob es wohl solche
Leute wie Nyman und seine Gegner waren, denen die schwedische Bevölkerung ihre Rentenbeiträge anvertrauen würde.

Er ließ sich auf einen Stuhl nieder und war ratlos, was er tun sollte. Der andere schien seine Anwesenheit fast vergessen zu haben, doch urplötzlich brach seine fieberhafte Aktivität ebenso schnell ab, wie sie begonnen hatte. Nymans Miene nach zu urteilen, war alles zu seiner Zufriedenheit verlaufen. Aber zugleich wirkte er auch ungeduldig, als wolle er Olsson so schnell wie möglich wieder loswerden.

«Sie sind aneinander geraten», sagte er.

Olsson hatte Mühe, ihm zu folgen. Anscheinend war Steve Nyman es gewohnt, ohne große Umschweife von einem Thema zum anderen zu wechseln.

«Wer bitte?»

Nyman sah Olsson irritiert an, sichtlich verblüfft über eine solches Maß an geistiger Trägheit. «Lars und Jakob Alm!»

Olsson merkte, wie er rot wurde. Schnell stellte er eine Frage, um wenigstens irgendetwas zu sagen. «Wie sind sie aneinander geraten?»

«Jakob Alm hat uns gedroht.»

«Ist es das, was Sie erzählen wollten?»

«Ja.»

Steve Nyman schien die ganze Sache plötzlich leid zu sein. Als Zeugenaussage war dies hier nicht im Entferntesten dazu geeignet, an Arne Bergman weitergeleitet zu werden. Beim Vortrag in der Bibliothek hatte die Sache noch ganz anders geklungen. Olsson kam es so vor, als ob Nyman mehr wusste, als er zugab.

«Was genau sagte er denn, als er Ihnen drohte?»

Steve Nyman musterte ihn durch seine dicken Brillengläser. Seine Augen wirkten so groß wie Fünfkronenstücke. «Das weiß ich nicht. Sie sind dann auf den Friedhof gegangen, um die ganze Sache auszudiskutieren … Dort kann man nicht so leicht abgehört werden», fügte er erklärend hinzu.

Er warf einen unruhigen Blick auf seine Monitore, und Olsson begriff, dass er wohl nichts weiter aus ihm herausbekommen würde. Trotzdem machte er noch einen letzten Versuch. «Aber diese Drohung lief darauf hinaus, dass irgendetwas passieren würde, wenn Sie nicht täten, was er verlangte?»

«Ja.»

«Und Sie wissen nicht, womit genau er gedroht hat?»

«Er wollte uns vernichten.»

Olsson starrte Steve Nyman verdutzt an. Er hatte das bombastische Wort mit größter Selbstverständlichkeit benutzt und schien schon wieder halb in seiner elektronischen Spielwelt zu sein. Auf einem der Bildschirme begannen die Ziffern sich mit erschreckender Geschwindigkeit zu ändern.

«Vernichten?»

Steve Nyman riss sich von den magischen Zahlen los und warf Olsson durch seine Flaschengläser einen kurzen Blick zu. «Ganz recht.» Dann starrte er wieder wie hypnotisiert auf die Reihen von Ziffern.

Olsson zuckte mit den Schultern, stand auf und ging zur Tür. Er merkte erst, dass sie verschlossen war, als er die Klinke hinunterdrückte. Verdutzt blieb er einen Moment lang stehen, vollkommen ratlos. Dann merkte er, dass er dem anderen den Rücken zugekehrt hatte, und wieder stellte sich dasselbe unsichere Gefühl bei ihm ein, das ihm schon beim Betreten der Diele zu schaffen gemacht hatte. Hastig drehte er sich um, aber Steve Nyman saß noch immer konzentriert vor seinem Monitor.

Olsson fühlte sich beschämt. Er hatte tatsächlich Angst bekommen, hoffentlich hatte Nyman an seinem Computer nichts bemerkt.

«Es ist abgeschlossen», sagte er.

Steve Nyman hob den Kopf. Dann stand er auf, kam zur Tür und zückte eine Plastikkarte, die er durch einen Schlitz zog. Als er Olssons erstauntes Gesicht sah, brummte er:

«Eine Sicherheitsvorkehrung.»

Nyman sagte nicht, wogegen. Er begleitete Olsson durch die kleine Diele zurück zur Haustür. Auch sie war abgeschlossen, wenn auch mit einem ganz gewöhnlichen Schlüssel. Nyman öffnete sie ebenfalls und blinzelte Olsson durch seine Brille an.

«Nun kennen Sie auf jeden Fall die Wahrheit.»

Dann knallte er die Tür zu, genau wie beim ersten Mal, als Olsson ihn vor dem Haus gesehen hatte.

KAPITEL 18

Olsson setzte sich in den Saab, ließ sich aber Zeit, den Wagen anzulassen. Er sah zurück zu der blaugrauen Tür. Während seines Besuchs war die Dunkelheit hereingebrochen, aber eine starke Lampe tauchte die Vorderseite des Hauses in helles weißes Licht. Vermutlich damit die Überwachungskamera problemlos erkennen konnte, was sich vor der fensterlosen Fassade abspielte.

Er wurde einfach nicht schlau daraus, was Steve Nyman ihm eigentlich hatte sagen wollen. Und auch Nyman selbst war ihm ein Rätsel. Er hatte zunächst arrogant und überheblich geklungen, jedoch im nächsten Moment vor seinen Computern wie ein Kind gewirkt. Und das, was er selbst als Zeugenaussage bezeichnete, schien ihn merkwürdigerweise kaum zu interessieren. Olsson hatte ihm im Grunde alles aus der Nase ziehen müssen, und selbst dann noch hatte Nyman nur widerwillig und einsilbig geantwortet.

Olsson war sich alles andere als sicher, was für eine Art von Wahrheit Steve Nyman ihm da verkauft hatte. Eine vage Drohung zwischen zwei konkurrierenden Geschäftsleuten war nichts, worüber man viele Worte verlieren musste, und brachte Arne Bergman wohl kaum weiter.

Er startete den Wagen und setzte auf die wohl bekannte Straße zurück, die zum Friedhof führte. Dorthin, wo man keine Gespräche abhören konnte, wie Steve Nyman erklärt hatte. Es hatte genauso überspannt geklungen wie seine Behauptung, dass Jakob Alm ihn und Lars Wallén vernichten wollte. Andererseits hatte Olsson keine Ahnung, welche Gepflogenheiten unter IT-Investoren sonst so herrschten. Vielleicht war es eine Welt, in der Industriespionage und Abhörskandale an der Tagesordnung waren? Und vielleicht war die Vernichtung gar nicht so wortwörtlich zu verstehen, sondern bezog sich nur auf das Computerspiel dieser großen Jungen, in dem es um Aktien und Geld ging?

Die versteckte Überwachungskamera und das moderne Kartenschloss deuteten eigentlich darauf hin, dass hier irgendetwas nicht ganz normal war. Es sei denn natürlich, dass die Anlage aus Angst vor gewöhnlichem Einbruch installiert worden war. Zweifellos gab es im Haus ja eine ganze Anzahl teurer Computer.

Olsson fühlte sich zunehmend frustriert. Es war unmöglich, aus dem Treffen mit Steve Nyman irgendwelche vernünftigen Schlüsse zu ziehen, jedenfalls für ihn. Im Grunde lohnte es sich nicht einmal, Arne Bergman davon zu unterrichten, dass er da gewesen war.

Wie immer führte die Strecke an der Kirche vorbei; Olsson bemerkte, dass die hohen Fenster erleuchtet waren. Er warf einen raschen Blick hinüber zu der Leichenhalle, die auf der anderen Straßenseite lag. Aber in der Dunkelheit war sie nicht zu erkennen.

Während er sich wieder auf die Straße konzentrierte, tauchte ein Gedanke in ihm auf. Irgendetwas, das Steve Nyman gesagt hatte, war ihm bekannt vorgekommen, als hätte er es schon einmal gehört, wenn auch in einem anderen Zusammenhang. Ihm fiel nur nicht ein, was es war.

Den ganzen Weg über bis zum Kreisel von Rebbelberga ließ ihn das unangenehme Gefühl nicht los. Er versuchte zu rekonstruieren, woher es plötzlich gekommen war, doch auch das misslang.

Das grellgrün leuchtende Schild des Alkoholladens blendete ihn, als er in die Storgatan einbog. Aus dem Parkhof hinter dem Laden kam langsam ein Pick-up geschlichen und zwang Olsson zu bremsen. Er murmelte ärgerlich vor sich hin, während sein Blick auf das gleich daneben liegende Bestattungsinstitut fiel, ein Konkurrent des Unternehmens, das mit Bernhard Möllers unglückseliger Beerdigung betraut gewesen war. Die geschminkte Frau und der bedauernswerte Sargträger, der auf der Treppe ausgerutscht war, fielen ihm plötzlich wieder ein. Olsson fragte sich, ob man ihn wohl entlassen hatte.

Der lahme Pick-up-Fahrer schaffte es endlich, einen Gang einzulegen, und Olsson machte sich bereit, den Saab durch seine Nadelöhreinfahrt zu fädeln. Doch im selben Moment, als er das Manöver beginnen wollte, löste sich seine Denkblockade.

Vielleicht hatte das Bestattungsinstitut ihn auf die richtige Spur gebracht. Jedenfalls konnte er sich plötzlich genau daran erinnern, dass Arne Bergman von einem Zeugen gesprochen hatte, der auf dem Hjärnarper Friedhof einen lautstarken Streit zwischen zwei Männern mit angehört haben wollte. Es war sonnenklar, dass dies dasselbe Gespräch sein musste, das Steve Nyman gemeint hatte. Und das bedeutete, dass es immerhin einen Zeugen dafür gab, dass Jakob Alm Lars Wallén bedroht hatte!

Olsson hatte den Lenker bereits eingeschlagen, um links in seine Einfahrt einzubiegen, als er sich umentschied. Ein roter Golf, der ungeduldig von hinten angeschossen kam, verfehlte ihn nur um Haaresbreite, als sein Saab plötzlich anhielt, statt wie erwartet die Fahrbahn freizugeben. Der Golf scherte mit kreischenden Reifen aus, raste halb über den Bürgersteig der anderen Straßenseite, und Olsson konnte eine Baseballkappe und eine wedelnde Hand erkennen. Er ignorierte den gestreckten Mittelfinger des jungen Fahrers und fuhr langsam weiter die Storgatan hinunter.

Er musste zweimal links abbiegen, um an den Anfang der Östergatan zu kommen, aber an der Ampel Ecke Skolgatan hatte er Glück. Kaum fünf Minuten später stand der Saab vor dem aluminiumgrauen Polizeigebäude im Klippanvägen und Olsson selbst unten am Eingang vor der Sprechanlage.

Aber aus dem metallisch glänzenden Apparat drang kein Laut, und als Olsson zu den Fensterreihen hochblickte, starrten die Scheiben schwarz glänzend und still zu ihm herab. Offenbar waren Arne Bergman und Larsson dem Beispiel ihrer wenigen verbliebenen Kollegen gefolgt und hatten Feierabend gemacht. Möglicherweise gab es draußen auf den Straßen ein paar Streifenwagen, die noch nicht nach Helsingborg abgezogen worden waren, aber nun von der dortigen Hauptzentrale aus dirigiert wurden.

Das verlassene Polizeigebäude bot einen finsteren Anblick, fand Olsson. Seufzend machte er kehrt und ging zurück zu seinem Saab. Aus der Entfernung hörte er eine gespenstisch metallische Stimme, die nun offenbar aus Helsingborg anrief und vergeblich herauszufinden versuchte, wer in Ängelholm die Sprechanlage gedrückt hatte.

Enttäuscht fuhr Olsson wieder zurück. Wahrscheinlich stagnierten die Ermittlungen im Mordfall Wallén gerade, und es gab keine Fakten, mit denen man hätte weiterarbeiten können. Vermutlich hatte Arne Bergman ganz einfach entschieden, dass es das Klügste war, für den nächsten Tag neue Kraft zu tanken. Trotzdem kam es Olsson seltsam vor, dass der nächste Nachtdienst offenbar erst in Helsingborg postiert war. Jedenfalls würde er mit dem Bericht über seine ersten Erfahrungen als Polizeispion noch warten müssen.

An der Kreuzung Storgatan und Järnvägsgatan leuchtete die alte Neonreklame vom Continental mit dem Haltesignal um die Wette. Olsson wartete die rote Ampel geduldig ab, während er den Glockenschlag vom Kirchturm auf der anderen Seite des Marktplatzes hörte.

Er war so in Gedanken versunken, dass er gar nicht merkte, wie die Ampel auf Grün umsprang. Vielleicht war es das wütende Hupen des Wagens hinter ihm, das ihm die Entscheidung erleichterte. Oder vielleicht hatte er sich unbewusst ja längst entschieden; wenn er schon so tief gesunken war, Arne Bergmans Drängen nachzugeben und sich von ihm zum Privatermittler machen zu lassen, konnte er ebenso gut auch noch ein bisschen weiterschnüffeln.

Als er die Storgatan entlangfuhr, sah er, dass in dem niedrigen Gebäude gegenüber der Kirche Licht brannte. Ob es nun ein Glücksfall war oder nicht, jedenfalls ließ er den Saab eine Runde um den Friedhof drehen und hielt genau vor dem erleuchteten Fenster.

Greger Mattiasen öffnete schon nach dem ersten Klingeln und sah ihn überrascht an. Er reckte den Hals und warf einen Blick über Olssons Schulter.

«Entschuldigen Sie, ich hatte jemand anders erwartet», murmelte er hastig.

Er trug ein dunkelgraues Hemd, sein langer Bart verbarg fast den Rundkragen; er selbst füllte den gesamten schmalen Türrahmen aus. Mattiasen zögerte einen Moment, dann trat er zur Seite, um Olsson durchzulassen.

«Bitte, kommen Sie doch herein …»

Olsson folgte der Aufforderung, wurde aber plötzlich unsicher. Er hatte keine Ahnung, was er sagen sollte oder was er überhaupt hier wollte. Greger Mattiasens fragender Blick machte die Sache auch nicht gerade besser. Olsson wurde so nervös, dass er einfach das Nächstbeste sagte, das ihm einfiel.

«Ich wollte von Ihnen gern ein wenig über die freie Synode erfahren.»

Olsson kam es so vor, als ob Greger Mattiasens Augen einen wachsamen Ausdruck annahmen, aber der kahlköpfige Pastor sagte nichts, sondern deutete mit einer stummen Geste auf eine Tür, die von der kleinen Diele abging.

Obwohl der Raum nicht sehr groß war, wirkte er karg und trostlos. Abgesehen von einem antik aussehenden Kruzifix waren die Wände weiß und leer. Auf Olsson machte der Raum den Eindruck einer Mönchszelle oder eines Andachtszimmers, aber eine weitere Tür, die nur angelehnt war, verriet ihm, dass der nächste Raum ebenso sparsam eingerichtet war. Was er erkennen konnte, war ein samtbezogener Gebetsschemel neben einem altmodischen Schreibtisch.

Sie nahmen Platz auf zwei einfachen Stühlen mit gerader Rückenlehne und hartem Ledersitz, die, abgesehen von einer eisenbeschlagenen Truhe und einem kleinen Bücherregal, die einzigen Möbel im ganzen Raum waren. Sowohl der Pastor als auch sein Haus strahlten eine mittelalterliche Atmosphäre aus, die Olsson zögern ließ, aber Greger Mattiasen übernahm die Initiative.

«Was möchten Sie wissen?»

Die Frage war gut gestellt. Olsson fiel nichts ein, weder zur Synode noch zu Greger Mattiasen. Er konnte ihn schließlich nicht direkt fragen, ob er an Schizophrenie litt oder Lars Wallén umgebracht hatte. Stattdessen hörte er sich sagen:

«Dürfen Frauen Mitglieder der Synode sein?»

Olsson bereute es im selben Augenblick. Er war nicht hergekommen, um zu provozieren, aber zu seiner Verwunderung nickte Greger Mattiasen nur ernst.

«Wenn sie keine Pastorinnen sind, schon.»

Olsson stockte wieder. Schweigend saßen sie auf ihren Stühlen, während der Pastor die Handflächen aufeinander legte und seine Nasenspitze an die Fingerkuppen presste. Sein Blick war nach innen gekehrt, und er schien Olssons Anwesenheit fast vergessen zu haben.

Nachdem etwa eine Minute verstrichen war, sagte er plötzlich: «Es ist keine reaktionäre Bewegung, wie die Leute glauben. Ganz im Gegenteil, es ist eine radikale Kraft.»

Olsson begriff nicht, was er meinte, und vielleicht war es ihm anzusehen, denn Greger Mattiasen blickte ihm in die Augen und sagte ernst:

«Sie ist der Wegbereiter einer neuen Geistlichkeit.»

Olsson wusste nichts zu antworten. Er nickte nur stumm; das ganze Gespräch war ihm von Anfang an entglitten.

Er stand auf und warf einen Blick hinüber zum Nachbarraum, aber als er merkte, dass Greger Mattiasens wachsamer Gesichtsausdruck zurückkehrte, sah er schnell in eine andere Richtung.

«Das war alles, was ich wissen wollte», murmelte er und ging zur Tür.

Er merkte, dass er sich genauso seltsam benahm, wie der Pastor es in jener Nacht auf dem Friedhof getan hatte, und als er in die kalte Nachtluft hinaustrat, fühlte er sich beschämt, sowohl wegen seines Misstrauens als auch wegen seiner übereilten Einfälle.

Er stieg in den Saab und sah, dass Greger Mattiasen immer

noch reglos am Fenster stand und ihm nachblickte, während er den Wagen startete und am schwarzen Eisenzaun des Friedhofs entlang davonfuhr.

Der Wind zerrte unverdrossen an den Zweigen der kahlen Hängebirke, als Olsson in seinem winzigen Hof aus dem Wagen kletterte. Zitternd vor Kälte schloss er ihn ab und beeilte sich, ins Warme zu kommen. Er hatte es wenigstens geschafft, Cecilia für ein paar Stunden zu vergessen, aber kaum dass er die Diele betrat, wurde das Telefon wieder zudringlich. Olsson wimmelte es ab, so gut er konnte, und blieb eine ganze Weile in der Küche, um es wenigstens nicht sehen zu müssen.

Er stellte fest, dass er hungrig war, und briet sich zwei Eier, um sich abzulenken. Dann toastete er rasch vier Brotscheiben und legte sie mit den Eiern zu zwei Doppelsandwiches zusammen, die er mit der gewohnten Dosis Tabascosauce präparierte. Nach kurzem Überlegen ging er zum Kühlschrank und holte sich ein kaltes Bier.

Olsson konnte sich nicht erinnern, wo das Frühstückstablett abgeblieben war, aber nach einiger Geistesanstrengung fand er es schließlich im Schlafzimmer. Er belud es mit seinem Junggesellenabendessen und trug alles zum Fernseher hinüber.

Während er aß und ihm von den rosarot gefärbten Tabascoeiern die Tränen in die Augen traten, versuchte er sich einzureden, dass er, was Cecilia anbelangte, viel zu pessimistisch war. Immerhin kannten sie sich nun seit mehreren Jahren, und schließlich war sie es gewesen, die bei allem, was geschehen war, die Initiative ergriffen hatte. Hier konnte wohl kaum von einer übereilten Romanze zwischen zwei Teenagern die Rede sein, ganz im Gegenteil, sie hatten beide mehr als genügend Zeit gehabt, sich kennen zu lernen. Und vermutlich war sie inzwischen bereit, sich auf seine Eigenheiten einzulassen. Zumindest hoffte er es.

Der Tränenfluss versiegte, als die Nachrichten begannen. Zu seiner Verblüffung tauchte plötzlich Lars Walléns Gesicht auf dem Bildschirm auf, allerdings ein Archivbild ohne Kapuze und Strick um den Hals. Olsson drehte schnell den Ton lauter und hörte gerade noch, dass der gewaltsame Tod des bekannten «Geschäftsengels» nun offiziell bestätigt worden sei.

Es kam ihm komisch vor, dass aus seinen nächtlichen Grübeleien landesweite Nachrichten wurden. Er fragte sich wieder, was für eine Lawine er wohl losgetreten hatte, und wollte gerade den Ton leiser stellen, als das Telefon klingelte.

Das Tablett in der Hand, sprang er hektisch auf und stieß dabei den Rest des Bieres um. Aber es war nicht Cecilias Stimme, die aus dem Hörer kam.

«Hier ist Eva Ström.»

Er hörte sofort, dass irgendetwas nicht in Ordnung war, aber ehe er nachfragen konnte, redete sie schon weiter.

«Ich habe versucht, die Polizei anzurufen, habe aber bloß jemanden in Helsingborg erreicht, und die nehmen mich nicht ernst.»

Sie klang eher verbissen und wütend als nervös, aber er versuchte trotzdem, beruhigend zu wirken.

«Was ist denn passiert?»

Er hörte, wie sie Luft holte.

«Auf dem Hjärnarper Friedhof sitzt ein Mann mit Kapuze.»

Olsson spürte, wie sich seine Nackenhaare sträubten. Es gelang ihm kaum, seine Stimme unter Kontrolle zu halten.

«Auf dem Friedhof? Und was macht er dort?»

Sie zögerte eine halbe Sekunde, ehe sie antwortete. «Er sitzt einfach nur vor der Leichenhalle, völlig reglos.»

KAPITEL 19

Ein eisiger Wind schien durchs Zimmer gefegt zu sein. Aus dem schwarzen Telefonhörer drang kein Laut, und Olsson hatte das eigenartige Gefühl, die Situation schon einmal durchlebt zu haben. Er zuckte fast zusammen, als Eva Ströms Stimme ihn wieder in die Wirklichkeit zurückholte.

«Hallo? Sind Sie noch dran?»

Sie klang plötzlich ängstlich. Olsson konnte nicht ausmachen, ob der Grund dafür bei ihr oder ihm lag. Er riss sich zusammen, seine Stimme wieder normal klingen zu lassen.

«Wo sind Sie gerade?»

Sie schien sich ebenfalls zu bemühen, einen normalen Unterhaltungston anzuschlagen, aber es gelang ihr nicht so recht.

«Im Gemeindehaus von Hjärnarp.»

Olsson wusste, dass es hinter dem Hof lag, auf dem er während der Beerdigung seinen Wagen geparkt hatte.

Sie sprach schneller und leiser, als sie hinzufügte: «Ich habe hier in der Kirche den Abendgottesdienst gehalten, als Vertretung für Ulf Skoog.»

Olsson nickte, er erinnerte sich an die erleuchteten Kirchenfenster auf seiner Rückfahrt. «Was ist passiert?»

Sie holte kaum Atem, ihre Stimme war zu einem halben Flüstern geworden. «Ich habe die Kirche verlassen und hinter mir abgeschlossen. Und als ich auf der Straße stand, habe ich zufällig zum anderen Teil des Friedhofs hinübergesehen. Und da saß er dort.»

«Und jetzt?»

«Er sitzt noch immer da.»

Olsson versuchte gleichzeitig zu reden und zu denken. Er selbst war zu dem Schluss gekommen, dass der Kapuzenmann der Schlüssel zu der ganzen sonderbaren Geschichte sein musste. Wenn er mit dem Mord an Lars Wallén tatsächlich etwas zu tun hatte, konnte er auch gefährlich sein. Olsson konnte Eva Ström also nicht gut bitten, ihn aufzuhalten.

«Bleiben Sie, wo Sie sind», sagte er stattdessen. «Und schließen Sie die Tür ab, bis die Polizei da ist.»

Olsson hörte nicht mehr, was sie antwortete. Er legte den Hörer auf und hoffte bloß, dass er sie nicht noch mehr verschreckt hatte. Wenn sie den Mann erwischten, würde sich der Knoten vielleicht lösen. Mit zitternder Hand wählte er Arne Bergmans Privatnummer.

Die Sekunden krochen voran, während die Signale ins Leere liefen. Nach zwölf Klingelzeichen gab er auf und versuchte es stattdessen mit der Durchwahl der Zentrale in Helsingborg.

Er hatte Glück und erreichte einen alten Kollegen, der ihm aufmerksam zuhörte und versprach, einen Wagen zu schicken, sobald einer frei war.

«Aber das dauert mindestens eine halbe Stunde. Wir haben einen in Båstad, der ist am nächsten dran … Sie kümmern sich gerade um einen Streit vor einem Restaurant.»

Olsson musste sich damit zufrieden geben. Er beschrieb dem Polizisten kurz den Weg zur Kirche in Hjärnarp und legte auf. Einen Moment lang blieb er unschlüssig vor dem Telefon stehen, dann griff er nach seiner Öljacke und den Autoschlüsseln.

Die Gedanken wirbelten ihm durch den Kopf, während er automatisch den Wagen lenkte. Konnte es trotz allem Greger Mattiasen sein, der sich in einem Anfall religiöser Verwirrung verkleidet hatte? Wie lange war es her, dass Olsson bei ihm zu Hause gesessen hatte? Eine Stunde? Oder zwei? Genug Zeit jedenfalls, um noch nach Hjärnarp zu fahren.

Ihm fiel wieder ein, dass Mattiasen erzählt hatte, er erwarte jemanden. Vielleicht hatte er gewusst, dass Eva Ström den Abendgottesdienst übernehmen sollte?

Olsson merkte, dass er sich immer mehr in etwas hineinsteigerte und seine Phantasie mal wieder mit ihm durchging. Immerhin hatte er doch gerade erst bestätigt bekommen, dass Jakob Alm und Lars Wallén tatsächlich einige Tage vor dem Mord auf dem Friedhof gestritten hatten. Nicht dass er Steve Nymans seltsamen Vorwürfen sonderlich traute, aber bislang waren sie auf jeden Fall die heißeste Spur.

Er musste sich einen Moment lang auf das Fahren konzentrieren, der Geschwindigkeitsmesser war nach oben geschnellt und pendelte um die hundertzwanzig, obwohl die Schilder am Straßenrand nur neunzig zuließen.

Nur wenige Minuten später nahm er die Abfahrt zur Hjärnarper Kirche. Olsson bremste auf Kriechgeschwindigkeit herunter. Einen Augenblick lang überlegte er, auch die Scheinwerfer abzuschalten, entschied dann aber, dass es einfach zu gefährlich war. Davon abgesehen lag das Gemeindehaus aus seiner Perspektive genau vor dem Friedhof, dort konnte er ohne weiteres parken, ohne von dem Kapuzenmann gesehen zu werden. Zumindest würde er keinen Verdacht schöpfen. Falls er überhaupt noch da war. Das Gemeindehaus tauchte so plötzlich auf, dass Olsson eine Vollbremsung machen musste, obwohl er kaum schneller als im Schritttempo fuhr.

Er sah, dass eines der Fenster erleuchtet war und auf dem Hof bereits ein weißer Golf parkte. Olsson stellte seinen Saab daneben und lief eilig zu dem rotbraunen Backsteingebäude hinüber. Es musste sich beherrschen, nicht zu rennen. Falls der Mann auf dem Friedhof irgendwie doch bis hierher sehen konnte, wollte Olsson nicht riskieren, ihn zu verschrecken.

Mit betonter Lässigkeit stieg er die wenigen Stufen zum Gemeindehaus hinauf und drückte die Klinke herunter. Wie erwartet war die Tür verschlossen, aber durch das Fenster konnte er Eva Ströms Gesicht erkennen und stellte fest, dass es bleich und angespannt aussah. Oder lag es vielleicht an dem großen Bluterguss über ihrem Auge?

Es rasselte im Schloss. Olsson kam es so vor, als müsste man es bis zum Friedhof hinüber hören, aber das bildete er sich in seiner Aufregung wohl nur ein.

Er atmete gerade tief durch, um sich zu beruhigen, als Eva Ström aus der Tür heraustrat. Olsson war erstaunt, dass sie immer noch eher wütend wirkte als ängstlich, und ihm fiel ein, dass er ihr gar nicht von seinem Verdacht erzählt hatte, dass der Kapuzenmann möglicherweise etwas mit dem Mord an Lars Wallén zu tun hatte. Plötzlich wurde ihm klar, dass sie wohl dachte, es ginge darum, einen Frauengegner dingfest zu machen, einen der Vandalen, wie sie sie genannt hatte. Nun war es jedenfalls zu spät für große Erklärungen. Olsson flüsterte eine kurze Frage. «Ist er noch da?»

Eva Ström nickte im Halbdunkel unter dem erleuchteten Fenster. «Er sitzt dort drüben», flüsterte sie zurück. Sie deutete zur Straße hinunter.

Olsson kramte eine Taschenlampe aus seiner Öljacke hervor. Ihm fiel ein, dass er eigentlich etwas brauchte, um sich zu verteidigen, falls der Mann auf dem Friedhof auf die Idee käme, sie anzugreifen. Doch er hatte nichts Passendes dabei.

Natürlich wäre es besser gewesen, auf den Streifenwagen aus Båstad zu warten, aber bevor er eintreffen würde, konnte der Mann längst über alle Berge sein. Außerdem musste man davon ausgehen, dass ein Streifenwagen ihn endgültig vertreiben würde, falls ihn nicht schon vorher etwas anderes erschreckte.

«Wenn Sie hier bleiben, gehe ich rüber und sehe nach.»

Sie schüttelte einfach nur den Kopf. Unterhalb ihres Kinns blitzte etwas auf, und Olsson sah, dass sie eine Halskette mit einem Kreuz daran trug, das unter dem Rundkragen hin- und herschaukelte.

«Ich komme mit.»

Es klang so entschlossen, dass er nicht zu protestieren wagte. Aber als sie die schmale Straße überquert hatten und sich dem Gittertor zum Friedhof näherten, flüsterte er: «Können Sie nicht hier bleiben und Wache halten? Falls er vorbeikommt …»

Sie blickte ihn an, in der Dunkelheit konnte er ihren Gesichtsausdruck nicht erkennen. Es war gut möglich, dass sie ihn durchschaute, aber jedenfalls blieb sie zwischen den weiß getünchten Torpfosten stehen, ohne zu widersprechen.

Olsson lief ein paar Schritte auf die Gräber zu und blieb stehen, um seine Augen an die Dunkelheit zu gewöhnen. Als sein Blick sich geschärft hatte, entdeckte er am anderen Ende des Friedhofs einen Schatten, der sich gegen die weiße Wand der Leichenhalle abzeichnete, und mit einiger Mühe konnte er eine schwarze Gestalt erkennen, die etwas Spitzes, Kapuzenähnliches auf dem Kopf trug.

Plötzlich verspürte er ein starkes Unbehagen. Vielleicht handelte es sich ja doch um eine Art Sekte, die in der Dunkelheit irgendwelche sonderbaren rituellen Kulthandlungen vollzog? Die Gestalt dort hinten saß vollkommen reglos, genau wie Eva Ström es gesagt hatte. Woher weiß er das? Ein neuer Gedanke durchzuckte Olsson: Wie konnte die Pastorin ihn in dieser Dunkelheit überhaupt gesehen haben?

Von der Straße aus war das zweifellos so gut wie unmöglich. Woher sollte sie außerdem wissen, dass er immer noch dort auf der Bank saß, obwohl sie selbst doch im Gemeindehaus gewartet hatte? Er hatte sie ja gefragt, ob der Mann noch immer da sei.

Olsson hatte das ungute Gefühl, dass irgendetwas nicht stimmte. Er warf einen hastigen Blick über seine Schulter, Richtung Eingang.

Dort war niemand. Das Tor zum Friedhof stand offen, aber Eva Ström war verschwunden.

Plötzlich überkam ihn Angst. Die Dunkelheit schien seinen Körper von allen Seiten zu bedrängen. Er war mit der unheimlichen Gestalt auf dem Friedhof allein, nur die Gräber ringsum trennten sie voneinander.

Sein Mund war wie ausgetrocknet und das Herz begann schnell und hart zu schlagen. Olsson merkte, dass er kurz vor einer Panik stand. Er musste etwas tun, bevor die Angst ihn lähmte. Mit einem hastigen Schritt drang er in die Dunkelheit vor, ohne zu sehen, wohin er trat. Sein Knie schlug hart gegen einen Grabstein.

Der Schmerz durchzuckte ihn wie ein Stromstoß, aber er half ihm, wieder klar zu denken. Mit der einen Hand hielt er immer noch die Taschenlampe umklammert. In seinem überspannten Zustand hatte er sie ganz vergessen, nun drehte er

am äußeren Ring, und ein dünner weißer Lichtstrahl durch-
brach die Dunkelheit.

Das Erste, was er sah, war Eva Ström, die in das grelle Licht
blinzelte. Sie stand nur ein paar Meter entfernt zwischen den
Grabsteinen, ungefähr auf selber Höhe mit ihm. Das Kreuz
unter ihrem Rundkragen blitzte auf, als sie den einen Arm
schützend über die Augen hob, und Olsson senkte die Taschenlampe sofort.

Er schämte sich für sein Misstrauen und noch mehr für seine
Tollpatschigkeit. Seine Phantasie war mit ihm durchgegan-
gen wie bei einem kleinen Jungen. Außerdem hatte er dem
Kapuzenmann eine zusätzliche Chance gegeben, sich davon-
zumachen.

Olsson seufzte. Eine weitere Gelegenheit, herauszufinden,
wer der Mann eigentlich war, würde sich wohl kaum bieten.

Das grelle Licht hatte seine Nachtsicht wieder verschlechtert,
aber er richtete die Taschenlampe in die Richtung, wo die
Leichenhalle lag. Der dünne Strahl glitt tanzend über die weißen Wände und dann hinunter zu der Bank.

Olsson starrte geradeaus. Der Mann saß noch immer auf der
Bank und rührte sich nicht.

Er war nur zehn bis fünfzehn Meter entfernt, aber sein Gesicht war durch die Kapuze verhüllt. Olsson konnte nicht
mehr erkennen als eine Kinnspitze und die Rundung einer
weißen Wange. Der Lichtstrahl schien die gespenstische Gestalt nicht im Geringsten zu stören, zumindest machte sie keinerlei Anstalten, sich gegen ihn zu schützen.

Die ganze Erscheinung hatte etwas Unnatürliches an sich,
und Olssons ungutes Gefühl begann sich wieder zu regen.
Mehr um sich selber Mut zu machen, rief er: «Hallo, was suchen Sie hier?»

Der Mann gab keine Antwort, als hätte er ihn nicht gehört. Olsson warf einen Seitenblick auf Eva Ström, die immer noch auf selber Höhe stand.

«Hallo!», rief er noch einmal.

Der Mann reagierte immer noch nicht. Seine Reglosigkeit wirkte unheimlich. Fast hatte es den Anschein, als befände er sich in einer Art Trancezustand.

Olsson holte tief Luft und ging die wenigen Schritte zur Bank hinüber. Erst als er direkt vor dem Mann mit der Kapuze stand, sah er die weiße Schlinge um seinen Hals.

Ein Schauer lief ihm den Rücken hinunter, aber er zwang sich, seine Hand auf die Schulter des Mannes zu legen. Sie war steif und kalt.

Reflexartig zog Olsson die Hand zurück. Er zögerte eine halbe Sekunde, dann griff er nach der seltsamen Kapuze und zog sie herunter.

Er sah sofort, dass der Mann auf der Bank tot war. Es war Jakob Alm.

KAPITEL 20

Jakob Alms weiße Gesichtsfarbe unterschied sich nicht nennenswert von der, die er zu Lebzeiten gehabt hatte. Nur seine Augen waren hervorgetreten und durch winzige Aderrisse rund um die blassblaue Iris rot angelaufen.

Olsson hielt den dünnen, aber grellen Strahl der Taschenlampe noch immer auf das Gesicht gerichtet. Der begrenzte Lichtkegel verstärkte den grotesken Anblick des Toten noch; von den Wangen hoben sich scharf umrissene, fetzenartige Schatten ab, und die geröteten Augen schienen in zwei schwarzen Löchern zu liegen.

Eva Ström blieb seltsam gefasst. «Ich glaube, ich erkenne ihn wieder!», rief sie.

Ihre Stimme klang vollkommen normal, als ob es sich um die alltäglichste Sache der Welt handelte, aber vielleicht waren Tote auf einem Friedhof für Pastoren nur Routine.

Olsson antwortete nicht, sondern ließ den Lichtstrahl an Jakob Alms Körper hinunterwandern.

Er trug einen dunklen Wollmantel. Unter den eleganten Hosenaufschlägen lugten ein Paar recht abgenutzte Joggingschuhe hervor wie zwei schmutzige Schneebälle.

Olsson fiel etwas ein, und er leuchtete den Boden vor den Füßen des Toten ab. Der Kiesweg war ordentlich geharkt, und es waren deutliche Schleifspuren von den Fersen der Joggingschuhe zu erkennen. Vielleicht gab es ja noch andere Fußspuren, jedenfalls war klar, dass Jakob Alm woanders umgebracht worden war und man ihn dann hierher transportiert hatte.

Olsson wich vorsichtig zurück, um die Spuren nicht zu verwischen, er wusste, dass es für die Ermittlungen entscheidend sein konnte, dass sie erhalten blieben. Er fasste Eva Ström behutsam am Arm und zog sie zur Seite. Die Pastorin schien ihn ohne Worte zu verstehen. Sie entfernten sich von der Bank und blieben in einigen Metern Entfernung stehen. Der Wind hatte zugenommen und zerrte an der Kapuze, die Olsson dem Toten vom Kopf gezogen hatte. Einen Moment lang überlegte er, sie wieder zurechtzurücken, entschied sich dann aber dagegen. Es war besser, den ermittelnden Beamten zu sagen, was er getan hatte, als ein zweites Mal daran herumzufingern.

«Was sollen wir jetzt tun?», fragte Eva Ström. «Müssen wir nicht die Polizei rufen?»

Olsson glaubte, er hätte ihr erzählt, dass bereits ein Streifenwagen aus Båstad unterwegs sei, aber vielleicht hatte er es auch vergessen. Oder sie. Auf jeden Fall war es nicht die Aufgabe einer Streife, sich mit einem Ermordeten zu befassen. Vielleicht war es das Beste, noch einmal zu versuchen, Arne Bergman zu erreichen.

«Gibt es im Gemeindehaus ein Telefon?»

Eva Ström nickte in der Dunkelheit, es war mehr zu ahnen als zu sehen. «Sogar zwei», erwiderte sie trocken.

Sie gingen zurück zum Tor. Vor ihnen warf Olssons Taschenlampe einen tanzenden Lichtkegel auf den Boden, und in der Dunkelheit ringsum waren undeutlich wie verschwommene Schatten die Grabsteine zu erkennen. Er war froh, als sie endlich auf den Asphalt hinaustraten und sich wieder an den weißen Streifen am Straßenrand orientieren konnten.

Im Gemeindehaus roch es nach Bohnerwachs. Seltsamerweise meldete sich Arne Bergman tatsächlich nach dem dritten Klingeln.

Olsson berichtete kurz, was geschehen war. Arne Bergman hörte zu, ohne ihn zu unterbrechen, und schwieg danach noch eine ganze Weile. Er schien genauso überrascht zu sein, wie Olsson es gewesen war, als er das weiße Gesicht unter der Kapuze gesehen hatte.

«Verdammt. Bist du sicher, dass es Jakob Alm ist?»

Olsson bejahte. Er erzählte von dem Streifenwagen, der von Båstad unterwegs war, und Arne Bergman reagierte sofort.

«Ich komme, so schnell ich kann. Und pass um Gottes willen auf, dass sie nicht auf den Friedhof gehen und dort herumtrampeln. Schöne Grüße von mir!»

Er knallte den Hörer auf. Olsson lief zum Fenster und sah auf die Straße hinunter. Noch war kein Streifenwagen zu sehen, aber zu seiner Verwunderung entdeckte er, dass zwischen den Bäumen hinter dem Friedhof eine kleine Lichtung lag. Und gegen den klaren Nachthimmel konnte man deutlich, wenn auch schwach, die Silhouette Jakob Alms auf der Bank vor der Leichenhalle erkennen.

Olsson blieb am Fenster stehen. Er schämte sich wieder für sein Misstrauen auf dem Friedhof. Zum Glück hatte Eva Ström nichts davon bemerkt, da war er sich sicher, aber trotzdem.

Während seines Gesprächs mit Arne Bergman hatte sie das Zimmer verlassen. Olsson folgte ihr in den nächsten Raum, ohne richtig zu wissen, warum. Vielleicht verspürte er einfach das Bedürfnis, sich wenigstens selbst zu beweisen, dass es ihm Leid tat, was er über sie gedacht hatte. Doch er kam nicht weiter als bis zur Tür.

Eva Ström saß mit geschlossenen Augen und gefalteten Händen in einem Sessel, vollkommen reglos, leicht nach vorn gebeugt, wie in ein Gebet vertieft. Das Kreuz an ihrer Halskette baumelte dicht über ihren schmalen Händen hin und her.

Der Anblick hatte etwas Rührendes, wie das Ölgemälde eines holländischen Meisters. Einen Moment lang blieb er dort stehen und betrachtete sie einfach nur, dann zog er sich leise zurück. Aber offenbar hatte sie ihn doch gehört, denn sie schlug die Augen auf und lächelte ihr warmes Lächeln.

«Jetzt weiß ich, wer das ist. Dieser IT-Guru. Oder wussten Sie das schon?»

Er nickte. Als ihr Lächeln erstarb, sah er ihr an, dass sie doch schockierter war, als sie zugeben wollte. Zu ihrem großen blauen Fleck hatten sich zwei leichte dunkle Schatten unter den Augen gesellt.

Ohne sich zu besinnen, platzte Olsson heraus: «Wohnen Sie allein?»

Sie sah ihn fragend an. Dann lächelte sie wieder. «Ja, warum?»

Olsson fiel keine Antwort ein. Er zuckte verlegen mit den Schultern und merkte, wie er rot wurde. «Nur so», sagte er. Ihm war gerade eingefallen, dass der Sabotagefall, oder wie man diese Sache nun bezeichnen sollte, und zwei Mordopfer in der Nähe ihres Arbeitsplatzes schon beklemmend genug gewesen waren; da musste er nicht noch alles schlimmer machen, indem er ihr den überflüssigen Rat gab, jederzeit gut hinter sich abzusperren. Erst als es zu spät war, merkte er, dass sie seine Frage auch ganz anders hätte deuten können.

Betreten versuchte er das Thema zu wechseln, doch bevor ihm etwas Passendes einfiel, retteten ihn zwei Autoscheinwerfer, die in den Hof einbogen und einen Lichtkegel durchs Fenster hereinwarfen.

Der Wagen fuhr bis zur Treppe vor; zu Olssons Verwunderung war es ein Taxi. Als der Fahrer das Innenlicht einschaltete, um zu kassieren, konnte man erkennen, wer der Fahrgast war.

Als Olsson auf die Vortreppe hinaustrat, schlug Arne Bergman gerade die Wagentür zu. Das Taxi fuhr mit einem Ruck an, und Bergman steckte missmutig seine Brieftasche ein.

«Was für ein verdammter Wucher für eine Zehnminutenfahrt!»

Olsson nahm einen schwachen Alkoholgeruch wahr, als sie die wenigen Stufen emporstiegen. Arne Bergman nickte als eine Art Begrüßung resigniert mit seinem Stoppelschnitt und fügte hinzu: «Und was für ein mieser Job!»

Was ihn allerdings nicht davon abhält, mich immer wieder mit hineinzuziehen, schoss es Olsson durch den Kopf, während er das Nicken erwiderte.

Aber er sagte nichts. Stattdessen deutete er zum Friedhof hinüber. «Er sitzt dort drüben.»

Arne Bergman brummte geistesabwesend. Er sah sich ein wenig übertrieben um, als suchte er etwas. «Larsson ist schon mit dem Bus unterwegs», sagte er. «Aber ich will da sein, bevor die Jungs kommen.»

Olsson begriff, dass er den Streifenwagen aus Båstad meinte. Offenbar befürchtete er ernsthaft, dass die Kollegen den Fundort völlig auf den Kopf stellen könnten.

«Sie sind noch nicht da.»

Arne Bergman wirkte erleichtert. Er sah zum Gemeindehaus hinauf. «Gibt's da drinnen Kaffee?»

Olsson wusste es nicht. Dafür aber Eva Ström. Arne Bergman trank zwei pechschwarze Tassen in rascher Folge. Dann sah er aus dem Fenster; drüben auf der kleinen Lichtung des Friedhofs war noch immer Jakob Alms Silhouette zu erkennen, die wie ein schwarzer Schatten wirkte. Nur die seltsame Kapuze war nicht mehr zu sehen.

Olsson begriff, dass Arne Bergman abwarten wollte, bis Larsson mit seiner technischen Ausrüstung auftauchte, bevor er den Friedhof betrat. Vielleicht zählte er sich selbst auch zu denjenigen, die Beweismaterial zertrampeln könnten?

Plötzlich schämte sich Olsson für seine eigene Schusseligkeit. Er seufzte resigniert und erzählte, dass er bei dem Toten gewesen war, ihm die Kapuze abgenommen hatte und dass sich außerdem auf dem Kies rings um die Bank seine Spuren befanden.

Zu seiner Erleichterung zuckte Arne Bergman nur mit den Schultern, ohne einen Kommentar abzugeben. Er schien mit den Gedanken woanders zu sein, und Olsson wollte ihn nicht länger behelligen.

Zwei weitere Scheinwerfer fegten über den Hof. Auch diesmal war es nicht der Streifenwagen, sondern Larssons grauer VW-Bus. Arne Bergman und Olsson erhoben sich gleichzeitig und gingen ihm entgegen.

Der kleine Kriminaltechniker brummte missmutig, als er hörte, dass Olsson bereits am Fundort gewesen war und die Leiche berührt hatte. Er klang wie ein schlecht gelaunter Vater, als er fragte: «Hast du noch mehr angerichtet?»

Olsson verneinte und Larsson gab sich damit zufrieden. Mit einem Nicken verschwand er wieder Richtung Bus. Sie hörten, wie er mit jemandem sprach. Offensichtlich war es ihm gelungen, noch einen Assistenten aufzutreiben, obwohl schon lange Feierabend war. Die Schiebetür glitt zur Seite, und aus dem Wagen kletterte eine junge, dunkelhaarige Frau. Olsson erkannte sie wieder, kam aber nicht auf ihren Namen, ehe sie ihn selbst nannte:

«Irina.»

Irina und Larsson begannen sofort damit, einige Kabel und Steckdosen zu verlegen, die sie aus dem VW-Bus holten. Arne Bergman rieb sich die Augen, vielleicht vor lauter Müdigkeit und Widerwillen gegen das, was ihn erwartete. Dann wandte er sich an Olsson.

«Geht das in Ordnung, wenn ich euch gleichzeitig verhöre?»

Olsson nickte. Er kannte die Prozedur ja noch aus seiner Zeit als Polizeibeamter. Sie gingen ins Gemeindehaus zurück und nahmen wieder hinter ihren Kaffeetassen Platz.

Eva Ström berichtete, wie sie Jakob Alm entdeckt hatte; genau wie Ulla Persson hatte sie zufällig in die Richtung gesehen, als ein Wagen vorbeigefahren war, dessen Scheinwerfer den Friedhof erleuchtet hatten. Sie war gerade dabei gewesen, die Kirche abzuschließen. Olson hörte beschämt zu, sagte aber nichts. Als zusätzliches Salz auf seine Wunden machte Eva Ström im selben Atemzug auch seine zweite übereilte Schlussfolgerung zunichte. Aber was das anging, so hatte er seinen Fehler ja immerhin schon selbst erkannt.

«Und als ich ins Haus ging, um zu telefonieren, stellte ich fest, dass man ihn von hier oben auch sehen kann. Aber ich hatte natürlich keine Ahnung, dass er tot war», fügte sie hinzu.

Arne Bergman schnaubte, als sie von ihrem misslungenen Versuch erzählte, die Polizei zu verständigen, und dass der Diensthabende in Helsingborg einfach nicht verstanden hatte, worum es ging.

«Ich hab doch gleich gewusst, worauf diese gottverdammten

Rationalisierungen hinauslaufen ...» Er unterbrach sich und starrte auf Eva Ströms Rundkragen. «Verzeihen Sie die Flucherei», murmelte er.

Sie lächelte ihn an und hob die Schultern ein wenig. «Dieses Problem haben wir in der Kirche auch.»

Olsson erinnerte sich wieder, was Greger Mattiasen über sein gestiegenes Arbeitspensum gesagt hatte. Der Mord an Jakob Alm hatte die eh schon schwache Fährte von Steve Nymans Zeugenaussage ausradiert – sofern seine seltsamen Behauptungen überhaupt als Aussage bezeichnet werden konnten. Doch Olsson ging ein neuer Gedanke durch den Kopf. War es nicht möglich, dass hinter diesen beiden sonderbaren Morden eine Mischung aus Burn-out-Syndrom und Schizophrenie steckte? Ganz einfach ein mentaler Kollaps? Es wirkte doch zweifellos ein wenig überspannt, den beiden Opfern diese bizarren Kapuzen überzuziehen.

Olsson wusste keine Antwort und entschied, nach der bitteren Erfahrung von eben, seine unausgegorenen Theorien gar nicht erst zum Besten zu geben. Stattdessen sah er nachdenklich hinaus auf den Friedhof. Larsson und seine junge Assistentin hatten starke Scheinwerfer aufgestellt, die das ganze Gebiet vom Gittertor bis hinunter zur Leichenhalle in milchweißes Licht tauchten. Am anderen Ende des schnurgeraden Weges saß noch immer Jakob Alm auf seiner Bank wie ein makaberes Ausrufezeichen.

Olsson war so in Gedanken versunken, dass er nicht mitbekam, wie ihm eine Frage gestellt wurde. Er zuckte zusammen, als Arne Bergman ihn in die Seite stieß und angrinste. «Na, bist du gerade auf dem Mond?»

Olsson lächelte verlegen zurück. Er holte tief Luft und gab ohne Rücksicht darauf, dass Eva Ström alles mit anhörte, einen genauen Bericht des Abends, angefangen mit seinem Besuch bei Steve Nyman bis zu dem Moment, als er Jakob Alm die seltsame Kapuze vom Kopf gezogen hatte.

Arne Bergman hörte zu und schrieb alles sorgfältig mit. Und als Olsson schließlich geendet hatte, lautete Bergmans einzige Frage: «Sagte er wirklich *vernichten*?»

Das Verhör, oder wie man es nun nennen sollte, hatte seine Zeit gebraucht. Als Arne Bergman sein Notizbuch schloss, war der Kaffee kalt, und Larsson schien seine Vorarbeiten draußen auf dem Friedhof beendet zu haben. Gerade kam der kleine Kriminaltechniker mit raschen Schritten über den Hof, und Olsson konnte durch das Fenster sehen, dass Irina mit einem Maßband in dem grellen Lichtkorridor drüben zwischen den Grabsteinen kniete.

Eva Ström warf einen Blick auf die Uhr und lächelte ihr warmes Lächeln, diesmal sowohl an Olsson als auch an Arne Bergman gerichtet.

«Der Kirchenrat hat sicher nichts dagegen, wenn Sie noch hier bleiben», sagte sie. «Aber ich kann doch wohl gehen?»

Sie erhielt die Erlaubnis. Larsson kam herein und übernahm ihren Platz am Tisch. Sie sahen dem weißen Golf nach, der über den Hof kurvte und auf der Straße Richtung Ängelholm verschwand.

Arne Bergman schüttelte nachdenklich den Kopf und murmelte: «Zum Teufel …»

Olsson begriff nicht, was er meinte, und bekam auch keine weitere Erklärung. Allerdings fiel ihm plötzlich wieder ein, dass es ja Arne Bergman gewesen war, der Eva Ström ganz am Anfang zu ihm geschickt hatte. Vielleicht hatte es etwas damit zu tun.

Arne Bergmans Blick schweifte noch für einige Sekunden in die Ferne, dann stand er auf. «Können wir ihn uns jetzt ansehen?»

Es war mehr eine Feststellung als eine Frage. Er ging auf die Tür zu, ohne eine Antwort abzuwarten. Larsson erhob sich schnell, und Olsson lief zögernd hinterher. Er hatte keine große Lust, den Friedhof ein zweites Mal zu betreten, auch wenn er in gleißend helles Licht getaucht war.

Vor den Torpfosten auf der anderen Straßenseite blieb er stehen, aber Larsson blinzelte ihn mit halb zusammengekniffenen Pfefferkornaugen an.

«Du musst schon mitkommen und mir genau zeigen, was du gemacht hast. Mit der Leiche, meine ich.»

Olsson riss sich zusammen und betrat zusammen mit den anderen den Friedhof. Im dem grellen Scheinwerferlicht wirkte die Strecke bis zu Jakob Alms Bank überraschend kurz, und der sitzende Tote machte einen vollkommen undramatischen Eindruck. Nur die weiße Schnur um seinen Hals unterschied ihn von einem gewöhnlichen Spaziergänger, der sich hingesetzt hatte, um einen Moment lang auszuruhen. Und die Tageszeit natürlich.

Sie halfen sich gegenseitig, Olssons Bewegungen nach seiner Erinnerung so genau wie möglich zu rekonstruieren. Larsson hockte am Boden, untersuchte die Schleifspuren im Kies und passte auf, wo Olsson hintrat. Als er mit allen Messungen zufrieden war, erhob er sich schließlich, aber Olsson wusste, dass ihm das Schlimmste noch bevorstand. Er holte tief Luft und führte vor, wie er Jakob Alm berührt hatte.

«Ich habe meine Hand auf seine Schulter gelegt, so …», erklärte er und versuchte, den Mantel des Toten dabei nicht zu streifen. «Dann habe ich die Kapuze heruntergezogen …»

Larsson wippte mit seinem Spitzbart. Seine Fingerspitzen glitten in den dunklen Stoff und zogen die Kapuze über den Kopf zurück. «Sah es so aus?»

Olsson nickte. «Ungefähr. Sie saß ein bisschen tiefer, sodass nur das Kinn zu sehen war.»

Larsson korrigierte den Sitz der makabren Kopfbedeckung. «So?»

Wieder nickte Olsson, und Larsson rief nach Irina.

«Kannst du mal mit dem Fotoapparat kommen?»

Neben dem toten Körper blitzte es ein paarmal auf. Dann schob Larsson die Kapuze wieder zurück und studierte das Gesicht aus nächster Nähe. Als er den Kopf hob, war eine Falte auf seiner Stirn erschienen. Arne Bergman hatte es offenbar bemerkt. Er hatte still daneben gestanden und zugesehen, während Olsson seine Bewegungen demonstriert hatte, aber nun wurde er ungeduldig.

«Was ist?», fragte er.

Auf Larssons Stirn erschien neben der ersten Falte noch eine weitere. Er klang besorgt, fast unglücklich. «Er ist nicht erhängt worden, jedenfalls nicht auf herkömmliche Art und Weise.»

Arne Bergman sah ihn bestürzt an. «Zum Teufel, jetzt sag mir nicht, dass man dem hier auch den Hals umgedreht hat.»

Doch Larsson schüttelte den Kopf. «Er wurde erwürgt, das sieht man an den Augen.»

Olsson verspürte ein Frösteln. Auch ihm waren die geplatzten Äderchen der Augäpfel aufgefallen. Er wusste, dass der Tod beim normalen Hängen sehr schnell eintrat, weil das eigene Körpergewicht dem Opfer das Genick brach. Erdrosselt zu werden war dagegen ein langsamer und qualvoller Tod.

«Dieses Schwein wird immer gemeiner», murmelte Arne

Bergman. Olsson merkte, dass es ihn stärker berührte, als er zeigen wollte.

«Wenn es überhaupt derselbe war», sagte Larsson düster. Die anderen starrten ihn fragend an, und er fügte hastig hinzu: «Auch der Knoten am Seil sieht ganz anders aus.»

Arne Bergman sah aus, als hätte ihn eine Windbö mit kaltem Wasserschwall erwischt. Und so klang er auch. «Meinst du etwa, dass wir es hier mit zwei Verrückten zu tun haben, die sich gegenseitig kopieren?»

Larsson zuckte mit den Schultern. «Ich weiß es nicht», sagte er. «Es sieht fast ein bisschen zu sehr danach aus. Vielleicht will er nur, dass wir das glauben.»

Arne Bergman schüttelte den Kopf. «Was für ein mieser Job …» Er schlug demonstrativ die Arme um den Leib und nickte Larsson und Irina zu. «Ich bin drüben im Gemeindehaus.»

Er hakte sich bei Olsson ein und zog ihn Richtung Ausgang. Auf halber Strecke sagte er: «Es war gut, dass du angerufen hast. Diese verdammte Streife können wir wohl abschreiben …» Er schwieg eine Sekunde, bevor er hinzufügte: «Ist vielleicht auch besser so.»

Den Rest des Weges schwiegen sie. Am Tor standen zwei Männer mit einem Hund und starrten mit großen Augen auf den hell erleuchteten Friedhof.

«Ist was passiert?», fragte der eine und blickte von Olsson zur Leichenhalle und wieder zurück. Zum Glück verbarg die Kapuze Jakob Alms Gesicht so gut, dass man nicht einmal im grellen Scheinwerferlicht sehen konnte, dass er tot war.

«Dreharbeiten, weiter nichts», sagte Arne Bergman schnell. «Aber es geht erst morgen los, wir machen nur eine Beleuchtungsprobe.»

Der Mann mit dem Hund sah noch einmal zu der Bank mit dem Toten hinüber. «Ja, wenn das so ist», sagte er.

Dann zog er den Hund und den anderen Mann mit sich fort. Sie umrundeten die Kirche und verschwanden.

KAPITEL 21

Um vier Uhr morgens brach die Hölle los.

Olsson war mit großen Schwierigkeiten eingeschlafen, als der erste Anruf kam. Taumelnd stand er auf und merkte erst, was er tat, als sein Zeh gegen etwas Hartes stieß, das im Halbdunkel auf der Lauer lag. Noch immer außer Atem stellte er verwundert fest, dass er den Telefonhörer in der Hand hielt und am anderen Ende der Leitung eine Stimme mit Stockholmer Akzent zu hören war.

Diesmal halfen ihm keine Hinweise auf polizeiliche Dienstvorschriften oder andere Tricks. Trotz fortgeschrittener Stunde ließ der Kriminalreporter nicht locker, und zum Schluss knallte Olsson einfach den Hörer auf.

Nach den Ereignissen des Abends war es fast unmöglich gewesen einzuschlafen. Sobald er die Augen geschlossen hatte, war hinter seinen Lidern alles von vorn losgegangen. Nicht so sehr Jakob Alms totes Gesicht, sondern vor allem die schrecklichen Sekunden auf dem finsteren Friedhof hatten ihn immer wieder verfolgt.

Wieder und wieder hatte er die Situation durchlebt und dabei gemerkt, dass es jene Todesahnung von Bernhards Beerdigung war, die ihm abermals zusetzte. Um sie endlich loszuwerden, hatte es zwei Tassen warme Milch gebraucht, von denen die eine zur Hälfte aus kanadischem Whisky bestanden hatte. Dann erst war er eingeschlafen.

Bereits auf halbem Weg zurück ins Schlafzimmer klingelte

das Telefon zum zweiten Mal. Olsson fluchte leise über seine eigene Dummheit. Wie hatte er nur vergessen können, den Stecker herauszuziehen!

Olsson schleppte sich zum Telefon zurück, während die schrillen Töne sich in seine Nerven fraßen. Mit einem Ächzen bückte er sich und zog den weißen Stecker aus der Buchse. Die Stille wirkte wie weiche Watte auf den Ohren.

Die Augen halb geschlossen, ging er zurück zu seinem Bett. Der Schlaf überkam ihn, sobald er die Decke über sich gezogen hatte, aber gerade als er dem unwiderstehlichen Dahindämmern nachgeben wollte, zerriss ein neuer Klingelton die Stille.

Mit einem Ruck erwachte er aus seinem Halbschlaf. Einen Moment lang fühlte er sich leicht desorientiert. Konnte er sich nicht deutlich erinnern, den Telefonstecker herausgezogen zu haben? Oder war er gar nicht mehr in seiner Wohnung? Plötzlich wurde ihm klar, dass es die Haustürklingel gewesen sein musste, die ihn geweckt hatte. Er warf einen Blick auf den Wecker; die grünen Digitalziffern zeigten vier Uhr vierzehn an.

Olsson ging zum dritten Mal hinaus in die dunkle Diele. Doch bevor er die Tür erreichte, hielt er inne und schlich sich vorsichtig ins Wohnzimmer und bis zum Fenster. Im Straßenlicht vor der Haustür war eine groß gewachsene Gestalt zu erkennen, die eine rote Steppjacke trug. Obwohl es deutlich kälter geworden war, hatte der Mann keine Kopfbedeckung auf, sein Atem dampfte, und mit den Füßen kickte er ungeduldig gegen Olssons Treppe.

Olsson erkannte ihn sofort von Bernhards Begräbnis wieder. Der lange Lokalreporter drückte einige weitere Male den Klingelknopf, diesmal in kürzeren Abständen. Olsson beobachtete ihn ungerührt von seinem Fensterplatz aus. Als der Zeitungsmann endlich die Straße hinunter verschwand, ging er ins Badezimmer und zerrte das ganze Paket mit der Watte aus dem Verbandskasten. Einen Großteil der Watte klemmte er zwischen den Klöppel und die beiden Metallschalen seiner altertümlichen Klingel, den Rest stopfte er sich in die Ohren.

Als er das nächste Mal erwachte, war es halb zehn. Er fühlte sich seltsamerweise genauso müde wie zuvor, zwang sich aber aufzustehen, um eines seiner verhassten Duschbäder zu absolvieren.

Die Morgenzeitung titelte mit der alten Meldung von Lars Walléns Tod, diesmal mit Foto und einer so riesigen Schlagzeile, als sei ein neuer Weltkrieg ausgebrochen. Aber von dem Mord an Jakob Alm hatte die Zeitung offenbar noch keinen Wind bekommen, jedenfalls nicht vor Redaktionsschluss.

Olsson wusste nicht viel über die Arbeitsabläufe der Zeitungsverlage, aber er ging davon aus, dass es Mitarbeiter irgendwelcher Abendblätter gewesen waren, die ihn letzte Nacht geweckt hatten. Vermutlich begannen sie erst in den frühen Morgenstunden zu drucken. Allerdings begriff er nicht, woher sie wissen konnten, dass ausgerechnet er Jakob Alm gefunden hatte.

Er beendete sein Frühstück mit einer Extratasse Kaffee, bevor er den Telefonstecker wieder einstöpselte und Cecilia anrief. Als sich weder unter ihrer Malmöer Nummer noch auf dem Handy jemand meldete, versuchte er es bei der Zeitung in Malmö. Auch dort war sie nicht, sodass er schließlich verwirrt in Vejbystrand anrief, wo ihn ein seltsam stotterndes Signal empfing.

Offensichtlich stimmte irgendetwas nicht, entweder mit der

Leitung oder mit ihrem Apparat. Er konnte sich nur nicht denken, wo Cecilia selbst überhaupt steckte.

Olsson legte den Hörer auf und zog den Stecker wieder heraus, als er jemanden an die Scheibe seiner Haustür klopfen hörte. Nach der Erfahrung der letzten Nacht warf er lieber erst einen vorsichtigen Blick durch das Wohnzimmerfenster. Es war niemand zu sehen, aber ein weißes Auto mit dem Logo einer der Lokalzeitungen parkte genau vor seinem Haus.

Innerhalb von zwei Sekunden hatte Olsson sich entschieden und schlich so leise wie möglich in die Diele, um seine Öljacke und die dicken Winterschuhe zu holen. Er hörte, dass die Person noch dort draußen stand, als er in den Hof hinausging und in den Saab stieg.

Es war eine junge Frau mit langen blonden Haaren, die auf der Treppe stand. Sie warf ihm einen verdutzten Blick zu, als er aus der Ausfahrt kam und in die Storgatan einbog. Im Rückspiegel sah er, wie sie die Treppe hinunterstieg und resigniert mit beiden Händen zu wedeln begann, dann bog er links in die Östergatan ein und verschwand aus ihrem Blickfeld.

Der Wind hatte gedreht und kam nun von Norden. Er trug die Kälte des Eismeeres mit sich und spielte mit dem Lenkrad, während Olsson die Scheibenwischer einschaltete, um die ersten weißen Körner zu vertreiben. Bei den Eskimos gab es angeblich ein paar Dutzend Ausdrücke für Schnee, doch er kam bestens mit nur einem aus. Wieder schien eine Zeit mit Kälte und Schneematsch im Anmarsch zu sein, und Olsson konnte nicht umhin, schwermütig darüber zu seufzen, auf dem falschen Breitengrad geboren worden zu sein.

Die Flucht war jedenfalls geglückt. Olsson hielt sich mit dem

Gas zurück, obwohl die Straße vor ihm vollkommen frei war. Aber der unberechenbare südschwedische Winter mit seinen raschen Temperaturstürzen konnte einen jederzeit mit Glatteis überraschen.

Noch war es nicht passiert, als er vor der Post in Vejbystrand hielt. Er hastete das vertraute Treppenhaus hinauf und klingelte an Cecilias Tür. Schon beim ersten Klingelton spürte er, dass sie auch dort nicht war. Er versuchte es noch zweimal, aber aus ihrer winzigen Wohnung drang kein Lebenszeichen. Auf dem Weg zurück zu seinem Wagen überlegte er, was ihn am meisten bekümmerte: dass sie nicht zu Hause war oder dass er keinen Platz gefunden hatte, um sich vor den zudringlichen Reportern zu verstecken. Er kam zu keinem eindeutigen Ergebnis, aber als er an der Kirche von Barkåkra vorbeifuhr, hatte er eine Idee. Er trat heftig auf die Bremse, ohne sich darum zu kümmern, ob es nun glatt war oder nicht.

Eva Ström sah ihn erstaunt an, als sie die Tür öffnete. Olsson verlor sofort den Mut und wusste nicht, was er sagen sollte. Irgendwie kam es ihm plötzlich doch etwas seltsam vor, sie einfach nur darum zu bitten, ein paar Stunden in ihrem Gesprächszimmer verbringen zu dürfen, um der Presse zu entkommen.

«Ich wollte nur mal fragen, wie es so geht», sagte er verlegen. «Also, wegen gestern …»

Sie musste seine Befangenheit bemerkt haben, deutete sie aber offenbar als eine Folge ihres irritierten Blickes. «Entschuldigen Sie, ich dachte, es sei Andreas Ljung, als Sie klingelten. Haben Sie ihn nicht getroffen?»

Olsson schüttelte den Kopf. Wenn er es recht bedachte, hatte er allerdings tatsächlich einen weißen Skoda gesehen, der vor ihm ausgeschert war, als er gerade wenden wollte, um zum Pfarrhaus zurückzufahren. Olsson schoss die irrationale Frage durch den Kopf, warum eigentlich alle Pastoren weiße Autos fuhren, aber er konnte sich gerade noch beherrschen, sie auch laut zu stellen.

Neben Eva Ströms Bluterguss erschien eine besorgte Falte auf der Stirn. Olsson wusste nicht, ob er sich nach dem Grund erkundigen sollte oder nicht, aber bevor er sich entschieden hatte, fuhr sie fort:

«Er hat sich so seltsam benommen, als ich ihm erzählte, was gestern Abend passiert ist. Vielleicht hätte ich nichts erzählen sollen, aber die Polizei hat ja nichts von einer Schweigepflicht gesagt …» Sie unterbrach sich, als ob ihr plötzlich bewusst wurde, dass er ja noch draußen auf der Treppe in der Kälte stand. «Wollen Sie nicht hereinkommen?», fragte sie hastig und hielt ihm die Tür auf.

Olsson kam ihrer Aufforderung gerne nach.

«Inwiefern seltsam?», fragte er, als sie die Tür hinter ihnen schloss.

Sie blieb in der Diele stehen. Ihre Stimme klang betreten oder eher irritiert. «Als ich von dem Seil sprach und von dieser sonderbaren Kapuze, wurde er ganz blass. Ich dachte, er würde in Ohnmacht fallen. Dann rannte er einfach ohne ein Wort davon.»

Auch Olsson kam die Sache seltsam vor, aber er sagte nichts von seinem Verdacht. Schließlich wusste er ja nicht wirklich, ob Andreas Ljung jemanden schützte, der mit den Morden etwas zu tun hatte.

Eva Ström bot ihm denselben Sessel an wie bei seinem letzten Besuch. Dann verließ sie den Raum mit einer Entschuldigung und kam mit Kaffeetassen in den Händen wieder.

Olsson nahm die Gelegenheit, den Reportern zu entkommen, dankbar wahr. Aber als sie schon fast eine Dreiviertelstunde zusammengesessen und sich über alles und nichts unterhalten hatten, begann sie nach der Uhr zu schielen.

«Ich habe gleich noch ein Privatgespräch.»

Sie erhob sich, und Olsson tat es ihr hastig nach. Er hatte ihre Gastfreundschaft lange genug strapaziert und schämte sich ein wenig, ihr nicht den wahren Grund seines Besuches erklärt zu haben.

Der Kaffee war stärker gewesen, als er ihn sonst trank, und Olsson verspürte einen leichten Anflug von Herzklopfen. Oder lag es etwa nur an seiner schlechten Kondition und dem noch schlechteren Schlaf der letzten Nacht? Auf jeden Fall schaffte er es, seine Öljacke anzuziehen und zum Saab hinüberzulaufen, ohne einen Herzinfarkt zu kriegen. Immerhin.

Er fuhr die gewöhnliche Strecke zurück nach Ängelholm. Die Straßen waren genauso wenig glatt wie vorher, und der feine Pulverschnee war verschwunden. Olsson fuhr trotzdem vorschriftsmäßig, am Fliegerhorst vorbei und auf die Neunzig, er hatte keine große Lust, der Horde von Reportern ins Netz zu gehen, und suchte fieberhaft nach einem Vorwand, nicht zurückfahren zu müssen.

An der Statoil-Tankstelle fiel ihm etwas ein. Auf der Heckscheibe des Wagens vor ihm prangte ein Munka-Ljungby-Aufkleber. Als er den Ortsnamen las, fiel ihm ein, dass er eigentlich noch mit einem weiteren Pastor sprechen konnte. Auf jeden Fall lieber als mit einer Meute Kriminalreporter.

Er setzte schnell den linken Blinker und zog über zwei Spuren hinüber in die Ausfahrt Klippanvägen, jene schnurgerade Straße, die früher einmal der Damm einer Regionalbahn gewesen war. Nur die vielen Kreisel, die Ängelholm unbegreiflicherweise umgaben wie eine Art Festung, durchbrachen diese gerade Linie. Bis er endlich aus der Stadt heraus war, musste er dreimal im Kreis herumkurven, und dann ein viertes Mal, bevor er Munka Ljungby erreichte.

Das Pastorat lag am Ortsausgang in einer gediegenen Villa hinter der Kirche. Aber Andreas Ljung war nicht da. Das Mädchen hinter dem Schreibtisch sah von ihrem Computer auf.

«Wahrscheinlich ist er oben in Tåssjö und joggt.»

Eine ältere Dame, die gerade aus dem Nebenraum hereinkam, hatte Olssons Frage wohl gehört, denn sie fügte hinzu: «Er joggt jeden Tag, manchmal auch zweimal.»

Die Erklärung schien das Mädchen am Computer zu amüsieren, sie konnte sich fast nicht beherrschen, laut loszulachen.

«Wir glauben ja, dass er für den Marathonlauf über die Öresundbrücke trainiert.»

Olsson bedankte sich für die Auskunft und ging zurück zu seinem Saab. Er konnte ihre Witzeleien verstehen, denn der lange Pastor hatte in seinen nagelneuen Joggingsachen irgendwie linkisch und gezwungen gewirkt.

Jedenfalls machte es Olsson überhaupt nichts aus, ein zweites Mal nach Tåssjö rauszufahren, je länger er unterwegs sein würde, desto besser. Er nahm die kaum befahrene Straße nach Örkelljunga; nach der Abfahrt Richtung Rössjöholm ging er vom Gas. Die abschüssige, verschlungene Straße hinunter zu den Seen glitzerte frostverdächtig, und er hatte schließlich nicht vor, für immer und ewig fortzubleiben.

Der weiße Skoda stand wie erwartet an derselben Stelle, und Andreas Ljung war nicht da, genau wie bei Olssons letztem Besuch. Der einzige Unterschied war die Kälte. Während der Dreiviertelstunde, die er im Pfarrhaus von Barkåkra zugebracht hatte, schien das Thermometer weiter gefallen zu sein. Er hatte rasch entschieden, diesmal im Wagen zu warten.

In die eine Richtung blickte er auf einen der beiden Waldseen und in die andere zu den länglichen roten Holzgebäuden hinüber. Olsson war sich nicht sicher, wozu sie wohl dienten. Sie wirkten wie eine Art Landschulheim, das verlassen und verriegelt dalag. Wahrscheinlich waren sie den Winter über geschlossen. Auf den Dachpfannen funkelte der Frost, und die Sprossenfenster waren mit matten Eiskristallen überwuchert, die komplizierte geometrische Muster bildeten.

Das hieß, bei einem der Gebäude nicht. Das Haus zu seiner Linken hatte kein frostbedecktes Dach, und die kleinen Fensterscheiben glänzten schwarz und leer, als seien sie eben erst geputzt worden. Olsson betrachtete sie eine Weile. Dann stieg er aus dem Wagen.

Mit dem roten Gebäude stimmte irgendetwas nicht. Er blieb eine ganze Weile mitten auf der Straße stehen, bis ihm schließlich klar wurde, was seine Aufmerksamkeit erregt hatte. Die beiden anderen Häuser waren offensichtlich Wohngebäude, das dritte aber wirkte eher wie ein Lagerhaus. Und trotzdem schien ausgerechnet dieses beheizt zu sein und nicht die anderen.

Neugierig ging er näher heran. Auf der Längsseite gab es zwei Türen. An der einen glänzte ein großes, blankes Hängeschloss, doch die andere hatte eine ganz gewöhnliche Klinke. Olsson zögerte einen Moment, dann ging er hin und drückte sie hinunter. Die Klinke schien gut geölt zu sein, denn sie ließ sich ohne den geringsten Widerstand bewegen, und auch die Tür öffnete sich leise und mit geschmeidigen Scharnieren. Olsson sah sich betreten um. Weit und breit war kein Mensch zu sehen, nur der weiße Skoda stand verlassen da. Neugierig spähte er in die Dunkelheit; es schien tatsächlich eine Art Lager zu sein.

Als seine Augen sich an die Finsternis gewöhnt hatten, sah er, dass es ein alter Stall war, in dem sich diverses Gerümpel befand. Neben zwei Holzkisten waren die Umrisse einer Schubkarre zu erkennen. Auf dem Boden lag eine Rolle Stacheldraht, und an der Tür zu einem Verschlag lehnten einige Gartengeräte. Olsson stand in einem offenen Gang, der an den Boxen vorbeiführte und von dem auch die Tür zu dem Verschlag abging. Zu seiner rechten Seite fiel ein blasser Lichtstrahl über eine steile Treppe nach unten. Offenbar gab es noch eine weitere Etage.

Olsson blieb einen Moment reglos stehen. Dann siegte seine Neugierde, und er betrat den Stall und lief eilig zur Treppe hinüber. Er versuchte einen Blick ins Obergeschoss hinaufzuwerfen, aber eine hohe Brüstung hinderte ihn daran, lediglich ein Stück vom Dachstuhl war zu sehen. Vorsichtig stieg er ein paar Stufen hinauf. Dann noch ein paar, und als er den Kopf schließlich über das Geländer hob, nahm er einen süßlichen Geruch wahr, der ihm merkwürdig bekannt vorkam.

Ihm fiel nicht sofort ein, was es war. Dann merkte er, dass es sich um ein gewöhnliches Desinfektionsmittel handelte, wie man es in Krankenhäusern verwendete. Das Dachgeschoss schien sich über die ganze Länge des Gebäudes zu erstrecken und hatte keine Innenverkleidung, was wohl die Erklärung dafür war, dass die Außenseite des Daches nicht von Frost bedeckt gewesen war. In dem alten Stall war es warm, zwanzig Grad oder mehr, aber so weit er sehen konnte, war der Raum dort oben leer.

Olsson umrundete das Geländer und betrat den Boden. Am

anderen Endes des Raumes türmten sich offenbar zwei hohe Stapel, aber in dem schwachen Licht, das durch die kleinen Fenster hereinfiel, konnte er nicht erkennen, woraus sie bestanden.

Aber für Bedenken war es ohnehin zu spät. Olsson lief den langen Dachboden entlang, um sich die Sache genauer anzusehen. Zu seinem Erstaunen stellte er fest, dass es ein ganzer Vorrat nagelneuer Schaumgummimatratzen war, er zählte zwölf Stück pro Stapel. Olsson sah sich noch einmal um, doch ansonsten gab es in dem Raum nichts weiter zu entdecken.

Verwirrt ging er zurück zur Treppe. Warum sollte jemand nur wegen ein paar Dutzend Matratzen ein ganzes Haus beheizen? Das Gerümpel im Erdgeschoss hatte im Großen und Ganzen aus Werkzeug und anderen Gegenständen bestanden, die ja wohl nicht warm gehalten werden mussten. Und dass hier im Lagerhaus jemand wohnte, konnte eigentlich auch nicht sein. Dazu wären die anderen beiden Gebäude geeigneter gewesen. Doch dann kam ihm ein Verdacht.

Olsson wollte die Treppe wieder hinuntersteigen, aber sie war so steil, dass er sich umdrehen und rückwärts hinabklettern musste wie auf einer Leiter.

Er musste sich darauf konzentrieren, seine Füße auf den schmalen Stufen richtig zu setzen, aber als sie endlich den Stallboden berührten, hatte er plötzlich das Gefühl, nicht mehr allein im Raum zu sein.

Er fuhr herum, um einen Blick zum Eingang zu werfen, aber mitten in der Bewegung erstarrte er. In der Tür stand Andreas Ljung in seinem grünen Jogginganzug und sah ihn an.

KAPITEL 22

Olsson merkte sofort, dass mit dem langen Pastor irgendetwas nicht stimmte. Er stand im Gegenlicht, weshalb sein Gesicht nicht zu erkennen war, doch seine Körpersprache war nur allzu deutlich. Er stand gebeugt und zusammengesunken da, und die Arme hingen schlaff zu beiden Seiten herab wie bei einer Puppe.

Keiner von beiden sprach ein Wort. Olsson ließ etwa eine halbe Minute verstreichen, dann begann er auf die Tür zuzugehen. Andreas Ljung rührte sich nicht. Einen Moment lang befürchtete Olsson, dass der Pastor ihn vielleicht nicht durchlassen würde. Er ging noch näher heran. Andreas Ljung regte sich noch immer nicht. Erst als Olsson ihn praktisch beiseite schob, machte er einen Schritt und trat hinaus ins Freie.

Der knallgrüne Jogginganzug wirkte noch genauso unbenutzt wie beim letzten Mal, und die Laufschuhe schienen auch keine größeren Strecken zurückgelegt zu haben. Olsson musterte den Hünen; der apathische Eindruck verstärkte sich noch, als er ihm in die matten Augen sah. Aber er hatte bereits verstanden.

«Sie joggen gar nicht, stimmt's?»

Andreas Ljung erwiderte seinen Blick resigniert. Seine Stimme war kaum zu hören. «Nein.»

«Es ist nur ein Vorwand, um hierher zu kommen?»

«Ja.»

Sein Wortschatz schien nur aus einsilbigen Wörtern zu bestehen. Olsson kam die ganze Situation plötzlich unwirklich vor. Der verkleidete Pastor und er selbst in einer Art Kreuzverhör vor einer idyllisch gelegenen Kirche, das alles war bizarr genug, um ein Traum zu sein. Er musste sich fast zwingen, den Verdacht anzusprechen, den er gehabt hatte:

«Verstecken Sie hier Menschen? Was machen Sie mit ihnen? Sie und Ihre Helfer, meine ich. Denn Sie machen diese Sache hier doch sicher nicht allein?»

Obwohl es zwei Fragen auf einmal waren, antwortete Andreas Ljung, ohne zu protestieren. Zumindest auf die eine.

«Ich bin in dieser Hilfsorganisation nur einer von vielen.»

Es war der längste Satz, den er bis jetzt zustande gebracht hatte, und die Anstrengung war ihm anzusehen. Aber Olsson gab sich noch nicht zufrieden.

«Wo haben Sie die Leute hingebracht?»

Andreas Ljung schüttelte den Kopf. Seine Kräfte schienen zurückzukehren. «Das hier ist keine Unterkunft, sondern eine Krankenstation.»

Olsson nickte. Er wusste aus der Zeitung, dass man in Schweden an die dreitausend Flüchtlinge versteckte, die meisten wurden von verschiedenen religiösen Verbänden betreut. In einem anderen Artikel hatte er gelesen, dass einige Ärzte illegale Anlaufstellen für diejenigen gegründet hatten, die Hilfe brauchten.

Andreas Ljung schien seine Gedanken zu erraten. Zumindest ging er offensichtlich davon aus, dass Olsson wusste, worum es ging.

«Sie werden krank wie alle anderen auch. Und viele von ihnen brauchen psychologischen Beistand.»

Olsson fiel wieder ein, warum er hergekommen war. Nicht

nur, um den Kriminalreportern zu entkommen, sondern auch, weil er eine Frage beantwortet haben wollte.

«Ist das der Grund, warum Sie dieses Mittel gegen Schizophrenie dabeihatten?»

Andreas Ljung antwortete nicht. Anscheinend war sein Wortschatz erschöpft, oder er wollte einfach nicht.

«Oder waren die Tabletten für Greger Mattiasen?»

Die Miene des Pastors verriet sofort, wie sehr ihn diese Frage traf. Er schien so verblüfft zu sein, dass die Apathie einen Augenblick von ihm wich.

«Greger Mattiasen?» Er schüttelte heftig den Kopf. «Er weiß von diesen Dingen hier überhaupt nichts.»

Trotz aller Bestimmtheit klang seine Stimme eine Spur ängstlich. Olsson begriff plötzlich, dass Andreas Ljung Angst vor dem Ängelholmer Pastor hatte oder zumindest befürchtete, dass dieser etwas von der Flüchtlingshilfe erfuhr.

«Hat er etwas dagegen?», fragte er ohne Umschweife.

Andreas Ljung sah ihn ein paar Sekunden lang seltsam an, vielleicht wägte er ab, was er sagen wollte. Dann murmelte er: «Er hat eine Heidenangst vor allem, was der Kirche schaden könnte.»

Olsson wurde den Eindruck nicht los, dass Andreas Ljung selbst ziemlich ängstlich wirkte, er konnte sich nur nicht erklären, warum. Befürchtete der Pastor etwa, von ihm verraten zu werden?

«Ich habe nicht vor, irgendjemandem davon zu erzählen», sagte Olsson.

Andreas Ljung nickte, dennoch wirkte er nicht sonderlich erleichtert. Er begann Olsson langsam Leid zu tun. Um zu unterstreichen, dass er es ernst meinte, fügte er hinzu:

«Ich bin eigentlich hergekommen, um mit Ihnen über die

Morde zu reden. Ich dachte, Sie wüssten vielleicht etwas darüber.»

Er hätte ihm ebenso gut einen Schlag in die Magengrube versetzen können. Der große Pastor wurde weiß im Gesicht, und seine Augen sahen Olsson fast flehend an.

«Ich kann nichts sagen», erwiderte er leise.

Es klang wie eine Erklärung und eine inständige Bitte zugleich, und Olsson wusste nicht, was er tun sollte. Immerhin ging es hier um jemanden, der zwei Menschen umgebracht hatte.

«Ich weiß, dass Sie jemanden schützen. Sind Sie sicher, dass es nicht Greger Mattiasen ist?»

Andreas Ljung blinzelte ihn an. «Warum sollte ich?»

Olsson zögerte einen Moment. Dann gab er sich einen Ruck. «Ich habe ihn nachts auf dem Friedhof gesehen», erklärte er. «Er betreibt dort eine Art schwarze Magie mit halb abgebrannten Kerzen …»

Olsson kam nicht bis zum Endes seines Satzes. Andreas Ljung schüttelte wieder den Kopf.

«Nein, nein, er ist es nicht …»

Olsson sah ihn erstaunt an. «Wissen Sie denn, wer es ist?»

Der Pastor starrte auf den Boden. Wieder hatte Olsson Mühe, ihn überhaupt zu verstehen.

«Ich war es.»

Olsson glaubte sich verhört zu haben. War es Andreas Ljung, der nachts in den Kirchen seiner Kollegen herumspukte?

Denn er konnte doch wohl nicht meinen, dass er es gewesen war, der Lars Wallén und Jakob Alm umgebracht hatte?

«Wie bitte?»

Andras Ljung hob den Kopf und blickte Olsson fest in die Augen. «Ich war es, der diese ganzen Sachen dort platziert

252

hat. Aber ich wollte auf keinen Fall, dass dadurch irgendjemand zu Schaden kommt. Ich hätte nie gedacht, dass ...»

Er schwieg und schüttelte den Kopf. Olsson verstand, dass er Eva Ström meinte. Er erinnerte sich noch gut, wie bestürzt der Pastor gewesen war, als sie bewusstlos im Mittelgang der Kirche gelegen hatte, und an sein eindringliches Zureden, doch einen Arzt aufzusuchen.

«Sie waren es, der das Kruzifix verkehrt herum aufgehängt hat?»

Der Pastor nickte.

Olsson dachte an die dünne Kette, die vom Deckenbogen herabgehangen hatte. Er war so verwirrt, dass er ohne nachzudenken fragte: «Wie sind Sie denn da raufgekommen?»

Andreas Ljung schien gar nicht zu merken, wie belanglos die Frage war. Er sah zu Boden und antwortete leise: «In der Vorhalle stand eine Trittleiter.»

Olsson schwieg. Er brauchte erst einmal Zeit, um das Gehörte zu verdauen. Und er war sich auch nicht sicher, ob er den Sinn dessen, was Andreas Ljung gesagt hatte, ganz begriffen hatte. Vor allen Dingen war ihm nicht klar, warum der Pastor all das erzählte und worin der Zweck dieser Kindereien bestand.

Doch er brauchte gar nicht erst nachzufragen. Andreas Ljung hob wieder den Kopf, offenbar war es ihm plötzlich ein Bedürfnis, sich zu erklären.

«Das alles sollte doch nur die Aufmerksamkeit von unserer Aktion ablenken. Es ließ sich schließlich nicht vermeiden, dass ab und an auch mal ein Laut zu hören war. Wir haben immer nur nachts gearbeitet und diesen abgelegenen Ort hier gewählt, aber man kann ja nie wissen, ob nicht zufällig mal jemand vorbeikommt ...»

Wieder unterbrach er sich, als hätte ihn ein Gefühl über-
mannt, das ihn am Weitersprechen hinderte. Aber Olsson
hatte verstanden, was er meinte. Er erinnerte sich daran, dass
einer von Arne Bergmans Zeugen etwas über Spuk in den
Kirchen der Umgebung berichtet hatte.

«Alles Tarnung, genau wie der Jogginganzug?»

Andreas Ljung nickte wieder. «Wir wollten ein Gerücht in
Umlauf bringen …»

Er brauchte gar nicht mehr zu sagen. Auf Olsson hatte dieser
Satanskult schon die ganze Zeit ein wenig zu konstruiert gewirkt. Nun wurde ihm klar, dass es volle Absicht gewesen war,
die Leute glauben zu lassen, dass es sich in den anderen Kirchen um ganz gewöhnliche Dummejungenstreiche handelte.
Dann würde auch in Tåssjö niemand reagieren, falls dort die
eine oder andere Merkwürdigkeit bekannt werden sollte.

«Aber dann kam Greger Mattiasen?»

Andreas Ljung sah Olsson verständnislos an, als ob er die Frage nicht begriff. Wenn man es überhaupt eine Frage nennen
konnte. Olsson wusste selber nicht so richtig, was er gemeint
hatte. Sicherheitshalber formulierte er es noch einmal anders:
«Hat er die Spuren beseitigt, die Sie ausgelegt hatten?»

In die matten Augen des Pastors kam ein wenig Leben. «Er
hatte Angst, dass der Kirchenrat irgendetwas finden würde,
das bemängelt werden könnte. Inzwischen kann er uns ja
auch entlassen …»

Olsson merkte, dass der große Pastor in seinem Jogginganzug zu frösteln begann. Es war mit Sicherheit kalt, aber Olsson hatte den Eindruck, dass es nicht nur die Kälte war, die
Andreas Ljung zu schaffen machte.

«Ist das auch ein Grund dafür, dass Sie zu den Morden
schweigen?»

Das war ein Schlag unter die Gürtellinie, und Olsson wusste es. Aber ganz gleich, wen oder was Andreas Ljung nun schützte, es ging hier eben nicht um Dummejungenstreiche oder Flüchtlinge, sondern um Mord.

Er bekam keine Antwort. Vielleicht war es seine Intuition, die ihm riet, einfach nicht lockerzulassen.

«Die Polizei wird den Mörder früher oder später sowieso fassen.»

Andreas Ljung antwortete immer noch nicht. Olsson merkte, wie er sich auf die Lippen biss, als befürchtete er, dass sie von selbst zu reden beginnen könnten.

«Er hat schon zwei getötet; man muss ihn fassen, bevor es noch mehr werden ...»

«Das ist unmöglich ...»

Andreas Ljungs Blick wanderte unruhig hin und her, und er rang nervös die Hände. Olsson erkannte die Geste wieder, er hatte sie auf Bernhards Beerdigung zum ersten Mal beobachtet. Ein verrückter Gedanke schoss ihm plötzlich durch den Kopf.

«Wussten Sie, dass zwei Leichen in dem Sarg lagen?»

Der Pastor sah aus wie ein Gespenst. Das letzte bisschen Farbe, das er noch hatte, wich aus seinem Gesicht.

Olsson hatte das sichere Gefühl, dass Andreas Ljung gleich in Ohnmacht fallen würde, und trat einen Schritt vor. Aber der Pastor hob abwehrend eine Hand. Sein Mund bewegte sich einen Sekundenbruchteil früher, als ein Ton zu hören war, wie in einem schlecht synchronisierten Film. Dann sagte er laut und deutlich:

«Ich wusste es.»

Olsson wusste nicht, was er glauben sollte. Träumte er das alles nur? Oder hatte der Pastor gerade einen Mord gestanden?

Der Wind zerrte an den grünen Hosenbeinen des Jogginganzugs, und Andreas Ljung zitterte wieder. Nur seine Stimme hatte plötzlich an Festigkeit gewonnen. «Es ging alles so schnell, dass ich keine große Zeit zum Nachdenken hatte.»

Olsson war verstummt. Er konnte sich den Pastor unmöglich als Doppelmörder vorstellen. Erst nachdem er sich geräuspert hatte, gelang es ihm zu fragen:

«Was ging so schnell?»

Der Pastor schien die Frage nicht zu hören. Oder aber sein nächster Satz war tatsächlich als Antwort gemeint. «Ich habe ihn gefunden.»

Mehr sagte er nicht. Sein Blick verschwand in der Ferne oder war vielleicht auch nach innen gerichtet, auf etwas, das Olsson nicht sehen konnte. Wie auch immer, seine Aussage war jedenfalls unverständlich.

«Es ging schnell, ihn zu finden?»

Andreas Ljung kam wieder zu sich. Er wirkte erstaunt, möglicherweise darüber, dass er sich tatsächlich sagen hörte, was er sagte: «Ich wusste ja, was passiert war. Und wir hatten zu wenig Zeit. Wir haben einen furchtbaren Fehler gemacht, das wurde mir dann auch klar, aber da war es zu spät.» Er schüttelte den Kopf und fügte hinzu: «Es stand einfach zu viel auf dem Spiel.»

Seine unzusammenhängenden Sätze ergaben noch immer keinen Sinn. Olsson verstand lediglich, dass wohl mehrere Personen beteiligt gewesen waren. Er sah Andreas Ljung in die Augen und sagte langsam: «Was haben Sie und die anderen getan?»

Der Pastor schien sich zusammenzureißen. Zumindest klang er nun verständlicher. «Wir haben die Leiche versteckt.»

Olsson erwiderte nichts, sondern wartete darauf, dass er weitersprach. Und Andreas Ljung begriff offenbar, dass er schon so viel gesagt hatte, dass es kein Zurück mehr gab.

«Wir hatten dreißig Flüchtlinge hier. Alle direkt vom Tod bedroht. Zuerst Folter und dann Hinrichtung; Amnesty hat jeden einzelnen Fall bestätigt. Es waren Kinder und Frauen darunter. Die Polizei hätte sie gefunden, also mussten wir eine Entscheidung treffen. Zumindest glaubten wir das.»

«Dreißig Leben gegen eines?»

Andreas Ljung nickte. «Zu diesem Zeitpunkt erschien uns das richtig. Aber es ging alles viel zu schnell ...»

Er murmelte etwas vor sich hin, das Olsson nicht verstehen konnte.

«Wie bitte?»

Der Pastor blickte zur Seite und wiederholte tonlos: «Man hat mich überredet ...»

Er sprach mit Sicherheit die Wahrheit. Olsson hatte die ganze Zeit das Gefühl gehabt, dass an Ljungs Behauptung, jemanden ermordet oder eine Leiche versteckt zu haben, irgendetwas nicht so richtig stimmen konnte. Eine Person zu schützen war ihm dagegen durchaus zuzutrauen.

«Aber warum haben Sie die Leiche denn so verkleidet? Damit man glauben sollte, dass sie etwas mit den anderen Merkwürdigkeiten zu tun hatte?»

Andreas Ljung blickte ihn irritiert an. «Nein, daran habe ich nie gedacht.»

Olsson sah ein, dass ihm ein Denkfehler unterlaufen war; natürlich war gar nicht beabsichtigt gewesen, dass Lars Walléns Leiche wieder auftauchte. Und das wäre sie ohne das Missgeschick des Sargträgers vermutlich auch nie.

«Ich hatte am nächsten Tag eine Beerdigung, und da kam uns

die Idee, dass es das Beste wäre, ihn zusammen mit dem anderen zu begraben ...»

Andreas Ljung unterbrach sich wieder. Es fiel ihm ganz offensichtlich schwer, die konkreten Einzelheiten preiszugeben, aber zugleich schien ihn irgendetwas dazu anzutreiben, weiterzureden. Er atmete tief ein, bevor er sagte: «Wir mussten ihn auf eine Bank setzen, während wir den Sarg öffneten. Die Kapuze haben wir ihm nur übergezogen, damit niemand sah, dass er tot war.»

«Und das Seil?»

«Das legten wir ihm um, als er schon im Sarg lag ... falls irgendetwas schief ging, sollte es so aussehen, als hätte er sich erhängt.»

Es war deutlich zu merken, wie sehr sich der Pastor quälte, und Olsson konnte nicht umhin, wieder Mitleid für ihn zu empfinden; wahrscheinlich war es genau so gewesen, wie er sagte. Dass man ihn überredet hatte, die Leiche verschwinden zu lassen. Aber er musste doch begreifen, dass es nicht anging, einen Mörder zu schützen.

«Sie müssen mir sagen, wer dieser andere ist.»

Andreas Ljung schüttelte einfach nur den Kopf. Vielleicht war es das letzte Fünkchen Widerstand, das er noch aufbringen konnte. Oder ging es ihm vielleicht um sein Schweigegelübde?

«Ich bin bereit, für meinen Teil die Konsequenzen zu tragen ...»

Olsson wusste nicht, was er noch tun sollte, um ihn zur Vernunft zu bringen. Außer es einfach noch einmal zu versuchen.

«Wir reden hier von einem Mörder.»

Wieder schüttelte der Pastor den Kopf. «Sie haben mich missverstanden ... Die Person, die mir geholfen hat, hat nieman-

den umgebracht. Wir haben die Leiche nur zusammen versteckt.»

Endlich begriff Olsson den Zusammenhang; das erklärte natürlich, warum Andreas Ljung sich so wehrte. Aber es war
mit Sicherheit noch nicht die ganze Wahrheit.

«Sie wissen aber, wer der Mörder ist.»

Der Pastor antwortete nicht.

«Er hat zweimal getötet!»

Ein Augenlid des Pastors begann zu zucken. Er atmete tief
ein, dann sagte er: «Unmöglich, das habe ich nachkontrol-
liert.»

Auf der Straße zwischen den roten Langhäusern tauchte
plötzlich ein alter Volvo auf. Der Fahrer starrte eine ganze
Weile zu ihnen herüber, während er vorbeifuhr; vielleicht erkannte er den hünenhaften Pastor wieder. Irgendwie schien
sein Erscheinen Andreas Ljung aus seiner Apathie zu holen.
Er folgte dem Wagen mit seinen Augen, bis er um die Kurve
bog und Richtung Örkelljunga verschwand. Dann sagte er:
«Glauben Sie mir nicht?»

Olsson zuckte mit den Achseln. Gab es denn überhaupt etwas zu glauben? Jedenfalls hatte Andreas Ljung noch nicht
erklärt, was er damit meinte.

Vielleicht merkte der Pastor das auch. Er zögerte ein paar Sekunden, dann schien er sich einen Ruck zu geben. Es klang
irgendwie resigniert, als er sagte: «Kommen Sie mit, dann
zeige ich Ihnen etwas.»

Er wartete keine Antwort ab, sondern machte kehrt und
schritt auf die Kirche zu, und Olsson folgte ihm irritiert.

Andreas Ljung lief mit hochgezogenen Schultern und ge-
beugtem Rücken durch den schneidenden Wind, ohne sein
Tempo zu verlangsamen. Erst als er am Kirchentor angelangt

war, drehte er sich um und sah nach, ob Olsson immer noch hinter ihm war. Dann fischte er einen Schlüssel aus dem grünen Jogginganzug. Er rasselte in dem alten Schloss, und dann öffnete sich das schwere Portal, ebenso gut geölt wie die Tür des Lagerhauses.

In der Kirche war es wärmer, als Olsson angenommen hatte. Der Pastor ging ein paar Schritte in die Vorhalle hinein, dann deutete er auf eine Wendeltreppe, die rechts nach oben führte.

«Es ist dort oben.»

Olsson sollte offenbar vorangehen. Für einen Moment überkam ihn wieder dieses unsichere Gefühl, das er schon bei Steve Nyman gehabt hatte, doch er schob es beiseite. Es erschien ihm nicht gerade sehr wahrscheinlich, dass der Pastor vorhatte, ihn ausgerechnet in der Kirche anzugreifen.

Die Treppe führte zur Orgelempore hinauf. Olsson sah sich um, konnte aber nichts weiter entdecken als einen zusätzlichen Stuhl mit einem liegen gebliebenen Gesangbuch darauf. Andreas Ljung, der direkt hinter ihm ging, trat ebenfalls auf die Empore hinaus, lief aber an ihm vorbei und steckte den Schlüssel in eine weitere Tür. Er hielt sie auf und ließ Olsson den Vortritt, genau wie unten in der Vorhalle.

«Hier hinein.»

Es klang atemlos, obwohl er nur zwei Worte gesprochen hatte. Olsson schoss durch den Kopf, dass Andreas Ljung seinen Jogginganzug lieber zu dem Zweck benutzen sollte, für den er eigentlich gedacht war. Aber Ironie half ihm hier auch nicht weiter; ein Gefühl von Unbehagen beschlich ihn, als er die Dunkelheit hinter der Tür sah. Eine gerade, neue Treppe führte durch eine Öffnung in der Decke nach oben. Dort waren eine Aufhängevorrichtung zu sehen und eine gewölbte dunkle Metalloberfläche. Es dauerte eine Sekunde, bis er begriff, dass es die Kirchenglocke war, die er sah.

Andreas Ljung bemerkte sein Zögern. Er deutete mit einem Nicken auf die steile Treppe. «Sie führt in den Dachreiter hinauf.»

Es war gleichermaßen als Erklärung und Aufforderung gemeint. Olsson machte einen Schritt in die Dunkelheit hinein. Es roch nach Staub und nach etwas anderem, das er nicht identifizieren konnte. Vorsichtig stieg er einige der Treppenstufen hinauf und merkte zu seinem Entsetzen, dass der Pastor hinter ihnen die Tür abschloss. Es war eng. Er hatte keine Möglichkeit, sich umzudrehen, und als er gerade wieder rückwärts nach unten wollte, stellte er mit einem Blick über seine Schulter fest, dass Andreas Ljung ihm bereits gefolgt war und die schmale Treppe hinaufstieg.

Es gab keinen anderen Weg als den nach oben. Olsson wollte so schnell wie möglich zurück, aber ihm war klar, dass er erst in den über ihnen liegenden Raum klettern und den Pastor vorbeilassen musste, ehe er wieder nach unten steigen konnte. Er zwang sich weiterzuklettern, während sein ungutes Gefühl immer stärker wurde; irgendwie erinnerte es ihn an die Finsternis auf dem Friedhof von Hjärnarp.

Oben angekommen, atmete er erleichtert aus, und das klaustrophobische Gefühl ließ nach. Aber er hatte kaum zwei Schritte getan, als er erstarrte. Dort drüben hinter der großen Glocke bewegte sich etwas in der Dunkelheit, und Olsson begriff, dass sie hier oben nicht allein waren.

Er drehte sich um. Andreas Ljung kam aus der Öffnung hinter ihm geklettert, und Olsson wollte gerade Anstalten machen, sofort wieder umzukehren, als der Pastor ihn mit einer Geste aufforderte, an der Glocke vorbeizugehen.

Olsson gehorchte automatisch. Irgendetwas an Andreas Ljungs Art duldete keinen Widerspruch, oder lag es nur an seiner Körpergröße, die in diesem winzigen Raum einfach Respekt einflößend wirkte?

Sie umrundeten die gewölbte Glocke. Olsson blieb wie angewurzelt stehen und starrte verblüfft in die eine Ecke des Turmes. Dort saß auf einer Matratze vor der Wand ein dunkelhäutiger Junge von vielleicht siebzehn Jahren. Er schaukelte mit dem Oberkörper vor und zurück und hielt einen Gegenstand in den Händen, mit dem er sich über die Wange strich. Er gab keinen Laut von sich und schien nicht einmal bemerkt zu haben, dass sie da waren.

Olsson war sprachlos. Als er etwas näher trat, sah er zwischen den Füßen des Jungen etwas aufblitzen und stellte zu seiner Bestürzung fest, dass es eine Kette mit einem dicken Hängeschloss war.

Er fuhr herum, aber der Pastor schüttelte nur den Kopf.

«Das hier ist Siyad», sagte er mit leiser Stimme. «Für ihn waren die Tabletten.»

Olsson betrachtete den Jungen wieder und erkannte, dass er fast völlig autistisch war. Er schaukelte unaufhörlich vor und zurück und blickte mit starren Augen vor sich hin. Der Gegenstand an seiner Wange hob sich weiß von seiner dunklen Haut ab. Es schien ein großer Raubtierzahn zu sein, der durchbohrt war und an einer Schnur um seinen Hals hing.

Andreas Ljung drehte eine Runde in dem kleinen quadratischen Turmzimmer und kontrollierte die Luken. Sie erinnerten an Fenster, aber Olsson war früher schon auf einem Kirchturm gewesen und wusste, dass sie zum Hauptgottesdienst geöffnet wurden, damit man das Läuten der Glocke besser hören konnte.

Nachdem der Pastor sich vergewissert hatte, dass sie ordentlich geschlossen waren, ging er wieder in die Ecke zurück, wo
der Junge saß, und schaltete eine schwache Lampe an. Der
Junge reagierte noch immer nicht. Die Art, wie er das Amulett gegen seine Wange drückte, hatte etwas Rührendes. Es
war, als würde er es trösten. Oder vielleicht umgekehrt.

Der Junge trug Jeans und ein khakifarbenes Hemd. Trotz der
Kälte draußen war der Raum fast unangenehm warm, offensichtlich stieg die Wärme aus dem Kirchenraum nach oben
und sammelte sich unter dem Dachstuhl. Olsson hockte sich
neben die Matratze und musterte den Jungen. Er hatte das
Hemd halb aufgeknöpft, sodass es sich durch das monotone
Vor- und Zurückschaukeln öffnete und schloss wie ein Blase-
balg. Etwas Seltsames war auf der dunklen Haut unter dem
Stoff zu erkennen, etwas schwach Rosafarbenes, das Olsson
nicht sofort einzuordnen wusste. Doch dann wurde ihm
plötzlich klar, dass es die Narbe einer Verbrennung war – seltsamerweise allerdings vollkommen symmetrisch, als hätte
man es mit einem Eisen eingebrannt.

Ihm fiel wieder ein, was Andreas Ljung über die Folter der
Flüchtlinge gesagt hatte, und er wandte sich nach dem Pastor
um. Doch dieser schüttelte wieder nur den Kopf.

«Nein», sagte er. «Das ist keine Foltermethode.» Seine Augen nahmen einen seltsamen Ausdruck an. Er sah Olsson eine
Weile an, dann sagte er: «Das ist das Zeichen eines Töters.»

KAPITEL 23

In dem kleinen Turm herrschte völlige Stille. Olsson erschauerte trotz der Wärme; er begann zu ahnen, worum es ging.

«Eines Töters?»

Andreas Ljung nickte. Olsson wartete auf eine Erklärung, aber es kam keine. Das Einzige, was zu hören war, war der Wind, der an den Luken des Dachreiters zerrte.

Die ganze Situation hatte etwas Unwirkliches. Andreas Ljung hatte seine Hände gefaltet und stand wie eine ikonenhafte Gestalt in dem schwachen Licht der Lampe. Der Junge wiegte seinen Oberkörper immer noch vor und zurück, ohne einen Laut von sich zu geben.

Olsson war sich plötzlich unsicher, ob er vielleicht nur träumte, und um den Bezug zur Realität wieder herzustellen, fragte er ganz sachlich: «Woher kommt er?»

Andreas Ljung betrachtete den Jungen in der Ecke; er hatte für einen Moment mit seinem Schaukeln aufgehört. Nun saß er still da und schaute sein Amulett an, als wollte er ihm etwas mitteilen. Er schien in einer völlig anderen Welt zu sein.

«Wir wissen es nicht genau. Wahrscheinlich aus Somalia.»

Olsson wusste nicht, was er sagen sollte. Er hatte nur eine vage Vorstellung davon, was das bedeutete.

Anscheinend war ihm das anzusehen, jedenfalls fügte Andreas Ljung hinzu: «Er ist kriegsgeschädigt. Er gehörte zu den Kindersoldaten.»

Olsson hatte so etwas vermutet, aber er ließ den Pastor wei-
terreden.

«Er hat auch seine klaren Zeiten, aber manchmal geht er über
die Grenze ...»

Er sagte nicht, welche Grenze er meinte, aber das war auch
nicht nötig. Olsson brauchte dem Jungen nur in die Augen
zu sehen, das reichte.

Andreas Ljung schien zu stocken; er wischte sich mit der
Hand über die Augen. Dann sagte er fast flehend: «Er glaubt
manchmal, wieder im Krieg zu sein ...»

Olsson wartete darauf, dass er weitersprach, und der Pastor
merkte es. Er gab sich einen Ruck und sagte in einem Atemzug: «Er war es, der Lars Wallén getötet hat.»

Olsson begriff es sofort. «Der Töter?»

«Ja, der Töter.»

Olsson hockte sich wieder neben die Matratze und versuchte
dem Jungen ins Gesicht zu sehen. Aber seine dunklen Augen
waren irgendwo anders.

*Sie kamen früh am Morgen. Seine Brüder waren die ganze Nacht
nicht zu Hause gewesen. Manchmal gingen sie ins Stromland
und kamen für mehrere Tage nicht heim. Die Männer, die nach
ihnen suchten, hatten aufgeregte und schrille Stimmen und trugen Gewehre in den Händen. Sie sagten, sie seien von der Gueril-
la, jabhad. Er hatte Angst vor ihnen und versteckte sich hinter
dem großen Schrank, wo der Vorrat an Konserven und Flaschen
stand.*

*Die fremden Männer schrien immer lauter. Er traute sich nicht
zu schauen, aber dann hörte er die Stimme seines Vaters und lug-
te um die Ecke. Er sah, dass sie ihn festhielten und schlugen, sodass
ihm Blut über das Gesicht lief. Nachdem sie ihn lange geschlagen*

hatten, zog einer der Männer ein blitzendes Messer und schnitt
ihm in den Hals, so wie man eine Ziege schlachtet. Er hörte, wie
seine Mutter schrie und wie die Männer lachten, als er zu Boden
sackte.

Dann kamen zwei der Männer mit seiner Mutter in das Zimmer,
wo er sich versteckt hatte. Sie hielten sie ebenfalls fest und zogen sie
aus, während sie um sich trat und die Männer anschrie. Dann
taten sie etwas mit ihr, das er nicht sehen konnte, einer nach dem
anderen. Zuerst schrie sie laut, dann wurde sie ganz still. Als der
Letzte von ihnen fertig war, nahm er sein Gewehr und schoss ihr ins
Gesicht. Wieder lachten alle.

Er dachte, dass sie ihn ebenfalls erschießen würden, und als sie
ihn entdeckten, machte er sich vor lauter Angst in die Hose. Aber
sie lachten bloß, und einer der Männer schlug vor, ihn mitzu-
nehmen.

Von dem langen Marsch wusste er nicht mehr viel. Es war immer
noch jilaal, *und die Regenzeit hatte noch nicht begonnen. Trotz-*
dem liefen sie die ganze Nacht hindurch und manchmal auch am
Tag. Er konnte sich nur daran erinnern, dass er sich nicht getraut
hatte, stehen zu bleiben, obwohl er sehr müde gewesen war und
nur zweimal am Tag etwas trinken durfte. Manchmal sahen sie
Tiere, dann schossen die Männer mit ihren qori, *aber sehr oft tra-*
fen sie nicht.

Nachdem sie fünf Nächte lang gewandert waren, kamen sie in
ein Dorf mit mehreren Hütten. Dort blieben sie. Sie ließen ihn
ausruhen und trinken, so viel er wollte. Es gab dort noch mehr
bewaffnete Männer. Sie kämpften zur Übung miteinander und
schossen mit ihren Gewehren auf verschiedene Ziele. Nach ein
paar Tagen sagten sie, er müsse auch mit dem Training
anfangen. Sie brachten ihm Dinge bei, die man im Krieg tun
soll.

Er konnte sich nicht mehr erinnern, wie lange das Training gedauert hatte, aber in dem Lager gab es noch andere Kinder, die
dasselbe taten wie er. Er freundete sich mit ihnen an, sogar mit
den Männern. Sie erzählten ihm, dass es besser war, bei ihnen
zu sein als bei seinen Brüdern, und dass seine Eltern schlechte
Menschen gewesen waren. Sie hatten zu einem anderen Klan
gehört.

Ibrahim hieß einer der Männer, die ihm zeigten, wie man mit
einem Messer sofort zustechen soll. Man darf nicht ausholen, weil
das länger dauert und der andere einem leicht den Arm festhal-
ten kann. Und man muss immer in den Oberbauch stechen, wo
das meiste Blut ist. Ibrahim zeigte ihm auch, wie man jemandem, der am Boden liegt, das Genick bricht und wie man auf den
Kehlkopf schlägt, damit er kaputtgeht.

Ein anderer Mann hieß Mahammud. Er brachte ihm bei, welche
Menschen gut und welche schlecht sind. Die Schlechten durfte
man töten, wenn man wollte.

Eines Tages nahmen sie ihn nach dem Training mit zu einem
Feuer, wo Eisenstangen in der Glut lagen. Sie sagten, dass er ein
Zeichen bekommen sollte, damit alle wüssten, dass er zu ihnen gehörte. Als sie ihn festhielten, bekam er Angst, und das Brennen
tat so weh, dass er weinen wollte, aber er wagte es nicht. Er biss sich
so fest auf die Lippen, dass es stark blutete, und dabei dachte er an
seinen Vater, der ein schlechter Mensch gewesen war, und an seine
Mutter, die sie hatten töten müssen, weil auch sie schlecht gewesen
war.

Mehrere Tage lang hatte er Schmerzen, aber dann war das Zeichen auf seiner Brust fertig. Ibrahim erklärte ihm, dass es das Zeichen des Töters war und dass er nun zu den Tötern gehörte. Sie
gaben ihm ein eigenes Gewehr. Er durfte nun mitkommen, wenn
sie ihre Aufträge erledigten.

Beim ersten Mal kamen sie in ein Dorf mit mehreren Hütten. Die Männer gingen hinein und erschossen einige der Männer aus dem Dorf, auch ein paar Frauen. Als sie fertig waren, zeigte Ibrahim ihm, was er zu tun hatte und wie man es richtig machte.

Einigen, die noch lebten, mussten die Hände abgehackt werden, und Ibrahim hielt sie fest, während er hieb. Am Anfang brauchte er mehrere Male. Ibrahim lachte ihn deswegen aus, aber mit der Zeit lernte er es. Die anderen, die verletzt am Boden lagen oder zu einem schlechten Klan gehörten, sollte er töten. Ibrahim zeigte ihm, wie man in den Nacken schießen musste, um nur einen einzigen Schuss zu verbrauchen.

Er ging bei vielen Aufträgen mit und wurde ein guter Töter. Sie mussten ihm nichts mehr zeigen, er wusste selber, was zu tun war. Wenn die Männer fertig waren, kam er und tötete diejenigen, die getötet werden mussten, und hieb denjenigen mit einer Machete die Hände ab, die nur gekennzeichnet werden sollten.

Manchmal fühlte er sich seltsam, dann passierte irgendetwas in seinem Kopf. Ibrahim sagte, es seien böse Geister, die ihm schaden wollten. Er bekam einen Zahn von einem haramcad, *der großen, schnellen Katze. Den sollte er sich an die Wange halten, um die Geister zu vertreiben. Aber manchmal hörte er, wie die Geister all derer, die er getötet hatte, sich in seinem Kopf unterhielten, und dann half auch der Zahn nicht.*

Eines Tages kamen Soldaten und schossen, sodass sie alle fliehen mussten. Er wusste nicht, wohin die anderen verschwanden. Er selbst versteckte sich und wartete die Dunkelheit ab, wie Ibrahim es ihn gelehrt hatte. Nachts wanderte er los, bis er eines Nachts einfach nicht mehr konnte. Er fiel hin, vielleicht weil er nichts zu essen und kein Wasser gehabt hatte. Und was danach passiert war, wusste er nicht mehr.

Er erwachte bei einigen Männern mit roten Gesichtern. Er wusste, dass sie Weiße genannt wurden, obwohl ihre Hautfarbe rot war. Sie gaben ihm zu essen und zu trinken, genau wie Ibrahim es getan hatte. Aber sie erzählten, dass überall Krieg sei, und wenn jemand sähe, dass er dieses Zeichen auf der Brust trug, kämen sofort Soldaten, die ihn töteten.

Sie brachten ihn auf ein Boot. Darauf fuhr er genauso viele Tage, wie er damals marschiert war, als er zu Ibrahim gekommen war. Dort, wo sie ankamen, waren überall weiße Menschen, und es war kalt. Wieder wurde ihm seltsam im Kopf, mehrere Male, und dann wusste er nicht mehr, wo er war und ob er töten sollte oder nicht.

Einmal verlor er die Leute, mit denen er unterwegs war, und fing wieder an, nachts zu wandern, aber andere Männer mit weißen Gesichtern fanden ihn. Einer von ihnen konnte seine Sprache und wollte wissen, aus welchem Land er kam, aber er konnte nicht antworten. Ibrahim hatte nie etwas davon gesagt, wie ihr Land eigentlich hieß, auch Muhammud nicht.

Es verging sehr viel Zeit. Er lernte Wörter einer fremden Sprache. Aber sein seltsames Gefühl kam immer wieder, besonders wenn er an seine Zeit als Töter dachte. Den Zahn, den Ibrahim ihn gegeben hatte, hob er gut auf, aber er half nur manchmal.

Dann musste er wieder umziehen. Die weißen Männer, die ihm zu essen gaben, erklärten, er sei ausgewiesen worden, aber er könne auch nicht in sein altes Land zurück. Sie sagten, dass er sofort getötet würde, wenn er dort ankäme.

Er kam an einen neuen Ort, wo es sehr kalt war. Nicht nur die Männer waren dort weiß, sondern auch die Erde, und manchmal fiel Schnee statt Regen. Es gab nur kurze Regenzeiten, und auch die Tage waren sehr kurz, die Nächte dagegen lang.

Sie gaben ihm kleine gelbe Tabletten, wenn die Geister in seinem

Kopf zu sprechen begannen, aber er hatte trotzdem die meiste Zeit Angst und wünschte sich, dass Ibrahim bei ihm wäre. Nur den Zahn hatte er noch, aber er half nicht, obwohl er mit ihm redete.

Eines Tages fuhr er mit dem langen Weißen zu einem Platz mit einer Kirche. Er sollte im Auto sitzen bleiben, aber nach einiger Zeit musste er pinkeln und stieg aus. Als er fertig war, traf er die anderen Männer. Sie hatten keine Haare auf dem Kopf und waren sehr weiß im Gesicht. Es sah aus, als ob sie Masken trügen.

Als sie ihn entdeckten, begannen sie mit lauten Stimmen zu rufen, und er begriff, dass sie schlecht waren. Er versuchte wegzurennen, aber auf dem Friedhof zwischen all den Grabsteinen holten sie ihn ein. Sie machten seltsame, abgehackte Laute in einer Sprache, die er nicht verstand. Er wusste nur, dass sie nichts Gutes mit ihm vorhatten ...

KAPITEL 24

Andreas Ljung schloss die Tür zu dem kleinen Turm auf dem Dachgiebel sorgfältig ab. Er hatte die schwache Lampe brennen lassen und sich vergewissert, dass die Fußkette den Jungen nicht daran hinderte, zu dem emaillierten Krankenhaus-Nachttopf oder der Plastikflasche mit dem Wasser zu gelangen.

«Ich komme zweimal am Tag hierher», sagte er leise.

Olsson schwieg, bis sie wieder unten in der Vorhalle standen. «Das können Sie doch so nicht weitermachen.»

Der Pastor sah zu Boden. Er wirkte wieder genauso in sich zusammengesunken wie schon vor dem roten Lagerhaus, als ihm klar geworden war, dass Olsson die Krankenstation entdeckt hatte. «Ich weiß.»

«Er muss richtig behandelt werden. Und Sie und Ihre Leute müssen die Polizei informieren.»

Andreas Ljung nickte. «Das wollten wir ja schon die ganze Zeit. Aber erst einmal mussten wir die anderen fortbringen.»

Olsson verstand den Zwiespalt, in dem der Pastor sich befand. Und er überlegte, wie er selbst wohl entschieden hätte. Vermutlich nicht sehr viel anders, von dem makaberen Versteckspiel mit der Leiche einmal abgesehen.

«Vierundzwanzig Stunden», sagte er. «Mehr nicht.»

Andreas Ljung sah ihn erstaunt an, aber er erwiderte nichts. Schweigend verließen sie die Kirche und gingen hinüber zu ihren Wagen. Olsson war froh, dass der Pastor die Frist, die er ihm gesetzt hatte, nicht kommentierte. Erst als er schon im Saab saß, hielt ihm Andreas Ljung die Hand hin.

«Danke», sagte er einfach. «Von uns allen.»

Olsson war sich nicht sicher, ob er richtig gehandelt hatte. Er nickte kurz und fuhr davon. Es glitzerte am Straßenrand, und er sah, dass sich auf den Oberflächen der beiden Waldseen feine, transparente Muster zu bilden begannen. Sicherheitshalber nahm er die große Straße, die über Munka Ljungby zurück nach Ängelholm führte.

Er konnte teilweise nachvollziehen, warum Andreas Ljung sich so verhalten hatte. Das Leben von dreißig Menschen stand auf dem Spiel. Vielleicht waren es auch mehr.

Es gab viele, die der illegalen Flüchtlingshilfe von Pastoren kritisch gegenüberstanden. Die allgemeine Stimmung würde sich natürlich noch verschlechtern, wenn bekannt wurde, dass einer dieser Untergetauchten einen Mord begangen hatte. Die gesamte Bewegung zur Hilfe für politisch Verfolgte, die sich innerhalb der Kirche gebildet hatte, würde in Misskredit geraten.

Andreas Ljung hatte natürlich auch ganz persönliche Gründe gehabt, die Krankenstation geheim zu halten. Er würde mit größter Wahrscheinlichkeit entlassen werden, falls die Sache herauskam. Der jetzige Kirchenrat in Ängelholm hatte für derlei außerparlamentarische Aktionen unter kirchlicher Obhut mit Sicherheit kein Verständnis. Und das würde in jedem Fall bedeuten, dass Andreas Ljung jegliche Möglichkeit verlor, sich für die Flüchtlinge einzusetzen.

Olsson musste zugeben, dass all dies schwerwiegende Gründe waren, aber auf der anderen Seite gab es unter den Flüchtlingen einen Mörder. Dass schwedische Beamte mit ihren

Ausweisungsbescheiden Tag für Tag indirekte Todesurteile ausstellten, hatte damit einfach nichts zu tun. Ebenso wenig wie die Tatsache, dass Andreas Ljung unter Zeitdruck gehandelt hatte und dazu überredet worden war, die Leiche verschwinden zu lassen.

Oder war es letzten Endes gar kein Mörder, den Andreas Ljung versteckte, sondern ein verwirrter Junge, der seine Tat für Notwehr hielt?

Andreas Ljung hatte offenbar eine Gruppe Skinheads vor der Hjärnarper Kirche gesehen und sie verdächtigt, Siyad angegriffen zu haben. Es war sehr gut möglich, dass dies ausgereicht hatte, ihn über die Grenze zu treiben und den Krieg weiterzuführen, den er im Kopf mit sich herumtrug.

Dass Lars Wallén dort aufgetaucht war, konnte nichts weiter als ein Zufall gewesen sein. Aber vielleicht ein Zufall, der etwas Bestechendes an sich hatte, je länger man darüber nachdachte?

Die schwedische Gesellschaft war auseinander gebrochen, und in den aufklaffenden Rissen begannen sich neue Kräfte zu bilden. Flüchtlinge zu verstecken war eine Handlung, die den Gesetzgeber umging, aber das, womit sich Lars Wallén und Jakob Alm beschäftigten und was Steve Nyman ein Spiel genannt hatte, war im Grunde dasselbe.

Olsson sah plötzlich das Bild zweier Kräfte vor sich, die sich außerhalb der demokratischen Grundordnung bewegten, wenn auch aus unterschiedlichen Beweggründen; die eine angetrieben von Mitmenschlichkeit, die andere von Machtbestreben und Gier. Und durch einen Zufall hatten sich die Wege beider Kräfte gekreuzt.

Er blickte auf die schnurgerade leere Fahrbahn, die vor ihm lag. Es war wie eine Einladung, bedenkenlos schneller zu fahren; das hinterhältige Glitzern des Frostes auf der Standspur war mehr zu ahnen als zu sehen.

Olsson ging vom Gas und konzentrierte sich. Aber der Gedanke, der ihm wieder und wieder durch den Kopf ging, ließ ihn einfach nicht los.

Andreas Ljung war sich absolut sicher gewesen, dass der Junge den Turm nicht wieder verlassen hatte, und er hatte versichert, mit der Kostümierung der Leiche Jakob Alms nichts zu tun zu haben. Und wenn Olsson sich nicht irrte, konnte dies nur eins bedeuten: dass es noch immer einen Mörder gab, der frei herumlief.

KAPITEL 25

Die Kopfschmerzen waren eine Art Befreiung. Sie bohrten sich wie ein spitzes Stück Eisen in die Schläfe und brachten das Gefühl von Übelkeit mit sich, gleich einem wohl bekannten Duft. Und trotzdem waren sie befreiend.

Das zickzackförmige Prisma vor seinen Augen verblasste, und die Sehkraft kehrte zurück. Sogar das Bild von Jakob Alm auf der Titelseite der Abendzeitung war wieder deutlich zu erkennen; die Zeitung lag noch immer dort, wo er sie hatte fallen lassen, als die ersten Symptome aufgetreten waren. Aber nun war das Schlimmste überstanden. Blieben nur die Kopfschmerzen.

Wie ein hämmerndes Feuer.

Richtig, ein hämmerndes Feuer. Das klang gut. Wie etwas, woran man denken konnte, um alles besser zu ertragen. Schmerzen, die einem halfen, die Wirklichkeit zurückzuerobern.

Was für ein Schwachsinn. Migräneschwachsinn.

Der Drang, sich zu übergeben, kam unerwartet. Es war wie eine Konvulsion, bei der sein Kopf durch die plötzliche Regung des Körpers auseinander gesprengt zu werden schien. Kein Mageninhalt, nur Galle und dünnflüssiger Schleim.

Auch was Jakob Alm anging, war das Schlimmste vorüber. Beim ersten Mal war es immer am schlimmsten, das konnte man nachlesen. Eine Grenze zu überschreiten, den Schritt zu wagen.

Es war merkwürdig schwer gewesen, einen Menschen zu erdrosseln. Es brauchte viel mehr Zeit, als er sich je hatte vorstellen können. Das Leben war entgegen aller Behauptungen zäh, nichts, was man beiläufig oder in einem kurzen Augenblick verlor. Todeskampf nannte man das, obwohl es eigentlich Lebenskampf heißen müsste. Doch es war ihm gelungen. Diesmal hatte das Leben den Kampf verloren.

Jakob Alm war der Erste gewesen. Nun war es an der Zeit, sich auf den Zweiten zu konzentrieren, den Gefährlichsten. Den, der allem ein Ende bereiten könnte.

Eine neuer Anfall von Übelkeit, diesmal ohne Erbrechen. Er übergab sich immer nur einmal. Natürlich war ihm übel, aber dann kam der Schlaf, wenn die Kopfschmerzen es zuließen.

Der erquickende Schlaf. Aus dem man erwachte und ins Leben zurückkehrte. Wie eine innere Reinigung.

Genauso belebend, wie mit jemandem abzurechnen. Zu handeln. Zu töten.

Die Vorbereitungen waren so gut wie abgeschlossen. Die Kapuze lag drüben auf der Kommode, daneben das Seil. Diesmal sah sie etwas anders aus. Inzwischen war es gar nicht mehr so leicht, eine Kapuze aufzutreiben. Nach all den Berichten in der Zeitung. Eine gute Pressearbeit, zweifellos. Mit Fotos und Zeichnungen. Er musste vorsichtig sein. Er konnte schließlich nicht in ein Geschäft gehen und erzählen, dass man eine weitere Person umzubringen gedachte und deswegen die gleiche Kapuze brauchte wie beim ersten Mal.

Es tat weh, den Mund zu verziehen. Und eigentlich gab es darüber auch nichts zu witzeln, nicht einmal, wenn man ganz allein war.

Ein neuer Anfall von Übelkeit, als Strafe. Aber kein Erbrechen, Gott sei Dank.

Falls Gott überhaupt etwas damit zu tun hatte.

Wie auch immer, man scherzte nicht darüber. Man nahm es nicht einfach auf die leichte Schulter. Es musste genau geplant werden, die Falle wurde ausgelegt, und dann ließ man sie zuschnappen.

Sobald die Kopfschmerzen vorüber waren. Nach dem Schlaf. Man musste das Opfer genau studieren. Es verfolgen und seinen Schwachpunkt herausfinden.

Oder genauer gesagt: die Schwachpunkte, denn in diesem Fall gab es zwei. Der Polizist, der kein Polizist war oder es nicht sein wollte. Martin Olsson.

Er war zu nahe gekommen. Schwer zu beurteilen, ob er etwas gesehen beziehungsweise es begriffen hatte. Hier in diesem Raum hatte er gesessen. Es war besser, auf der sicheren Seite zu sein, Vorkehrungen zu treffen. Die Bedrohung zu eliminieren.

Die anderen mussten warten, erst musste diese Sache hier abgeschlossen sein. Nummer zwei. Mit der Zeit würde es ihm sicher immer leichter fallen.

Das Seil war gut; der einzige Nachteil war, dass es so lange dauerte. Es bestand das Risiko, dass er sich zu heftig wehren würde. Deshalb war der Überraschungseffekt wichtig, der ihm einen Vorsprung verschaffte. Einen Vorsprung, den Jakob Alm nicht hatte aufholen können.

Martin Olsson würde eine Überraschung erleben, die Überraschung seines Lebens.

Die Kopfschmerzen waren plötzlich verschwunden. Wie wenn ein Geräusch, an das man sich bereits gewöhnt hat, auf einmal verstummt. Stattdessen eine kurze Schrecksekunde; hoffentlich kein neuer Anfall?

In letzter Zeit kamen sie immer häufiger und in kürzeren Abständen. Hörten urplötzlich wieder auf und begannen von neuem.

Der Anfang war jedes Mal am schlimmsten. Der Augenblick, in dem alles vor den Augen verschwamm und die Farben auftauchten, wenn ihm die Worte abhanden kamen und ihre Bedeutung verloren. Als würde sich alles auflösen.

Ob sich Jakob Alm so gefühlt hatte, während sein Gehirn durch den Sauerstoffmangel langsam ausgelöscht worden war? Der Schreck.

Die Kopfschmerzen kehrten zurück, weiß glühend wie ein spitzes Eisen in der Schläfe.

Wie eine Befreiung …

KAPITEL 26

Vor Olssons Haus waren keine Journalisten zu sehen, aber sicherheitshalber drehte er noch eine Extrarunde auf der Storgatan, bevor er sich mit seinem Saab in den Hof wagte.

Das Geständnis des Pastors ging ihm noch immer durch den Kopf. Er konnte den Blick des Jungen nicht vergessen, völlig unzugänglich und dennoch wie ein einziger Hilfeschrei. Olsson wünschte, er hätte begreifen können, was sich hinter diesen Augen in der Dunkelheit verbarg.

Er hatte Andreas Ljung vierundzwanzig Stunden Zeit gegeben, die anderen Flüchtlinge umzuquartieren, aber im Grunde hatte er keine Ahnung, was er tun sollte, wenn die Frist abgelaufen war. Ihm würde wohl nichts anderes übrig bleiben, als die ganze Geschichte Arne Bergman zu erzählen.

Er bereute seine Entscheidung nicht, ganz im Gegenteil, doch die Unruhe in ihm wurde immer stärker. Vierundzwanzig Stunden Verspätung konnten bei den Ermittlungsarbeiten der Polizei entscheidend sein. Olsson zweifelte nicht an Andreas Ljungs Aussage, dass Siyad nach der Tat im Turm geblieben war und er selbst mit Jakob Alms Leiche nichts zu tun hatte. Alles schien für Arne Bergmans Befürchtung zu sprechen, dass jemand anders den ersten Mordfall kopiert hatte. Olsson konnte sich nicht erklären, weshalb, aber er hatte das ungute Gefühl, dass die Sache noch nicht ausgestanden war. Der Mord war bizarr genug, um sich weitere Kopien desselben Täters vorzustellen.

Er schob den unangenehmen Gedanken von sich und ging direkt zum Telefon. Doch unter Cecilias Handynummer meldete sich niemand, und mit der Leitung nach Vejbystrand schien nach wie vor irgendetwas nicht in Ordnung zu sein.

Unruhig lief er von einem Zimmer ins andere, während die Gedanken an Cecilia sich mit seinen Befürchtungen zum Mordfall an Jakob Alm vermischten. Das einzige Resultat war, dass er immer nervöser wurde, ohne zu wissen, warum. Schließlich entschied er, dass ihm nichts anderes übrig blieb, als abzuwarten und in beiden Fällen auf das Beste zu hoffen.

Olsson stellte sich ans Fenster und sah auf die Storgatan hinaus. Journalisten waren weit und breit nicht zu sehen, zum Glück. Konnte er wirklich hoffen, dass sie aufgegeben hatten?

Wie immer waren nur wenige Menschen auf der Straße. Der letzte wirkliche Anziehungspunkt für Leute, die nicht in dieser Gegend wohnten, war der Alkoholladen etwas weiter oben Richtung Marktplatz; danach kamen nur noch das Bestattungsinstitut, die Zoohandlung an der Ecke und der Fernsehladen gegenüber.

Die Stille des kleines Straßenrestes, der zum Fluss hinunterführte, beruhigte ihn wie immer. Wenn er am Fenster stand, stellte sich oft ein Gefühl ein, als sei die Zeit irgendwann gegen Ende der fünfziger Jahre stehen geblieben und ein kleiner Teil der Straße konserviert worden.

Olsson wusste nicht, wie lange er dort gestanden und in die beginnende Abenddämmerung hinausgestarrt hatte, als das Telefon klingelte. Er fuhr aus seinen Gedanken hoch und schaffte es noch während des zweiten Klingeltons, den Hörer abzunehmen.

Cecilia klang, als sei nichts Besonderes passiert, und Olsson geriet ins Stocken, bevor er fragen konnte, wo sie denn bloß gesteckt hatte.

Stattdessen fragte sie ihn: «Kannst du mir einen Gefallen tun?»

Das konnte er. Er versprach zwar normalerweise nie etwas, bevor er wusste, worum es ging, aber vor lauter Erleichterung machte er eine Ausnahme.

«Ein Päckchen in der Apotheke. Ich hab's auf der Rückfahrt nach Hause vergessen abzuholen.»

«Das heißt, du bist in Vejbystrand?»

Cecilia musste sein Erstaunen gehört haben. Doch sie zeigte keine Reaktion, sondern sprach weiter, als hätte er die Frage nie gestellt. «Wenn du eine Flasche Wein besorgst, lad ich dich zum Essen ein.»

Olsson verkniff sich die Bemerkung, die ihm auf der Zunge lag. Das Wichtigste war schließlich, dass sie wieder da war. «In einer halben Stunde», sagte er. «Wenn ich im Laden nicht ewig anstehen muss.»

Aber das musste er. Olsson zog eine Nummer und setzte sich auf die Wartebank. Neben ihm lag eine Abendzeitung, deren Schlagzeile ihm ins Auge sprang. Ein Foto von Jakob Alm bedeckte fast die ganze Seite, und darüber prangten in zehn Zentimeter hohen Buchstaben nur drei Worte: «Der IT-Tote».

Widerwillig blätterte er die Zeitung durch. Eine Spalte, die die Schlagzeile der Titelseite wiederholte, lief über zwei Doppelseiten. Olsson fand ein Bild von Lars Wallén sowie von der Frau des Bestattungsinstitutes, das die Beerdigung in Hjärnarp übernommen hatte. Auf dem Foto wirkte sie noch stärker geschminkt, und ihr verkniffener Mund verriet nur allzu deutlich, was sie davon hielt, in der Zeitung präsentiert zu werden.

Olsson hatte keine Lust, die Artikel zu lesen. Er konnte sich denken, dass die Journalisten sich nach den missglückten Versuchen, ihn zu finden, auf sie gestürzt hatten, was sein Gewissen ein wenig belastete. Allerdings nur so lange, bis seine Wartenummer mit einem «Pling» auf der elektronischen Tafel erschien und damit anzeigte, dass er an der Reihe war.

Er erstand den Wein und hastete zur nächsten Straßenecke. Auch in der Apotheke gab es eine Schlange, aber keine Abendzeitung. Cecilia hatte offenbar angerufen und sein Kommen angekündigt, denn es war kein Problem, das Medikament ausgehändigt zu bekommen. Jedenfalls nahm er an, dass sich in der kleinen Tüte, die der Apotheker ihm überreichte, ein Medikament befand.

Einen Moment lang war er versucht, sie zu öffnen und nachzusehen. Doch er schaffte es, sich zurückzuhalten, wenn auch nicht so sehr dank seiner Willensstärke, sondern eher wegen des dicken Klebestreifens mit dem Apothekenemblem, der die Tütenöffnung verschloss.

Inzwischen war bereits mehr als eine halbe Stunde vergangen, dennoch opferte er weitere zehn Minuten im Bad und stieg kurz darauf frisch rasiert in den Saab.

Während der Fahrt sah er Siyads ausdruckslose Augen wieder vor sich. Er wusste nicht, ob er Cecilia davon erzählen sollte oder nicht. Es würde ihm wohl schwer fallen, es nicht zu tun, aber schließlich hatte er Andreas Ljung vierundzwanzig Stunden zugesichert. Sein Versprechen, in dieser Zeit zu schweigen, musste wohl auch für seine Angehörigen gelten.

Olsson lächelte über seine Formulierung. Das Wort war ihm ganz automatisch in den Sinn gekommen, aber er stellte fest, dass es ihm gefiel, Cecilia als Angehörige zu bezeichnen. Und weil es so schön gewesen war, dachte er den Gedanken gleich noch einmal.

Der Wind hatte nachgelassen, als er den Saab vor dem grauen Haus parkte. Die Februar-Dunkelheit hatte sich bereits auf die niedrigen Gebäude herabgesenkt wie eine düstere Haube. Ein leichter Dunst begann die Konturen der Häuser zu verwischen, aber in Cecilias Fenster leuchtete ein warmes Gelb.

Sie selbst dagegen wirkte mitgenommen, vielleicht auch nur gestresst? Sie empfing ihn mit einer müden Umarmung, und als er ihr die Apothekentüte entgegenhielt, stellte sie sie wortlos auf das Hutbrett.

«Bist du krank?», fragte er.

Sie schüttelte den Kopf. «Nein, aber ich könnte es werden.» Sie erwiderte seinen fragenden Blick mit einem flüchtigen Lächeln, und Olsson ließ die kryptische Antwort so stehen.

Mit dem Wein hatte er etwas mehr Erfolg.

«Meine Lieblingssorte? Woher weißt du …»

«Ich dachte, dass wir ein wenig feiern.»

Er verriet nicht, was es zu feiern gab, und Cecilia fragte auch nicht nach. Sie nahm die Flasche, stellte sie ins Spülbecken und drehte den Kaltwasserhahn auf.

«Besser als der Kühlschrank … So wird er genau richtig.»

Das Lachsfilet lag schon auf einem Bett aus groben Salzkörnern im Ofen. Als Olsson einen Blick in das winzige Zimmer warf, sah er, dass der Arbeitstisch aus Eichenholz sein Äußeres verändert hatte und nun mit einer weißen Leinendecke verhüllt war.

Als sie gegessen hatten, sah Cecilia nicht mehr so erschöpft aus. Vielleicht lag es auch am Wein.

Der Kaffee war genauso italienisch und bitter wie immer.

Olsson schüttete unter Cecilias tadelndem Blick Unmengen von Milch und Zucker in seine Tasse, aber sie sparte sich ihren Kommentar.

Stattdessen fragte sie: «Hast du schon die Neuigkeiten gehört?»

Olsson schüttelte den Kopf. Abgesehen von seinem flüchtigen Blick in die Abendzeitung vorhin hatte er die Nachrichten der letzten vierundzwanzig Stunden nicht verfolgt.

«Das solltest du aber.»

Als sie den Fernseher einschaltete, begannen soeben die Abendnachrichten. Olsson begriff sofort, was sie meinte: Die Gesichter von Jakob Alm und Lars Wallén füllten den ganzen Bildschirm, während ein Reporter dramatisch über die mysteriösen Morde in Südschweden berichtete. In der kurzen Einleitung fiel das Wort «Serienmörder» mindestens viermal, doch zum Glück wurde weder etwas über die makabre Kostümierung der Leichen gesagt noch darüber, wer sie gefunden hatte.

Olsson zuckte mit den Schultern. Er hätte ihr gern von Siyad und seinen Befürchtungen erzählt, was den Mord an Jakob Alm betraf, aber er gab sich alle Mühe, uninteressiert zu wirken, und hoffte, dass ihm nichts anzumerken war.

Der erste Beitrag war eben erst ausgeblendet worden, als ein weiteres bekanntes Gesicht auf dem Bildschirm erschien. Steve Nyman starrte sie durch seine dicken Brillengläser an, und Olsson stellte nach alter Gewohnheit mit der Fernbedienung den Ton lauter.

Offenbar war an der Börse nach Jakob Alms Tod das totale Chaos ausgebrochen. Das Seltsame am Neuen Markt war, dass die IT-Firmen nicht nach ihren erwirtschafteten Gewinnen bewertet wurden, sondern danach, welche Personen dort arbeiteten. Was nun, außer Luftschlösser für die Zukunft zu entwerfen, die besonderen Fähigkeiten des anämischen IT-Gurus gewesen waren, entging Olsson, aber vielleicht reichte das ja schon.

Inzwischen sank der Aktienkurs von Alms Firma von Minute zu Minute, und Steve Nyman lieferte den Fernsehzuschauern in seiner Eigenschaft als professioneller Daytrader eine Analyse der prekären Lage. Es war nicht zu übersehen, wie zufrieden er dabei wirkte. Ob es nun an der ihm zugebilligten Expertenrolle lag oder am Verschwinden Jakob Alms aus dem, was er das «Spiel» genannt hatte, war schwer auszumachen. Vielleicht war es auch einfach nur die ganz alltägliche Schadenfreude darüber, dass es einer Konkurrenzfirma schlecht ging.

Olsson hatte das große Geschäft, um das sich Lars Wallén und Jakob Alm gestritten hatten, im Detail noch immer nicht begriffen. Nun waren beide unter spektakulären Umständen zu Tode gekommen, und wenn er es nicht besser gewusst hätte, hätte Olsson sicher geglaubt, dass die Morde etwas mit diesem Geschäft zu tun hatten. Wie seltsam, dass nicht auch andere zu diesem Schluss gekommen waren.

Auf Cecilias Stirn war eine deutliche Falte erschienen, aber sie sagte nichts. Olsson befürchtete schon, sie könnte anfangen, ihn über den letzten Leichenfund auszufragen, bis er etwas über Andreas Ljung und Siyad würde erzählen müssen. Aber dann fiel ihm ein, dass er ihr tatsächlich kein Wort davon gesagt hatte, dass er Jakob Alm auf dem Friedhof in Hjärnarp gefunden hatte. Sicherheitshalber fing er eilig mit einem anderen Thema an.

«Steve Nyman hat doch behauptet, dass er die Kurse beeinflussen kann. Warum tut er es dann nicht?»

Cecilia sah immer noch konzentriert auf den Bildschirm und erwiderte fast beiläufig: «Vielleicht tut er es ja gerade.»

Olsson merkte, wie schwerfällig seine Gedanken waren. Natürlich war dies der Grund für Steve Nymans Zufriedenheit; Aktienkurse entstanden durch Erwartungen, und vermutlich reichte es, im Fernsehen eine hinreichend glaubwürdige Prognose abzugeben, um sie mit Hilfe von ein paar Millionen Privatspekulanten rasch zur Wirklichkeit werden zu lassen. Sicher lag es in Nymans Interesse, die Firma Zeitmaschine zusammenschrumpfen zu lassen, damit sie Jakob Alms Pläne nicht in die Tat umsetzen konnte, ganz gleich, worin diese nun genau bestanden hatten.

Cecilia schüttelte den Kopf. «Da siehst du unsere neue Politik …»

Olsson antwortete nicht. Vermutlich hatte sie Recht; die Politik verlor ihren Einfluss auf die Entwicklung. Es gab ja sogar Stimmen, die allen Ernstes behaupteten, dass IT dazu geeignet sei, die Politik ganz und gar abzuschaffen.

Steve Nyman und die Börsennachrichten beherrschten auch den Rest der Sendung. Erst gegen Ende wurden einige Bilder aus den Überschwemmungsgebieten in Westafrika eingeblendet, dann folgte die Wettervorhersage mit der Ankündigung, dass es weiterhin kalt bleiben würde und in Südschweden noch Dunst und Nebelfelder hinzukämen.

Cecilia schaltete den Fernseher aus und fragte: «Hast du Lust auf einen Spaziergang?»

Olsson blickte sie verdutzt an. Draußen war es kalt und dunkel, und vor den Fenstern begann sich der feuchte graue Dunst bereits zusammenzubrauen.

«Jetzt?»

«Ich muss ein bisschen an die frische Luft.»

Er fragte sich, ob sie noch andere Gründe hatte, aber sie sagte nichts mehr. Olsson zuckte mit den Schultern und erhob sich aus dem Sessel. Er fühlte sich etwas schläfrig nach dem Essen und dem Wein, aber vielleicht hatte sie ja Recht, und ein Spaziergang war genau das Richtige.

«Aber nicht so lange.»

Sie gingen zum Hafen hinunter. Auf dem Kai lagen zwei hochgezogene Fischerboote, was ungewöhnlich war. Eine einsame Lampe warf ihr schwaches Licht auf den grauen Zement. Der blasse Lichtring hing wie ein matter Glorienschein über dem Laternenpfahl im Dunst.

Sie betraten einen der Landungsstege und liefen hinaus. Olsson fröstelte in der kalten Brise, die vom Meer kam, doch Cecilia schien den Wind zu genießen. Sie war still und ernst und blickte über das dunkle Wasser, als versuchte sie, den Dunst und die Finsternis mit ihren Augen zu durchdringen. Olsson hatte den Eindruck, dass sie wegen irgendetwas traurig war, aber er konnte sich nicht überwinden nachzufragen.

Eine Weile standen sie nur schweigend da, dann schmiegte sich Cecilia an ihn, er legte seinen Arm um sie und spürte, dass auch sie in der Kälte leicht zitterte.

«Komm, lass uns gehen», sagte er.

Sie liefen durch den menschenleeren Ort zurück. Als sie sich den grauen Häusern näherten, war es wie die Rückkehr in eine andere Wirklichkeit.

Cecilia blinzelte ins Licht, das in der Diele brannte. Die Haut unter ihren Augen glänzte, und Olsson fragte sich, ob sie geweint hatte, aber er sagte nichts. Vielleicht hatten nur die Feuchtigkeit und Kälte ihre Spuren hinterlassen.

«Bleibst du bis morgen?»

Er sah sie an. In ihrer Stimme schwang etwas mit, das er nicht deuten konnte. Aber es rief dasselbe Gefühl in ihm wach wie unten am Hafen, als sie in die Dunkelheit hinausgestarrt hatte. Oder bildete er es sich nur ein?

«Wenn du möchtest?»

Sie nickte mit ernster Miene. Dann drehte sie sich um und blickte in das Zimmer, wo sie gesessen hatten.

«Ist noch etwas Wein da?»

Es gab keinen mehr, aber sie ging und holte eine andere Flasche aus der mikroskopisch kleinen Küche. Sie war groß und ziemlich bunt, und die Flüssigkeit darin war gelb und wirkte träge.

«Strega, aus Mailand.»

Der nach Kräutern schmeckende Alkohol vertrieb die Kälte und die merkwürdige Stimmung vom Hafen. Olsson füllte die Gläser ein zweites Mal, aber danach wollte sie nicht mehr.

«Ich muss morgen früh raus.»

Sie erklärte nicht, weshalb, und Olsson fragte nicht. Sie ging hinüber zur Stereoanlage und kramte eine ganze Weile in ihren CDs. Schließlich wählte sie eine aus. Zu Olssons Erstaunen war es eine Art Kirchenmusik.

Cecilia grinste, wahrscheinlich wegen seiner erstaunten Miene. «Die ist so schön beruhigend», erklärte sie.

Dann setzte sie sich in ihren Sessel und zog die Beine unter sich. Sie schloss die Augen und öffnete sie so lange nicht, bis Olsson sich zu fragen begann, ob sie etwa eingeschlafen war. Er selbst empfand die Musik kaum als beruhigend, ganz im Gegenteil, sie erinnerte ihn an Friedhöfe und herunterfallende Kruzifixe, ganz zu schweigen von verkleideten Leichen mit Schlingen um den Hals. Und als er versuchte, Cecilias Beispiel zu folgen, und ebenfalls die Augen schloss, sah er plötzlich wieder Siyads leeren Blick vor sich.

Olsson zuckte zusammen und goss sich noch ein Glas des gelben geistigen Getränks ein. Es brannte wie Feuer, und der Alkohol war sofort zu spüren, aber er konnte trotzdem nicht das Unbehagen vertreiben, das von ihm Besitz ergriffen hatte.

Erst als Cecilia wieder zum Leben erwachte und die sanfte kubanische Gitarrenmusik auflegte, die sie an einem gemeinsamen Nachmittag vor Ewigkeiten gehört hatten, fühlte er sich langsam besser.

Irgendetwas musste ihm dennoch anzusehen sein, denn Cecilia hob plötzlich eine Augenbraue und fragte ganz direkt: «Was ist los?»

Vielleicht lag es am Alkohol. Ehe er begriff, was geschah, floss die ganze Geschichte aus ihm heraus.

Cecilia hörte zu, ohne eine Miene zu verziehen. Erst als er geendet hatte, fragte sie: «Also bist du nicht zur Polizei gegangen?»

Olsson schüttelte unglücklich den Kopf. Genau das war es, was ihn so quälte. Er befürchtete vor allem, dass es einen weiteren Mord geben könnte, der vielleicht zu verhindern gewesen wäre, wenn er rechtzeitig alles erzählt hätte, was er wusste. Andererseits stand das Leben von dreißig anderen Menschen auf dem Spiel. Genau wie Andreas Ljung hatte er sich entschieden, einen Mörder zu schützen; auch wenn er es nur tat, indem er nichts unternahm, seine Entscheidung war im Prinzip dieselbe.

Cecilia sah ihn lange an. Dann strich sie ihm tröstend über die Wange. «Ich hätte es genauso gemacht, falls es dir etwas bedeutet.»

Natürlich tat es das. Zumindest hatte es ihn erleichtert, über die Sache sprechen zu können. Er fühlte sich besser und war gleichzeitig peinlich berührt, es so kompliziert gemacht zu haben. Doch das Gefühl verschwand, als sie ihn küsste.

Das Bett war weich und warm. Er hatte sich auf den Ellbogen gestützt und betrachtete sie mit halb geschlossenen Augen. Das leicht verschwommene Bild erinnerte ihn an die alten Filme mit Weichzeichner. Doch die Illusion löste sich auf, als er aus Versehen ihren Arm berührte. Sie zuckte zusammen und zog ihn an sich, als hätte sie sich verbrannt. Olsson öffnete die Augen wieder ganz und entdeckte eine geschwollene Rötung unten an ihrer Schulter. Es sah aus wie ein Mückenstich, fand er, aber sie murmelte so leise, dass er es kaum hörte:

«Das ist eine Impfung.»

Er sah sie fragend an. Aber dann fiel ihm das Medikament ein, das er abgeholt hatte. Hatte sie nicht gesagt, es sei für den Fall, dass sie krank wurde? Es gab nur eine Erklärung dafür: «Willst du verreisen?»

Sie antwortete nicht. Stattdessen zog sie ihn an sich und flüsterte leise in sein Ohr: «Vielleicht …»

Im nächsten Moment hatte er die Sache vergessen.

KAPITEL 27

Nun dauerte es nicht mehr lange. Nur wenige Stunden.

Streng genommen ein merkwürdiges Gefühl, als stünde etwas Großes bevor. Vielleicht lag es an der Erwartung.

Es war ja auf jeden Fall auch etwas Großes: einen Menschen zu töten.

Natürlich nichts, was man einfach machte, um es zu tun, sondern nur, wenn es notwendig war. Wenn es keine andere Lösung gab. Wie bei Jakob Alm.

Und jetzt bei Martin Olsson.

Auch keine leichte Aufgabe. Sie erforderte Planung und Genauigkeit. Und im entscheidenden Moment Mut.

Und das war nicht alles. Es war wie mit allen außergewöhnlichen Leistungen, man musste Glück haben.

Wenn man eine Eingebung als Glück bezeichnen konnte.

Es war eine Eingebung gewesen, ihm zur Kirche zu folgen, ein echter Glückstreffer. Aber man konnte ebenso gut behaupten, dass es die Folge sorgfältiger Vorbereitungen gewesen war. Der Kunst, den Gegner zu studieren. Es war wie mit allen anderen Dingen im Leben: Die Vorarbeiten waren und blieben das Wichtigste.

Auch die Idee, dort zu bleiben und nachzusehen, was er im Turm zu suchen hatte, war gut gewesen. Die Schlösser von Kirchen waren nicht besonders schwierig zu öffnen. Jedenfalls nicht, wenn man eine Auswahl an Schlüsseln besaß, die ungefähr passten.

Dass sie den Jungen fortbrachten, war allerdings Glück gewesen. Ein Glück, wie man es einfach brauchte, fast wie ein Fingerzeig. Das Letzte, was zur Vollendung des Plans noch gefehlt hatte, das Tüpfelchen auf dem i.

Heute Abend würde er Wirklichkeit werden. Martin Olsson würde ein zweites Mal den Turm hinaufsteigen, aber von dort nicht mehr zurückkommen.

Der einzige mögliche Schwachpunkt war eigentlich nur, dass er mit ihm an einem Ort allein sein musste, wo es auf den Überraschungseffekt ankam, darauf, ihn in die Falle zu locken. Aber er würde kommen, daran war kein Zweifel. Zur rechten Zeit am rechten Ort.

Oder am falschen, je nachdem. Auf jeden Fall würde er nicht ablehnen.

Wie gesagt war alles eine Frage der Vorbereitung und Voraussicht; das Erforderliche zu beschaffen und es sich zunutze zu machen.

Es zu schaffen, das allein zählte. Seine Ziele zu erreichen. Für die Jesuiten war es das höchste Gut.

Ob ihnen die Kapuzen wohl gefallen hätten? Wie tote Mönche in einem Kirchturm …

Die Kopfschmerzen waren vorüber. Sonst wäre jedes Lachen unmöglich gewesen, selbst über die eigenen Witze.

Wer einem im Weg stand, musste gehen. Wer eine Bedrohung darstellte, musste verschwinden. Wie Martin Olsson. Wie Jakob Alm.

Das Neue forderte Opfer, das war nur natürlich.

Wer hatte behauptet, die Evolution sei weniger blutig als die Revolution? Es ging einfach um Strategien. Um Strategien der Entwicklung.

Natürlich hatte es immer wieder neue Zeiten gegeben. Keine

Zeit war zu ihrer Zeit schon alt gewesen, aber in jeder Epoche hatte es Leute gegeben, die ihr voraus gewesen waren. Die Gewinner.

Nur die Schwachen blickten zurück. Verlierer. Feinde.

«Aber du nicht, Petrus, du blickst nirgendwohin ...»

Lockvogel. Überraschungseffekt.

Eine Frage von nur noch wenigen Stunden. Und von Vorbereitungen. Die Tasche lag bereit, das Handy und alles andere. Eigentlich kein Grund, nervös zu sein. Wenn er diesmal nicht erschien, würde es andere Gelegenheiten geben. Früher oder später.

«Wir sind so weit, stimmt's, Petrus?»

KAPITEL 28

Als Olsson aufwachte, wusste er nicht, wo er sich befand. Dann bemerkte er Cecilias Duft im Kissen und drehte sich um. Zu seiner Verwunderung war ihr Platz leer, nur eine Vertiefung in ihrem Kissen zeigte, dass sie überhaupt da gewesen war.

Es dauerte einen Moment, bis ihm wieder einfiel, dass sie etwas davon gesagt hatte, früh aufstehen zu wollen, aber sie war nirgends in der Wohnung zu hören.

Er lauschte eine Weile in die Stille. Dann schwang er die Beine über die Bettkante und stand auf.

Er brauchte nicht lange, um festzustellen, dass sie weder in dem einzigen Zimmer noch in der mikroskopisch kleinen Küche war. Nur die Tür zur Dusche stand noch offen.

Olsson sah sich suchend nach einem Zettel oder irgendeiner anderen Mitteilung um, aber er fand nichts. Er zuckte mit den Schultern und begab sich unter die Dusche. Nach dem Abtrocknen und einem missglückten Versuch, sich in Cecilias Frotteebademantel zu zwängen, blieb er einen Moment vor dem Spiegel stehen.

Vielleicht lag es an seinen sprießenden Bartstoppeln, dass er, ohne nachzudenken, einfach den Schrank öffnete. Ein Rasierer war nirgends zu finden, aber eine große Verpackung irgendeines Medikaments fiel ihm sofort ins Auge.

Olsson begriff, dass es dieselbe Schachtel war, die er aus der Apotheke abgeholt hatte, nur dass diesmal weder Tüte noch Klebestreifen im Weg waren. Mit wachsendem Erstaunen las er die Einnahmevorschrift auf dem Etikett: «Eine Tablette täglich zur Malariaprophylaxe.»

Cecilia schien tatsächlich verreisen zu wollen, er verstand bloß nicht, weshalb sie nichts davon gesagt hatte.

Er schloss den Badezimmerschrank und ging nachdenklich in die kleine Küche. Ganz offensichtlich hatte Cecilia schon vor geraumer Zeit gefrühstückt, denn der übrig gebliebene Kaffee in der Kanne war kaum noch lauwarm.

Olsson hatte keine Lust, das technische Wunderwerk erneut anzuwerfen, sondern goss sich eine halbe Tasse des bitteren Gebräus ein und streckte es mit Milch und Zucker. Sicherheitshalber nahm er noch einen Extrawürfel Zucker, verzog aber doch leidend das Gesicht, als er den ersten Schluck probierte und feststellte, dass er die Milch besser erst warm gemacht hätte. Er nahm einen zweiten Schluck und goss den Rest ohne Bedauern in die Spüle.

Es konnte nicht viel später als acht Uhr sein, und Olsson wusste nicht, was er tun sollte. Dass Cecilia gegangen war, ohne ihn zu wecken oder eine Nachricht zu hinterlassen, konnte eigentlich nur bedeuten, dass sie schnell wieder zurück sein würde, aber sicher war er sich nicht.

Er ging zurück ins Zimmer und nahm den Telefonhörer ab, um ihre Handynummer zu wählen. Aber es war kein Signalton zu hören. Wieso hatte sie den Anschluss nicht schon längst reparieren lassen? Soweit er wusste, gehörte das Telefon neben der Textverarbeitung doch zu den wichtigsten Arbeitsmitteln eines Journalisten.

Er legte den Hörer wieder auf und lief hinüber zum Fenster. Draußen war der Nebel noch dichter geworden und drückte sich milchig weiß gegen die Dächer der Häuser. Das blasse Morgenlicht schien auf halbem Weg durch die Dunstmassen zu ermüden, nur ein matter Rest drang bis zu den hochgezogenen Jalousien vor.

Olsson warf noch einen kurzen, finsteren Blick auf das Februarwetter, dann wandte er sich ab und ging zurück ins Bett.

Als er wieder aufwachte, stand Cecilia vor ihm und musterte ihn mit nachdenklicher Miene.

«Wenn du schläfst, siehst du wie ein kleiner Junge aus.»

Er erwiderte nichts. Stattdessen streckte er die Hand nach ihr aus und zog sie zu sich ins Bett. Sie roch nach Kälte und hatte feuchtes Haar. Er küsste ihren Hals und wickelte die Decke um sie beide, aber sie schien mit ihren Gedanken ganz woanders zu sein, und so lagen sie einfach reglos da, schweigend und wie in Watte gepackt.

Nach einer Weile befreite sie sich und setzte sich auf die Bettkante. Olsson blieb liegen und sah sie an. Weil ihm nichts anderes einfiel, sagte er:

«Du musst dein Telefon reparieren lassen.»

Cecilia war offenbar noch immer in Gedanken versunken. Auf ihrer Stirn war eine Falte entstanden. Sie sah aus, als ob sie etwas sagen wollte, bekam es aber nicht heraus. Schließlich gab sie sich einen Ruck: «Martin …»

Mehr sagte sie nicht, aber etwas an ihrem Tonfall versetzte ihm einen Stich im Zwerchfell. Er blinzelte verwundert, während sie fortfuhr:

«Ich habe es abgestellt.»

Olsson begriff gar nichts. Er hörte, wie er ihr nachplapperte, als wäre er ein Papagei:

«Abgestellt? Wieso?»

«Ich habe auch die Wohnung gekündigt. Ich werde umziehen.»

Wieder durchzuckte ein Stich sein Zwerchfell, und diesmal ging der Schmerz nicht weg. Er musste sich fast anstrengen, nachzufragen: «Umziehen? Wohin denn?»

Sie blickte zu Boden, dann sagte sie leise: «Nach Sri Lanka …»

Es verschlug ihm die Sprache. Das Einzige, was er begriff, war, dass er in ihren Plänen nicht vorkam, welche es auch immer waren.

Cecilia zupfte an der Bettdecke herum. Sie klang fast betreten, als sie weitersprach: «Ich habe dort eine Stelle als Chefredakteurin beim Fernsehen bekommen. Sie wollen einen Sender nach dem schwedischen *public-service*-Modell aufbauen. Und außerdem werde ich Auslandsberichte für die Zeitung schreiben.» Sie machte wieder eine kurze Pause. «Ich fahre übermorgen», sagte sie leise.

Olsson saß da wie gelähmt. Er hörte, was sie sagte, aber es fiel ihm schwer, die Worte zu verarbeiten. In seinem Kopf gab es nur einen einzigen Gedanken. «Seit wann weißt du das alles schon?»

Sie schwieg lange genug, dass er es auch ohne Worte verstand. Als sie endlich antwortete, drehte sie den Kopf weg. «Seit drei Wochen …»

Olsson spürte ein heftiges Gefühl von Scham. Sie hatte bereits gewusst, dass sie weggehen würde, als sie das Verhältnis begann. Und er hatte sich aufgeführt, als hätte sein Leben einen neuen Sinn bekommen.

Er stand auf und nahm seine Sachen. Er konnte sich nicht einmal überwinden, auf Wiedersehen zu sagen, als er ging.

Als er in den feuchten Nebel hinaustrat, kam es ihm so vor, als würde er darin ertrinken. Die stechenden Schmerzen im Zwerchfell wollten sich nicht legen; es überraschte ihn, dass sich ein Gefühl so körperlich bemerkbar machen konnte.

Nachdem er in den Saab eingestiegen war, wusste er zunächst nicht, wie er ihn anlassen sollte. Doch seine Hände übernahmen die Arbeit wie ein eingebauter Autopilot. Vielleicht war es das Gedächtnis seiner Muskeln, das den Wagen am Meer entlangsteuerte. Olsson erinnerte sich an eine ähnliche Fahrt, bei der er ebenfalls wie betäubt gewesen war und die ihm Ewigkeiten zurückzuliegen schien.

Das Meer lag unsichtbar im Nebel. Als er bei Magnarp unter den Ulmen hindurchfuhr, schien irgendetwas tief in seinem Inneren zu bersten. Er musste anhalten und die Wagentür öffnen. Erst nachdem er sich gezwungen hatte, den feuchten Nebel ein Dutzend Mal tief einzuatmen, wurde er wieder klar im Kopf.

Er fuhr weiter, spürte aber plötzlich, dass er nicht die Kraft hatte, nach Hause zu fahren, in die Einsamkeit seiner Wohnung zurück. Solange der Wagen rollte, gelang es ihm zumindest, seine Gedanken einigermaßen in Schach zu halten. Ab Barkåkra ließ er sich einfach treiben und nahm das Ortsschild von Torekov eher flüchtig als bewusst wahr.

Mehrere Stunden waren vergangen, der Tank war mehr als bis zur Hälfte leer, als Olsson endlich in die Storgatan einbog. Er hatte nur eine dumpfe Ahnung davon, wo er eigentlich gewesen war.

Nach der gewohnten Strecke von Torekov nach Båstad hatte er sich auf den vielen kleinen Straßen des Hallandsåsen verirrt und war in ein Labyrinth aus Dörfern und Kreuzungen geraten, die in dem milchigen Nebel alle gleich ausgesehen hatten. Erst als er irgendwo in der Nähe von Våxtorp herausgekommen war, hatte er sich wieder einigermaßen gefangen und die Rückfahrt nach Hause angetreten.

Olsson stellte den Saab ab und betrat das Haus durch den Hintereingang in der Küche. Seine Wohnung strahlte eine Einsamkeit aus, die er früher nie bemerkt hatte. Rastlos lief er von Zimmer zu Zimmer, jedoch ohne irgendwo Ruhe zu finden.

Auf dem Hutbrett in der Diele entdeckte er eine lilafarbene Strickjacke, die Cecilia hier gelassen hatte. Er betrachtete sie eine Weile, dann ging er in die Küche und stopfte sie in den Mülleimer. Er knotete die weiße Mülltüte sorgfältig zusammen und trug sie hinaus zu der Tonne im Hof.

Als er wieder hereinkam, fühlte sich die Wohnung noch leerer an als zuvor. Er wusste nicht, wo er sich aufhalten sollte, ihm erschien alles viel zu geräumig und zugleich so eng wie in einem Gefängnis. Er setzte sich einfach auf den nächstbesten Stuhl und blieb dort sitzen.

Die Schmerzen im Zwerchfell machten sich gerade wieder bemerkbar, als das Telefon klingelte. Er ließ es einfach läuten, bis es von selber aufhörte. Doch nach nicht einmal fünf Minuten begann der Apparat von neuem zu schrillen.

Er hatte keine Lust, aufzustehen und den Stecker herauszuziehen, stattdessen zählte er die Klingelzeichen. Erst nach dem zwölften Mal gab das Telefon auf, und es wurde wieder still in der Wohnung.

Der grauweiße Dunst vor den Fenstern ging langsam in Dunkelheit über. Olsson merkte, dass es an der Zeit war, etwas zu essen, aber er hatte keinen Hunger. Stattdessen ging er in die Küche und goss sich ein halbes Glas von dem kanadischen Whisky ein. Er setzte sich in einen Sessel und wartete ab, bis die Dunkelheit das Zimmer füllte.

Er hatte sein Zeitgefühl verloren, als das Telefon zum dritten Mal zu klingeln begann.

Diesmal stand er auf und nahm den Hörer ab. Zu seinem Erstaunen war es Eva Ström.

Aber irgendetwas war mit ihrer Stimme seltsam, sie klang wie mitten in einer Predigt. Er brauchte einen Moment, ehe er begriff, dass es an dem Hall lag, der ihre Stimme umgab.

«Ich bin in der Kirche … in Tåssjö, können Sie kommen? Es ist etwas passiert … im Turm.»

Noch etwas anderes war seltsam. Mit ihrer Sprache stimmte etwas nicht, sie klang abgehackt und unzusammenhängend.

Ein Gedanke schoss ihm durch den Kopf: War sie vielleicht irgendwie verletzt? Er hörte, wie undeutlich er selbst sprach, nachdem er so lange geschwiegen hatte.

«Ist alles in Ordnung?»

Aber er erhielt keine Antwort, Eva Ström hatte bereits aufgelegt.

Olsson blieb in der Dunkelheit stehen und versuchte seine Gedanken zu ordnen. Seit er den versteckten Jungen gesehen hatte, waren etwas mehr als vierundzwanzig Stunden vergangen, und wenn Andreas Ljung sein Versprechen gehalten hatte, befand sich Siyad zu diesem Zeitpunkt bereits woanders, entweder bei der Polizei oder in einem Krankenhaus. Aber Eva Ström hatte behauptet, dass im Turm etwas geschehen sei.

Natürlich konnte etwas schief gegangen sein, aber was hätte er in diesem Fall schon tun können? Und weshalb war sie überhaupt in der Kirche von Tåssjö?

Olsson erwog einen Moment, Arne Bergman anzurufen, doch er verwarf den Gedanken wieder. Wenn es Andreas Ljung nicht gelungen war, den Jungen oder die anderen Flüchtlinge woanders unterzubringen, konnte der ganze Plan scheitern. Außerdem würde es viel zu lange dauern, Arne Bergman die Sache zu erklären, obwohl doch Eile angesagt war.

Oder etwa nicht? Wenn er es genau bedachte, so hatte Eva Ström zwar gesagt, dass im Turm etwas passiert sei, jedoch nicht, dass es dabei um sie selbst gehe. Und ihm fiel ein, dass man vermutlich genauso klang, wenn man gerade eine steile Turmtreppe hinaufstieg und dabei telefonierte.

Er war sich plötzlich unsicher. Wieder überkam ihn ein Gefühl von Leere. Für ein paar Minuten war es ihm gelungen, Cecilia und ihre bevorstehende Abreise zu vergessen, nun holte ihn alles mit der alten Heftigkeit wieder ein.

Olsson zwang sich, die Lampe anzuschalten. Während er ins Licht blinzelte, versuchte er den Kummer zu verdrängen, der ihm hinter den Augenlidern brannte. Fast in einem Zustand der Verzweiflung ging er in die Diele und riss die Öljacke vom Haken. Er war sich völlig bewusst, dass er Whisky getrunken hatte, aber er hielt es in dieser einsamen Wohnung, in der ihn alles an seine naiven Zukunftsphantasien erinnerte, einfach nicht mehr aus.

Es ging ihm besser, als er im Saab die Stadt hinter sich gelassen hatte. Olsson steuerte den Wagen vorsichtig durch den Nebel, obwohl er sich nicht im Mindesten alkoholisiert fühlte. Als er die Elchwarnschilder rings um den Örkelljungavägen erreichte, fuhr er noch langsamer, und auf der kurvenreichen Abzweigung, die durch die Wälder und an den Seen vorbei nach oben führte, war er kaum schneller als ein Moped.

Trotzdem, die Sichtweite betrug nicht einmal dreißig Meter. Das Scheinwerferlicht prallte wie an einer weißen Wand ab, und Olsson schaltete von Fern- auf Abblendlicht. Es war zwar schwächer, kroch aber unter dem kalten Nebel hindurch und verbesserte die Sicht um einige Meter. Zumindest kam es ihm so vor.

Am Hinweisschild zur Kirche von Tåssjö warf er einen Blick auf die Uhr. Es ging auf sechs zu. Die Februar-Dunkelheit brütete unheilverkündend hinter den Lichtkegeln der Scheinwerfer, und einen Moment lang überlegte Olsson, worauf er sich da eigentlich einließ. Aber dann sah er wieder vor sich, wie Cecilia den Blick abwandte. Er steigerte das Tempo, um sich voll aufs Fahren konzentrieren zu müssen, wodurch das Bild vor seinen Augen zum Glück verblasste.

Schließlich erreichte er die roten Langhäuser zwischen den Waldseen. Die Gebäude waren im dunklen Nebel kaum noch zu erkennen, und die Kirche dahinter ließ sich nur erahnen.

Olsson wunderte sich zunächst darüber, dass nirgends Licht brannte, doch dann fiel ihm ein, dass sich Eva Ström vielleicht oben im Dachreiter befand. Er erinnerte sich deutlich, wie Andreas Ljung kontrolliert hatte, ob die Luken auch wirklich geschlossen waren, damit kein Licht nach außen drang.

Olsson passierte den Friedhof und stellte den Wagen an derselben Stelle ab wie beim letzten Mal. Er zögerte einen Moment, ehe er die Scheinwerfer ausschaltete. Dann öffnete er das Handschuhfach und holte seine schwarze Polizeitaschenlampe heraus.

Er stieg aus dem Saab und prüfte den schmalen Lichtstrahl, der wie eine dünne Nadel in den Nebel stach. Aber auf dem Schotterplatz war kein zweiter Wagen zu sehen, was allerdings nichts heißen musste, denn bei diesem Nebel konnte der weiße Golf sehr gut irgendwo in der Nähe stehen und erst zu sehen sein, wenn man unmittelbar vor ihm stand.

Selbst die Kirche war kaum zu erkennen. Ihre weißen Mauern waren mit dem Nebel zu einem einzigen konturenlosen

Körper verschmolzen, und durch irgendeinen seltsamen optischen Effekt schien sie sich zu gigantischen Proportionen ausgedehnt zu haben. Das große Portal gähnte wie ein schwarzes Loch im Nebel. Olsson musste wieder an das offene Grab in der frostbedeckten Erde auf dem Friedhof in Hjärnarp denken, das für Bernhard bestimmt gewesen war.

Er erschauerte in seiner Regenjacke und ging weiter. Erst jetzt merkte er, dass die Tür angelehnt war. Vielleicht war es nur eine Art von unbewusster Flucht vor Cecilia, die Olsson antrieb, denn er zögerte nicht einmal, als er sah, dass es auch in der Kirche dunkel war. Er ließ den dünnen Lichtstrahl durch die Vorhalle gleiten. Tatsächlich war auch die Tür rechts nur angelehnt, jene, die zur Orgelempore hinaufführte.

Die Vernunft holte ihn ein, als er schon halb oben war, aber er ging trotzdem weiter. Olsson spürte, wie sein Herz zu pochen begann, als er auf die Empore hinaustrat. Doch sie war genauso menschenleer wie das Mal zuvor, auch das Gesangbuch lag noch immer auf dem Stuhl.

Olsson blieb stehen und horchte eine ganze Weile, aber es war nichts zu hören. Er ließ den Lichtstrahl im Kreis um sich herumwandern. Abgesehen von den matten Reflexen der Orgelpfeifen rührte sich nirgends etwas.

Er wagte sich einen Schritt weiter vor und beleuchtete die Tür, die zum Dachreiter führte. Sie wirkte zunächst geschlossen, aber als der Lichtstrahl auf den Türpfosten fiel, sah Olsson einen schmalen Spalt, nur wenige Zentimeter breit, als hätte jemand die Tür zugezogen, aber nicht gewollt, dass sie ins Schloss fiel.

Olsson blieb zögernd stehen und wusste nicht, was er tun sollte. Sein erster Impuls war, umzukehren und nach Ängelholm zurückzufahren, vielleicht konnte er Arne Bergman erreichen. Doch dann überlegte er, wie es wohl aussähe, wenn er ihn bitten würde, mit ihm bis hierher rauszufahren, nur weil einige Türen offen standen. Und wenn er allein schon so weit gekommen war, konnte er ebenso gut auch noch das letzte Stück hinaufgehen.

Immerhin hatte Eva Ström ihn ja angerufen und gebeten, herzukommen. Vielleicht war sie oben im Turm, und vielleicht war sein erster Gedanke, sie könnte verletzt sein, doch richtig gewesen.

Es war immer noch kein Laut zu hören, weder von oben noch sonst irgendwo. Seine Vernunft sagte ihm, dass es völlig egal war, was Arne Bergman denken könnte, er sollte besser machen, dass er wegkam, aber eine andere innere Stimme lockte ihn weiter.

Olsson wollte der Vernunft gerade nachgeben und umkehren, als ihn plötzlich wieder der Gedanke an Cecilia überkam. Was hatte er denn schon, wohin er zurückkehren konnte? Seine leere Wohnung?

Er stellte fest, dass er im Moment mit niemandem würde sprechen können, nicht einmal mit Arne Bergman. Das Gefühl, nichts zu verlieren zu haben, hatte ihn plötzlich völlig in der Hand, und genau wie er die Öljacke vom Haken gerissen hatte, trat er einen Schritt vor und stieß die Tür zum Turm auf.

«Eva, sind Sie da?», rief er.

Seine Stimme hallte durch das Kirchengewölbe. Er erschrak fast über das Echo, aber es kam keine Antwort.

Olsson blickte die steile Treppe hinauf. Es war nicht vollkommen dunkel dort oben, die Wölbung der großen Glocke war schwach zu erkennen. Offenbar brannte die kleine Lampe noch, er erinnerte sich, wie Andreas Ljung sie angeschaltet hatte, bevor sie gegangen waren.

Er rief ein zweites Mal, etwas leiser. Noch immer keine Antwort. Olsson zögerte ein letztes Mal, dann begann er die schmale Stiege hinaufzuklettern.

Auf Augenhöhe mit der Öffnung hielt er inne. Der Raum lag in einem Dämmerlicht, das den Schattenwurf der Balken und einzelner vorspringender Teile der Decke verstärkte. Die schwere Glocke, die aus der Nähe betrachtet etwa mannshoch zu sein schien, nahm ihm die freie Sicht. Doch was er im schmalen Lichtstrahl der kreisenden Taschenlampe erkennen konnte, waren nichts als leere Wände.

Er gab sich einen Ruck und kletterte die letzten Stufen rasch hinauf.

Die schwache Lampe in der Ecke brannte tatsächlich noch, aber in dem Raum war niemand zu sehen. Der Junge war fort, und wenn Eva Ström hier gewesen war, dann war sie es jedenfalls nicht mehr. Trotzdem, irgendetwas stimmte nicht. Etwas hatte sich seit seinem letzten Besuch in diesem Raum verändert.

Vielleicht war es ein Geruch? Olsson konnte sich nicht erklären, weshalb, aber er hatte plötzlich das Gefühl, hier oben nicht allein zu sein, obwohl niemand zu sehen war. Er umrundete einen Teil der großen Glocke und entdeckte plötzlich etwas.

Olsson erstarrte und spürte, wie ihm ein Schauer den Rücken hinunterlief.

Dort hinten in der anderen Ecke saß eine reglose Gestalt. Eine Gestalt in einem langen dunklen Mantel und mit einer Kapuze, die den Kopf und das Gesicht verdeckte.

Das weiße Seil schimmerte boshaft durch die Dunkelheit,

und Olsson holte tief Luft. Die Gedanken in seinem Kopf überschlugen sich.

Das, was er die ganze Zeit befürchtet hatte, war eingetreten. Vielleicht wäre es vermeidbar gewesen, wenn er Andreas Ljung nicht vierundzwanzig Stunden gegeben hätte, die Flüchtlinge fortzubringen. Zumindest hätte sich der Mörder für seine Tat einen anderen Ort aussuchen müssen, und das hätte der Polizei vielleicht genügend Zeit und zumindest eine Chance gegeben, ihn zu fassen.

Außerdem befürchtete Olsson zu wissen, wer sich unter der dunklen Kapuze verbarg.

Eva Ström hatte ihn zu Hilfe gerufen, und er war nicht schnell genug gewesen.

Halb benommen, weil er gescheitert war, ging Olsson auf die makabere Gestalt zu und hielt dann plötzlich inne. Sie war zweifellos tot, der Körper vollkommen reglos, und trotzdem kehrte sein Gefühl zurück, dass irgendwas nicht stimmte.

Olsson zögerte ein paar Sekunden, dann packte er den dunklen Stoff und zog ihn weg.

Verblüfft stand er mit der Kapuze in der Hand da, einen Augenblick lang konnte sein Gehirn nicht einordnen, was er vor sich sah.

Es war nicht Eva Ström.

Es war eine Schaufensterpuppe, die ihn mit starren Augen ansah.

Dann ging alles sehr schnell.

Von irgendwoher kam eine Gestalt auf ihn zugestürzt. Olsson blieb kaum die Zeit, zu begreifen, was eigentlich geschah; er stand noch immer völlig perplex da und starrte die Puppe an, als er spürte, dass etwas hinter ihm war und wie sich die Schlinge um seinen Hals legte. Er schaffte es nicht einmal, seine Hände bis zu dem rauen, aber geschmeidigen Seil zu heben, ehe es sich gleich einem Eisenring um seine Kehle schloss.

Er würgte, aber es kam nur ein gurgelnder Laut. Der Angreifer drückte sich so dicht an seinen Rücken, dass er seinen Atem im Nacken spürte, aber er konnte nicht sehen, wer es war.

Sie bewegten sich über den Boden wie ein groteskes Tanzpaar. Olsson versuchte verzweifelt, sich loszumachen, aber der andere folgte wendig seinen Bewegungen, während er die Schlinge immer fester zuzog. Olsson wusste nicht, wie lange er noch durchhalten würde, aber er spürte zu seinem Entsetzen, dass ihm bereits die Luft ausging.

Er bäumte sich ein paarmal verzweifelt auf, um den Angreifer abzuschütteln, doch das Einzige, was er damit erreichte, war, dass die Schlinge noch fester auf seinen Kehlkopf drückte, sodass er wieder würgen musste. Außer dem Atem des anderen und dem Rutschen ihrer Schuhe auf dem Boden war kein Laut zu hören.

Olsson spürte plötzlich, dass ihn eine betäubende Müdigkeit überkam. Er kämpfte dagegen an, spürte aber, wie der Blutstau in seinem Kopf ihn immer benommener machte. Es war nur eine Frage der Zeit, bis er das Bewusstsein vollends verlieren würde.

Kleine Punkte tanzten wie stechende Nadeln vor seinen Augen; er wusste nur allzu gut, was das bedeutete, und wieder stieg die Panik in ihm auf. Olsson hatte erst vor kurzem ein Paar rot unterlaufene Augen mit geplatzten Adern gesehen.

Es konnte nicht mehr lange dauern. Der Angreifer war von Anfang an im Vorteil gewesen, und seine Chancen verbesserten sich zunehmend, je erschöpfter Olsson wurde. Inzwischen sah er alles wie durch einen Nebelschleier, und in seinen Ohren war ein dumpfes Rauschen, das im Takt mit seinem rasenden Puls immer stärker anschwoll.

Doch in das Rauschen mischte sich plötzlich ein anderes Geräusch. Es klang wie ein lautes Surren, und er sah, wie sich die Klappen im Turm zu bewegen begannen. Trotz seines Dämmerzustandes begriff Olsson, was geschehen war.

Sein Gegner atmete nun ruhiger, vielleicht weil er sich nicht mehr so anzustrengen brauchte. Olsson taumelte rückwärts, und die Person hinter ihm ging mit, offenbar bestand ihre Taktik darin, einfach nur die Schlinge für sich arbeiten zu lassen und dafür zu sorgen, dass ihr Druck nicht nachließ.

Olsson hatte das Gefühl, durch einen roten Schleier zu blicken, alles verschwamm vor seinen Augen, und er begriff, dass er nur eine Chance hatte. Er meinte, in der richtigen Position zu sein, und konnte den großen Schatten, der sich an der Wand bewegte, mehr ahnen als tatsächlich sehen. Als der Schatten immer größer wurde, nahm er seine letzte Kraft zusammen und warf sich mit seinem ganzen Körpergewicht nach hinten. Er wusste, dass es vielleicht das Letzte sein würde, was er in seinem Leben tun konnte.

Sein Angreifer hatte nicht damit gerechnet, und gemeinsam stolperten sie rückwärts wie zwei siamesische Zwillinge, während die große Glocke auf sie zuschwang. Olsson spürte einen heftigen Stoß, als sie den Unbekannten mit der Wucht von ein paar Tonnen am Hinterkopf traf. Beide wurden nach vorn geschleudert, und Olsson merkte, wie der Körper des anderen über ihn fiel. Das bizarre Bild, wie Lars Walléns Leiche auf Bernhard Möller gefallen war, schoss ihm durch den Kopf, dann wurde ihm schwarz vor den Augen.

Es konnten nur wenige Sekunden vergangen sein. Als Olsson wieder zu sich kam, hatten seine Hände jedenfalls das Seil gelockert, ohne dass er sich daran erinnerte. In seinen Lungen rasselte und pfiff es, aber er atmete. Das automatische Geläut schwang mit einem unbeschreiblichen Dröhnen noch immer hin und her. Olsson presste schützend die Hände auf die Ohren und warf einen ersten Blick auf den Angreifer.

Auf dem Boden lag Steve Nyman mit einer unschönen Platzwunde am Hinterkopf. Er regte sich nicht, und Olsson begriff, dass er tot war.

Er blieb, die Hände auf die Ohren gelegt, sitzen und atmete, tiefe, volle Atemzüge, während er darauf wartete, dass das Läuten aufhören würde. Es musste wie eine makabere Totenwache wirken; ihm kam der Gedanke in den Sinn, dass die Glocke für Steve Nyman und seine Opfer läutete. Schließlich hörte es auf, die Glocke schwang immer langsamer, und die Klappen schlossen sich automatisch. Olssons Gehör war zu betäubt, um den surrenden Ton wieder wahrzunehmen, aber er wusste, dass das Geräusch da war. Es hatte ihm das Leben gerettet.

Er blieb noch eine Weile sitzen, dann stand er vorsichtig auf und ging zu der Stelle hinter der Glocke, von wo aus Steve Nyman sich wohl auf ihn gestürzt hatte. Im Dunkeln stolperte er über eine Sporttasche, die dort in der Ecke stand. Als er sich bückte, sah er, dass ein Handy aus der Tasche gefallen war.

Er hob es auf und stellte fest, dass es an eine kleine rechteckige Box angeschlossen war, die etwa die Größe einer Zigarettenpackung hatte, eine Art Akku vielleicht? Olsson drückte auf einen der Knöpfe und hörte zu seiner Überraschung plötzlich Eva Ströms Stimme aus dem Apparat.

«Ich bin in der Kirche ... in Tåssjö, können Sie kommen? Es ist etwas passiert ... im Turm.»

Olsson setzte sich auf den Boden. Dieselben Worte hatte er vor knapp einer Stunde schon einmal gehört. Er wusste zwar nicht wie, aber offenbar hatte Steve Nyman ihre Stimme neu zusammengemischt, der ursprüngliche Zusammenhang ihrer Worte musste ein völlig anderer gewesen sein. Nun bemerkte er, dass die seltsam abgehackte Satzmelodie an die Ansagen vom Band erinnerte, die man zuweilen hörte, wenn man bei irgendwelchen Firmen anrief.

Er zog den Verbindungsstecker des kleinen Apparates heraus und schaffte es, das Handy einzuschalten. Olsson rief die diensthabende Wache an, obwohl ihm klar war, dass er nach Helsingborg durchgestellt werden würde, aber es war die einzige Nummer, die er im Kopf hatte.

Seine Stimme klang wie die eines Anginakranken, aber nach einer Weile hatte er es geschafft, den Weg nach Tåssjö zu erläutern und in etwa zu berichten, was passiert war. Er hatte sich auf Arne Bergman berufen, obwohl er sich nicht sicher war, dass es irgendetwas nutzte.

Erst als er das Handy ausgeschaltet hatte, wurde ihm klar, dass er mit einer Leiche hier oben auf dem Kirchturm saß, einschließlich aller Beweisstücke zu zwei landesweit bekannten Morden. Er hatte vergessen, dass Arne Bergman ja noch gar nicht von dem jungen Töter wusste und dass es außerdem keinen Zeugen dafür gab, was in diesem Turm geschehen war. Und zu allem Überfluss war er als Einziger bei den ersten zwei Leichenfunden dabei gewesen.

Sogar bei dem dritten, um genau zu sein. Olsson begriff, was ein Polizist aus alldem schließen musste, aber er war viel zu mitgenommen, um sich weiter damit zu befassen.

Olsson streckte sich auf dem Boden aus und sah hinauf ins Nichts. So blieb er liegen, bis er das Schlagen von Türen und Schritte auf der Treppe hörte, die sich näherten.

Ob sie wohl die Sirenen einschalten würden, wenn sie mit ihm zurückfuhren?

KAPITEL 29

Die Nacht war kalt und sternenklar. Kleine grelle Punkte vor dem schwarzen Himmel, rätselhafte Botschaften, die sich seit Jahrtausenden gegen die Entschlüsselungsversuche des Menschen wehrten. Olsson stand am Fenster, sah zu einem kleinen Streifen Ewigkeit hinauf und fragte sich gedankenverloren, ob sein Schicksal wohl irgendwo dort oben zwischen den weit entfernten Himmelskörpern geschrieben stand.

Die Halsschmerzen hatten ihn wach gehalten, und die funkelnden Sterne erinnerten ihn an den Würgegriff, der die Adern in seinen Augen hatte platzen lassen. Er konnte sich nur noch undeutlich entsinnen, was passiert war, nachdem die Polizisten mit gezogenen Waffen im Turm aufgetaucht waren, nur dass sie das bizarre Bild, das sich ihnen bot, angestarrt hatten, als wären sie in die absurden Phantasien eines Verrückten eingetaucht.

Vielleicht war genau das der Fall gewesen. Steve Nyman hatte ein Kriegsspiel gegen wirkliche und imaginäre Gegner der neuen Wirtschaftsordnung begonnen. Offenbar waren seine virtuellen Welten für ihn mit der Wirklichkeit verschmolzen, zumindest war die Meinung der Krisenpsychologin.

Olsson hatte sich nur widerwillig überreden lassen, ein Gespräch mit ihr zu führen. Er hatte es eher getan, um Arne Bergman keine Schwierigkeiten zu machen. Sicher gab es irgendeine neue Verordnung, die so etwas vorschrieb. Aber das, was ihn plagte, waren nicht die vorangegangenen Ereignisse oder dass er in Notwehr einen Menschen umgebracht hatte, sondern das Unbekannte, das vor ihm lag.

Er tastete vorsichtig über seinen wunden Hals. Einen Moment lang dachte er, dass es vielleicht besser gewesen wäre, der weißen Schlinge nachzugeben, doch er schob den Gedanken beiseite, bevor er sich festsetzen konnte. Olsson ging in die Küche und nahm noch eine Tablette gegen die anhaltenden Schmerzen.

Es war fast schon zwei Uhr morgens, und er überlegte kurz, wie spät es jetzt wohl auf halber Strecke zum anderen Ende der Welt war. Dann fasste er einen Entschluss und begann sich anzuziehen. Er zog einen extradicken Pulli unter die Öljacke und ging hinaus zu seinem Saab.

Er fuhr zum Meer hinunter. Der Wagen musste unter den windschiefen Kiefern warten, während er selbst über die sandigen Dünen stapfte, bis er am Wasser war.

Über ihm wölbte sich der Sternenhimmel wie eine dunkle Kuppel, die am Horizont mit dem Land zusammenstieß. Ihre funkelnden Punkte vermischten sich mit den Lichtern in der hügeligen Landschaft, die entlang der Wasserlinie eine eigene, lang gestreckte Milchstraße bildeten.

Olsson blieb am Ufer stehen. Nur ein schwaches Plätschern störte die Stille der Nacht. Sein Atem dampfte. Er stand reglos da und wartete.

Es war eine besondere Nacht, die Sonne war unruhig, und die Meteorologen hatten ein Nordlicht vorausgesagt, das über dem ganzen Land zu sehen sein sollte. Ein leuchtender Punkt weit oben bewegte sich langsam nach Südwesten. Aber es konnte nicht Cecilias Maschine sein. Sie war schon vor vielen Stunden gelandet.

Sie hatte sich nicht mehr gemeldet und er auch nicht. Viel-

leicht hatte sie nicht gewusst, dass er einen Tag im Krankenhaus gelegen hatte, doch das war im Grunde auch egal.

Der Punkt verschwand außer Sichtweite. Nur die Sterne blieben. Olsson spürte, wie ihn die Leere plötzlich überkam. Be-
gierig atmete er die kalte Nachtluft ein. Sie schmeckte zwar
leicht nach Meer, spendete ihm aber keinen Trost.

Dann passierte es. Hinten am Horizont war ein schnelles
Aufflackern zu sehen, wie eine kurze Morgenröte. Sie blieb
für einige Sekunden, dann war alles wieder so wie vorher.
Olsson blieb stehen und starrte in die Dunkelheit hinaus.

War das alles?, dachte er.

«Man konnte zwar schon 1963 die zunehmende Versumpfung der schwedischen Sozialdemokratie voraussehen, aber andere Dinge waren völlig unvorhersehbar: die Entwicklung der Polizei in Richtung auf eine paramilitärische Organisation, ihr verstärkter Schußwaffengebrauch, ihre groß angelegten und zentral gesteuerten Operationen und Manöver... Auch den Verbrechertyp mußten wir ändern, da die Gesellschaft und damit die Kriminalität sich geändert hatten: Sie waren brutaler und schneller geworden.»
Maj Sjöwall

Maj Sjöwall / Per Wahlöö
Die Tote im Götakanal
(rororo 22951)
Nackte tragen keine Papiere. Niemand kannte die Tote, niemand vermißte sie. Schweden hatte seine Sensation...

Der Mann, der sich in Luft auflöste
(rororo 22952)

Der Mann auf dem Balkon
(rororo 22953)
Die Stockholmer Polizei jagt ein Phantom: einen Sexualverbrecher, von dem sie nur weiß, daß er ein Mann ist...

Endstation für neun
(rororo 22954)

Alarm in Sköldgatan
(rororo 22955)
Eine Explosion, ein Brand – und dann entdeckt die Polizei einen Zeitzünder...

Und die Großen läßt man laufen
(rororo 22956)

Das Ekel aus Säffle
(rororo 22957)
Ein Polizistenschinder bekommt die Quittung...

Verschlossen und verriegelt
(rororo 22958)

Der Polizistenmörder
(rororo 22959)

Die Terroristen
(rororo 22960)

Die zehn Romane mit Kommissar Martin Beck
10 Bände in einer Kassette
(thriller 43177)

Maj Sjöwall / Tomas Ross
Eine Frau wie Greta Garbo
(rororo 43018)

«Sjöwall/Wahlöös Romane gehören zu den stärksten Werken des Genres seit Raymond Chandler.»
Zürcher Tagesanzeiger

Philip Kerr

Philip Kerr wurde 1956 in Edinburgh geboren und lebt heute in London. Er hat den Ruf, einer der ideenreichsten und intelligentesten Thrillerautoren der Gegenwart zu sein. Für seinen Roman «Das Wittgensteinprogramm» erhielt er den Deutschen Krimi-Preis 1995, für seinen High-Tech Thriller «Game over» den Deutschen Krimi-Preis 1997.

«Philip Kerr schreibt die intelligentesten Thriller seit Jahren.» *Kirkus Review*

Das Wittgensteinprogramm
Ein Thriller
Deutsch von
Peter Weber-Schäfer
416 Seiten. Gebunden.
Wunderlich Verlag
und als rororo 22812

Feuer in Berlin
(22827)

Alte Freunde – neue Feinde
*Ein Fall für
Bernhard Gunther*
(22829)

Im Sog der dunklen Mächte
*Ein Fall für
Bernhard Gunther*
(22828)
«Ein kantiger, subversiver Held vor einem kraftvoll gestalteten geschichtlichen Hintergrund: Kerr liefert das Beste.» *Literary Review*

Gruschko *Gesetze der Gier*
Roman (26133)

Der Plan *Thriller*
Deutsch von Cornelia Holfelder- von der Tann
(22833)

Game over *Thriller*
Deutsch von
Peter Weber-Schäfer
(22400)
Ein High-Tech-Hochhaus in Los Angeles wird zur tödlichen Falle, als der Zentralcomputer plötzlich verrückt spielt. Mit dem ersten Toten beginnt für die Yu Corporation ein Alptraum.
«Brillant und sargschwarz.» *Wiener*

Esau *Thriller*
Deutsch von
Peter Weber-Schäfer
(22480)

Der zweite Engel
Deutsch von Cornelia Holfelder-von der Tann
448 Seiten. Gebunden.
Wunderlich

rororo Unterhaltung

Weitere Informationen in der **Rowohlt Revue**, kostenlos im Buchhandel, oder im **Internet:** www.rororo.de

Adam Dalgliesh ist Lyriker von Passion, vor allem aber ist er einer der besten Polizisten von Scotland Yard. Und er ist die Erfindung von **P. D. James.** «Im Reich der Krimis regieren die Damen», schrieb die Sunday Times und spielte auf Agatha Christie und Dorothy L. Sayers an, «ihre Königin aber ist P. D. James.» In Wirklichkeit heißt sie Phyllis White, ist 1920 in Oxford geboren, und hat selbst lange Jahre in der Kriminalabteilung des britischen Innenministeriums gearbeitet.

Ein reizender Job für eine Frau
Kriminalroman
(23077)
Der Sohn eines berühmten Wissenschaftlers in Cambridge hat sich angeblich umgebracht. Aber die ehrfürchtig bewunderte Idylle der Gelehrsamkeit trügt.

Der schwarze Turm
Kriminalroman
(23025)
Ein Kommissar entkommt mit knapper Not dem Tod und muß im Pflegeheim schon wieder unnatürliche Todesfälle aufdecken.

Eine Seele von Mörder
Kriminalroman
(23075)
Als in einer vornehmen Nervenklinik die bestgehaßte Frau ermordet wird, scheint der Fall klar – aber die Lösung stellt alle Prognosen über den Schuldigen auf den Kopf.

Tod eines Sachverständigen
Kriminalroman
(23076)
Wie mit einem Seziermesser untersucht P. D. James die Lebensverhältnisse eines verhaßten Kriminologen und zieht den Leser in ein kunstvolles Netz von Spannung und psychologischer Raffinesse.

Ein unverhofftes Geständnis
Kriminalroman
(26314)
«P. D. James versteht es, detektivischen Scharfsinn mit der präzisen Analyse eines Milieus zu verbinden.»
Abendzeitung, München

rororo Unterhaltung